ANDREAS STEINBERGER

Hello Yellow

und der

Grand Pas de deux

Roman

Bibliografische Information der Deutschen Nationalbibliothek:
Die Deutsche Nationalbibliothek verzeichnet diese Publikation in der
Deutschen Nationalbibliografie; detailierte bibliobrafische Daten sind
im Internet über http://dnb.dnb.de abrufbar.

Deutsche Erstausgabe April 2018
Copyright © 2018 Andreas Steinberger
Lektorat: Marion Voigt, www.folio-lektorate.de
Korrektorat: Barbara Lösel, www.wortvergnügen.de
Cover: Andreas Steinberger
Satz und Lyout: Andreas Steinberger
Gesetzt in der Garamond und der News Gothic MT
Herstellung und Verlag: BoD – Books on Deamond, Norderstedt
ISBN: 978 3 7528 1205 3

KEINE ANGST HAT DER PAPA MIR GESAGT
Musik: Rubenito/Durval Vieira. Text: Stephan Remmler
© Peermusic do Brasil/Hilaster Bavilario Music AG c/o George
Glueck Publishing GmbH

Für Werner

INHALT

DER FUND

Ich liebe sie einfach, diese allererste Seite in meinem Notizbuch. Das Papier noch glatt und sauber, frisch wie vor einer Stunde zu Boden geschwebter Schnee, für mich ist noch alles offen, für dich steht schon alles geschrieben. Bedächtig und vorsichtig, um nicht gleich ein Wort durchstreichen zu müssen, was die ganze Seite versauen würde, fließt aus meiner Hand die Geschichte zwischen die Linien. Es ist wie das erste Stück einer Tafel Schokolade, das auf der Zunge schmilzt. Diese Süße besitzt nur das erste Rippchen, die erste Seite. Reinstes Nugat, das das Papier tränkt, trocknet und für dich und mich dem Genuss gewidmet einfach nur daliegt.

Mit diesem Blatt meinen es die meisten im Vergleich zu den anderen Seiten gut, geben sich außerordentlich Mühe. Es hat nun mal den Zauber des Neuen, des Unentdeckten und der Liebe. Du suchst darin nach Resonanz, fühlst dich in die geschriebene Stimme hinein, ob sie dir gefällt, und streichst vielleicht – sollte es eine Printversion sein – über das Papier. Ich sitze an meinem selbst geschreinerten

Schreibtisch aus dem Holz eines Nussbaumes, drehe auf dem Stuhl im Schneidersitz und tue dasselbe mit meiner inneren Stimme. Ich suche nach Resonanz.

Du sitzt vielleicht auf einer Mauer am See, auf dem Liegestuhl im Garten, auf der Couch im Wohnzimmer, vor dem Regal in einer Buchhandlung, eventuell in einer Onlinehandlung, im Bett neben deinem Liebsten, im Bad auf dem Lokus, bei der Nachtschicht in einem Versteck, auf der Aida im Mittelmeer, im Wartezimmer eines Arztes, im Flugzeug über der Erde oder gar in einem Leuchtturm. Völlig gleich; was zählt, ist die Geschichte, die uns über die vorhin erwähnte Stimme verbindet. Sie ist es, die schreibt, und sie ist es, die liest. Wir sind dabei nur erdachte Figuren in diesem Spiel. Ja, das lässt sich ganz leicht überprüfen. Du brauchst nur einmal nachzuschauen, ob du bei jedem Gedanken – und wirklich bei jedem –, der dir im Laufe des Tages erscheint, sagen kannst: Den habe ich gedacht, den habe ich erscheinen lassen. Hast du dich noch nie gefragt, wie du Gedanken erzeugst? Nein? Ich bis vor ein paar Jahren auch nicht. Also, wenn du bei einem den Eindruck hast, nicht der Erzeuger, sozusagen, gewesen zu sein, dann warst du es womöglich bei den anderen genauso wenig, sondern eben nur der Seher eben dieser Gedanken. Mal ehrlich, wer behauptet, er kann Gedanken erzeugen, der neigt doch zu maßloser Selbstüberschätzung, oder er hat es noch nie wirklich und ernsthaft überprüft, was ich eher glaube. Doch der Grund, warum ich mit dieser Überprüfung hier hereinbreche, ist, dass durch sie etwas Wunderbares gesehen werden kann, und zwar, dass es eventuell nur eine Stimme gibt, die aus verschiedenen Körpern mit verschiedenen Prägungen verschieden zum Ausdruck kommt.

Diese eine Stimme schreibt, und diese eine Stimme liest, und wenn sie an dem Geschriebenen auch noch Gefallen findet, dann bin ich überglücklich, sprich: diese eine Stimme.

Schon zwölf Uhr durch. Jetzt müssen wir aber los, wenn wir noch vor Einbruch der Dunkelheit wieder an der Talstation sein wollen. Um kurz nach achtzehn Uhr ist Sonnenuntergang, und um siebzehn Uhr ist es bereits dunkel, das geht bei dem Herbstnebel Schlag auf Schlag, Yellow. Morgen schreiben wir weiter, doch nicht damit, nein, ich möchte endlich die Idee mit dem Clarktaucherpärchen verwirklichen. Da freue ich mich schon drauf. Das wird eine herzzerreißende Geschichte.

Das Navi sagt, dass wir bei der momentanen Verkehrslage zwei Stunden zwanzig brauchen werden. Über Friedrichshafen, Bregenz, Brand. Das heißt, wir werden um circa fünfzehn Uhr an der Talstation ankommen. Also bleiben uns vier Stunden, bis es dunkel ist. Perfekt. Dreiviertelstunde hoch, halbe runter, dann haben wir oben noch genug Zeit, gemütlich um den See zu gehen. Die Webcam zeigt einen sonnigen Herbsttag, und laut meiner Wetterapp soll es auch so bleiben.

Nicht viel los hier, Yellow. Super. Am Wochenende brauchen wir hier gar nicht erst herkommen. Da treffen sich Österreicher, Deutsche, Schweizer und wuseln auf dem Berg herum wie Läuse in diesem regnerischen Frühjahr auf dem Holunder. Es überfällt mich ein Graus, wenn ich das nur von der Ferne aus sehe. Aber heute spaziert es sich ideal. Reicht auch, wenn einer hier herumwuselt an diesem schönen Tag. Ich glaube, die Jacke kann im Rucksack bleiben, das T-Shirt genügt mir vollkommen.

Das Brandnertal ist eine Sackgasse, an deren Ende eine Felswand fünfhundert Meter bis zum Staudamm fast senkrecht nach oben ragt. Siehst du das, Yellow? Überall tritt Wasser aus dem Gestein, als ob der See langsam durch den Felsen bricht, wie eine perforierte, mit Wasser gefüllte Plastiktüte. Ein kleines Stück noch, dann werde ich mir an einem der Rinnsale die Flasche füllen.

Ein echt schöner Ort hier, an dem fast keine von den gymnastikballgroßen grauen, schleimigen Wesen zu sehen sind. Ein richtig sauberer Berg, das Rätikon allgemein. Ich nenne die grauen jetzt »M-Schnecken«, weil sich an diesen Filialen Hunderte von denen tummeln.

Gleich zu Beginn, als ich anfing, diese Dinger sehen zu können, schlug ich auf eines so lange ein, bis es nur noch Matsch war. Nicht einfach ohne Grund. Es wollte über meine damalige Freundin herfallen, und sie kann diese Wesen ja nicht sehen. Seither, Yellow, hauen sie alle vor mir ab. Als ob sie sich über ein morphogenetisches Feld verständigen.

Ah, kaltes Wasser. Außer uns niemand zu sehen, trüber Sonnenschein, weit kann ich nicht blicken. Ich mag den diesigen Herbst, Yellow, und bin auch froh, wenn er wieder verschwindet. Herrlich, wie sich die Sonne dort drüben auf die grüne Felswand legt. Das nächste Mal muss ich endlich einmal dort entlanggehen. Wenn mich nicht alles täuscht, führt der Weg zum Saulakopf. Das muss ein angenehmer Fleck sein, alles voller magentafarbener Wesen, Yellow, siehst du? Ich nenne sie ja, passend zu ihrem Erscheinungsbild, Magentakugeln. Von der Form her ähneln sie den M-Schnecken, verbreiten aber eine Aura, in der sich eigentlich niemand *nicht* wohlfühlen kann. Sie geben kranken ausgelaugten Menschen und Tieren all ihre Energie, bis zum letzten Leuchten, fallen dann in sich zusammen und verschmelzen mit dem Energiefeld der Erde. Mir sind noch keine aufopfernderen Wesen begegnet, Yellow. Jedes Mal, wenn ich so einen Transfer beobachte, erfüllt ein ambivalentes Gefühl von Freude und Mitgefühl meine Brust. Der auserwählte Mensch leuchtet anschließend in diesem wunderschönen Magentaschein, doch er bemerkt nichts von alldem, denkt, er sei immer noch derselbe. Dass ich nicht lache. Dabei strahlt dieses *Wesen* aus ihm heraus, und nur deshalb wirkt er auf einmal wieder so attraktiv für sein Umfeld. Aber schon bald wird er wieder verblassen. Der Magentaschein hält nicht lange. Ein Trauerspiel.

Weiter geht's. Wenn die Sonne nicht hinter einer Wolke steckt, dann hat sie noch richtig viel Kraft, aber sobald sie sich dahinter verbirgt, weht ein frischer Wind auf meine Arme. Ich mag die kleinen Fichten. Latschenkiefern nennt man sie anscheinend wegen ihres niedrigen Wuchses. Der Freund meiner Schwester nennt sie Bastarde. Das mag korrekt sein, aber was für eine unwürdige Benennung für diese schönen Dinger, nicht wahr? Schau mal, die dort drüben hat so gut wie keine Erde, wächst auf dem blanken Felsen. Die lebt wohl auch von Licht und Wasser. Vermutlich auch so eine, die nicht alles glaubt und nach ihrem Bauchgefühl handelt … oder Stammgefühl. Ja, wenn der Verstand nichts zu tun hat, Yellow, dann fängt er an zu spinnen.

Womöglich schaffe ich es noch zum Schweizer Tor. Die Aussicht dort lohnt mit Sicherheit den Umweg, auch heute. Ein kurzer Blick, den Fuß auf Schweizer Boden stellen und dann zurück zum See. Ein guter Name übrigens für eine

Landesgrenze in den Bergen, findest du nicht? Das Tor in die Schweiz. Weht der Wind von Süden, befindet sich der Grashalm in Österreich, kommt er von Norden, ragt er in den Schweizer Luftraum. Ein und dasselbe Stück Erde und eine imaginäre Grenze aus stinkendem Gehirnschmalz. Müssten die Länder in den Bergen Rasen mähen, würden sie nicht mehr so auf ihrem Grund beharren. Ach, komm weiter, Yellow, wir fangen schon wieder an zu spinnen.

Siehst du das auch, mein Freund? Da unten in den Latschenkiefern. Sieht aus wie ein gelber Rucksack oder eine Reisetasche. Da wird doch keiner abgestürzt sein? Ich sehe keinen, du? Ja, war mir schon klar, dass du dich wieder bequem raushältst. Ich meine, wir sollten nachschauen, obwohl es hier ganz schön den Hang hinuntergeht und wir vor lauter Latschen unsere eigenen nicht mehr sehen werden. Ein Fehltritt, und wir liegen unten an der Talstation. Nein, komm, lass uns weitergehen, wir wollten doch gemütlich um den See und zum Schweizer Tor.

Verdammt, ich kann nicht. »Hallo, ist da unten wer?«

Ich hör nichts, du? Ja, ist ja gut, wir gehen runter und schauen nach. Oh, ist das ein Scheiß hier. Mann. Haltet mich fest, ja, ich habe euch nicht Bastarde genannt, würde ich nie tun. »Uh, Shit«, voll auf die rechte Arschbacke. Auch wenn das Leben ein Traum ist, im Moment fühlt es sich nicht wie einer an. Ich habe keine Lust, dort hinunterzupurzeln, mein Freund, klar, im Traum auch nicht.

Gleich haben wir es. »Hallo, ist da wer?«

Kein Ton, Yellow. Kein hoher Ton, kein tiefer Ton und auch kein Bariton. Aber wer verliert denn die Tasche hier und lässt sie dann liegen? Höchstwahrscheinlich ältere Menschen, denen der Inhalt das Risiko nicht wert war.

Endlich ein Fels, hier können wir uns abstützen, oder besser gesagt ich, du lebst ja nach dem Motto: blinder Passagier in seiner Aura.

Ein prall gefüllter gelber Rucksack. Ich schätze vierzig Liter. Nicht gerade ein Hingucker. Der strahlt so gelb wie du, mein Freund. Heute ist es aber echt ruhig, kein Mensch unterwegs, wie evakuiert. Den Fußabdruck in der Schweiz können wir uns jetzt abschminken, denn bis wir uns an den Latschen wieder hochgeangelt haben, wird eine knappe halbe Stunde verstrichen sein. Macht nichts, mein Freund, laufen wir gemütlich um den See.

Na, dann wollen wir mal sehen, was in diesem hässlichen Teil drin ist. Sieht sauschwer aus. Oh, überhaupt nicht, enthält wohl nur Funktionskleidung. Was steht da? »Hello Yellow.« Wirklich passend. Noch nie gehört, die Firma. Ja, mir schon klar, dass dir der Name gefällt, mein kleiner Aurasonnenschein. Wo geht der denn auf? Ach hier. Guter Reißverschluss, Qualität ist es jedenfalls. Ach, du meine Güte. Schau dir das an, Yellow. Das gibt's doch nicht. Siehst du das auch? Es fühlt sich gerade so irreal an. Die Welt erscheint gerade wieder zweidimensional. What the fuck. Welch ein Witz.

Okay, mein Lieber, es geht wieder. Diese Sicht hat mich schon bestimmt ein halbes Jahr nicht mehr ereilt. Nach der Trennung von Nicole war diese Wahrnehmung ein Dauerzustand. Dass damals kein Reset geschah, grenzt an ein Wunder. Wie schnell man doch wieder mitspielt, so halb zumindest. Ich brauche noch ein bisschen, Yellow.

Na gut, wir haben hier einen hässlichen gelben Rucksack, aber Qualität, der gefüllt ist mit, lass mal sehen … ja, scheinen alles Fünfhunderter zu sein. Vakuumiert, Yellow, das machen die, damit die Scheine glatt werden. Sie umwickeln immer hundert Scheine mit einer Banderole. Fünfer, Zehner, Zwanziger, Fünfziger, immer hundert Stück, kleinere Banken machen manchmal auch weniger und vakuumieren dann Zehner-Bündel miteinander. So sagte es mir jedenfalls Nicole, meine damalige Freundin, Yellow, falls du sie nicht kennengelernt hast. Nein, definitiv kanntest du sie nicht. Damals hatte ich noch nicht das Loch im Bauch.

Jedenfalls, wenn das stimmt, dann … lass mich kurz hochrechnen. Hundert mal fünfhundert sind fünfzigtausend, mal zehn ergibt fünfhunderttausend. Eine halbe Mille also in einem Vakuumbeutel. Hohohohooo. Warte, das sind zwei, vier, sechs, acht, zehn, zwölf, zwölf Vakuumbeutel à fünfhunderttausend Euro. Das macht sechs Millionen Euro. Yellow, sechs Millionen Euro, ich glaub's nicht. Siehst du, wie ich zittere?

Es ist immer noch kein Mensch unterwegs. Ich komm mir vor wie alleine zurückgelassen, aber ich will nicht klagen, Yellow, alles gut, und solange die bunten Wesen noch hier sind, ist alles in Ordnung. Ist doch alles okay mit deinen Kumpels, oder? Ich deute das mal als Ja. Sieht alles aus wie üblich. Dort drüben die Magentakugeln, an den Rinnsalen die hellblauen Schleierwesen, hier bei den Latschenkiefern die mittlerweile dem Herbst angepassten grüngelben teppichflauschigen schwerelosen Ballons (das leuchtende Grün im Frühjahr gefällt mir besser), und unsere Waldteppiche, Yellow, scheinen auch wohlauf. Glücklicherweise keines von den schwarzen Wesen, und du bist auch das Einzige von deiner Sorte; normal, denn es sind wie immer keine Menschen da, die nichts mehr essen, und ich schätze mal, dass du nur bei solchen Unterschlupf findest. Mein Gott, Yellow, wenn ich mich so mit jemandem unterhalten würde, na ja, du weißt schon, ein Fall für die Psychiatrie, eindeutig. Ist nicht ganz einfach mit dieser Sicht der zusätzlichen Welt, aber sechs Mille in der normalen Welt bringen einen immer noch zum Staunen.

Oh, mein Hintern ist schon eingeschlafen. Ich würde ja gerne wissen, ob da jemand abgestürzt ist, aber ich trau mich nicht, mich über den Steinvorsprung zu beugen, ich vermute, dass es ab hier nur noch senkrecht abwärtsgeht.

Yellow, das sind an die sechs Millionen Euro. Hast du das schon mal gesehen?

Nebenbei, mein Freund, weil wir es gerade davon haben. Ein Anleger fragt seinen Berater: »Ist wirklich mein ganzes Geld verloren?« – »Aber nein«, sagt der, »Geld verschwindet nicht so einfach. Es gehört jetzt nur jemand anderem.«

Ich habe den Eindruck, dass wir das Leben von nun an anders zu Gesicht bekommen werden. Vorausgesetzt, wir nehmen das Geld an. Doch was sollte dagegensprechen? Es wurde uns vor die Füße oder besser gesagt vor die Latschen gelegt. Es kann uns ein angenehmes Leben verschaffen, aber uns auch in Teufels Küche locken. Lass es nur Mafiageld sein, und wir werden gerade beobachtet, dann wird der vermeintliche Segen zum Verhängnis, der Goldregen zum Gewitter. Andererseits sind sechs Mille keine außer Acht zu lassende Summe, die man so mir nichts, dir nichts liegen lässt ohne ausgiebige Bedenkzeit. Es ist ein zu verlockendes Mittel, um es sich gut gehen zu lassen. Doch wir können es immer noch liegen lassen und verschwinden, wir hätten nichts mit der Sache zu tun, sondern würden einfach so weiterleben wie bisher, ohne Schwierigkeiten zu bekommen und ohne in eine Zwickmühle zu geraten. Ob das Geld uns glücklich macht oder nicht, das Fass brauchen wir gar nicht erst aufzumachen, Yellow, das Thema ist gegessen. Aber wir bräuchten keinen Brotjob mehr und könnten die kalten Winter auf Lanzarote oder so verbringen. Wie auch immer. Nehmen wir es mit, wird das Leben, ich sag mal, oberflächlich, ein anderes.

Warte. Liegt da sonst noch etwas in dem Rucksack? Mikrofon, Peilsender oder so was? Nein, sieht nicht danach aus. So hässlich, wie die Farbe des Rucksacks auch sein mag, über die Verarbeitung gibt's nichts zu meckern. Der Reißverschluss läuft makellos über drei Seiten, sodass er sich wie ein Koffer öffnen lässt. Nicht schlecht, nicht schlecht. So hat man uneingeschränkten Zugriff auf den gesamten Inhalt. Die zwei innen liegenden Staufächer sind leer. Ich hatte aber auch keine Visitenkarte erwartet, jedoch Chips, Peilsender oder etwas in der Art. Das Zeug ist heutzutage aber auch so winzig, ich glaube nicht, dass ich es ausfindig machen würde. Die Hübsche sagte ja, dass mit Flugzeugen verstreute Chips aus der Luft in die Hautporen dringen können, und in der Tat habe ich neulich gehört, dass mit Tabletten ebenfalls Chips verabreicht werden. Kennst du die Hübsche? Ich glaube nicht, dass du damals schon bei mir warst. Ich sehe diese zusätzliche Welt zwar erst seit ungefähr einem Jahr, aber damals hatte ich noch nicht das Loch im Bauch, und wo solltest du davor gewesen sein? Dein Platz ist nun mal in meinem Bauchloch. Aber bestimmt habe ich dir schon von ihr erzählt. Jedenfalls hat die Hübsche mir damals gezeigt, dass es nicht nötig ist zu essen, und von ihr habe ich das Loch im Bauch. Sie hat allerdings auch viel Wischiwaschimischimaschi erzählt. Dennoch hat sie meinen Eindruck verstärkt, und so esse ich nun schon seit eineinhalb Jahren nichts mehr, und das ohne Probleme, obwohl ich mich nicht an das Wischiwaschimischimaschi-Konzept der Hübschen halte.

Ich kann mir aber schon vorstellen, das solche Nanochips wie Viren in der Luft schwirren und in uns dann aktiv werden. Das würde zumindest den Auftritt von so manchem Politiker erklären. Immer auf die Politiker.

In jedem Fall müssten wir das Geld, gesetzt den Fall, wir nehmen es an uns, in meinem Rucksack verstauen, um das Risiko, gefunden zu werden, so gering wie möglich zu halten. Klar, es könnten in den vakuumierten Beutel auch Chips mit eingeschweißt worden sein, die müssten wir entfernen. Doch selbst dann hätte ich kein gutes Gefühl bei der Sache. Wahrscheinlich würde ich ständig von Verfolgungsgedanken heimgesucht werden und hätte keine ruhige Minute mehr.

In den Außentaschen ist ebenfalls nichts. Kein Wasser, kein Essen, kein Geld, kein Taschengeld sozusagen. Weder Messer noch Knarre, kein Empfänger und kein Absender. Vermissen wird die Kohle trotzdem jemand, das versteht sich bei solch einem Betrag von selbst.

Ich glaube, ich sagte es schon, Yellow, dass die Qualität des Rucksackes echt gut ist. Robustes Material, sauber verarbeitet und stylisch, nicht auf hohe Stückzahl, so billig wie möglich, hopplahopp produziert. Warum nur dieses Gelb? Hab ich etwa einen Trend nicht mitbekommen? Gut möglich. Ich hab nichts gegen Gelb, Yellow, das weißt du, aber doch nicht für einen Rucksack, Mensch. Ansonsten steht er meinem jedoch in nichts nach.

Diese Rumdrückerei nützt alles nichts, mein Freund, wir müssen uns entscheiden. Nehmen wir ihn mit oder lassen wir ihn hier? Sicheres altes Leben oder anderes neues?

Weißt du was, Yellow, wir nehmen das Geld mit und verstecken es erst einmal an einem sicheren Ort. Ich hab da auch schon eine Idee. Mein Onkel hat oben auf dem Hohentwiel ein Grundstück gepachtet, gerade mal zehn Gehminuten von unserer Wohnung. Seine Schafe sind im Moment auf der anderen Wiese, neben den Hühnern und Hasen, so kann ich es dort gut vergraben und von unserem Ostbalkon aus beobachten. Den Hang kann ich von dort gut sehen, zur Not auch mit dem Fernglas. Jawohl, so machen wir es.

Niemand hier, oder? Also los. Meine Jacke binde ich mir um die Hüfte, und das Geld kommt in meinen Rucksack. Nur aufpassen, dass wir vor lauter Kohle hier nicht den Hang runterfallen. Nur mit der Ruhe. Plastikbeutel entfernen und erst mal keine Fingerabdrücke auf das Geld bringen. Mann, das blöde Harz an den Fingern. Die Plastikfolien werde ich auch mitnehmen und irgendwo am Wegrand verbrennen müssen. Am besten den Rucksack gleich mit, nicht dass wir Fingerabdrücke hinterlassen, der ganze Rucksack dürfte voll davon sein. Endlich kommt mein neues Taschenmesser zum Einsatz. Zu Recht hat es den Red Dot Award zweitausendsechzehn gewonnen. Aber als ob ich nicht schon genug Taschenmesser hätte. Ich kann an Qualität einfach nicht vorbeigehen, Yellow, beständige Konditionierung. Besser, wir konzentrieren uns. Mann, ist das viel Geld. Es passt nicht einmal alles in meinen Rucksack. Den Rest werde ich in meinen Hosenbund stecken und in die Taschen links und rechts an den Oberschenkeln.

Ja, komm, die letzte Banderole lassen wir hier liegen. Als Anstandsrest sozusagen, und ich weiß auch gar nicht mehr, wohin damit, und in keiner Weise dürfen wir auffallen. Wettercams sind doch überall in den Bergen montiert. Ich meine zwar, dass die nicht die Aufnahmen speichern, doch muss ich jeden Rückschluss auf uns vermeiden, jeder noch so kleinen Unsicherheit nachgehen. Wir dürfen jetzt nicht schlampig sein.

Da fällt mir ein – wenn an der Talstation wirklich eine Wettercam installiert ist, dann wird sie uns mit dem gelben Rucksack filmen. Verdammt, was mache ich mit dem auffallenden Ding? Hier kann ich ihn unmöglich verbrennen, das Personal der Seilbahn würde den schwarzen Rauch sofort bemerken. Zurücklassen ist ebenso ausgeschlossen, und in meinen passt er auch nicht rein. Ich könnte ihn in meine Jacke wickeln und unter den Arm klemmen. Nein, wenn ein Polizist dort die Überwachungskameras kontrolliert, würde er bestimmt Verdacht schöpfen. Aber mir fällt schon noch etwas ein, Yellow, mir fällt immer etwas ein, ich muss nur lange genug darüber nachdenken. Den Fokus auf die Gedanken legen.

Anziehen. Ja, genau, ich ziehe ihn an, darüber meine Jacke und darüber noch meinen Rucksack. Wer mich nicht kennt, dem dürfte das zusätzliche Hüftgold nicht auffallen. Ja, so machen wir es, Yellow, doch jetzt muss ich erst einmal hier wieder aus den Latschenkiefern raus. Danke für euren Halt.

Nichts wie weg. Es wird mich hoffentlich niemand beobachtet haben, der gelbe Rucksack leuchtet ja wie ein von der Sonne angestrahlter Spiegel, wie ein Leuchtturm auf stürmischer See. Ja, komm, konzentrier dich. Ich fühle mich wie ein Cowboy, der ringsum in den Felsen Indianer vermutet. Tausend Blicke lasten auf uns, Yellow. Ein kurzer Ausflug heute, aber rentabel. Hihi. Mit sechs Mille auf dem Rücken nach Hause. Ich liebe das Bimmeln der Gondelbahn, wenn sie auf dem Gipfel oder unten ankommt. Es erinnert mich an die Pausenglocke in der Schule.

»Grüezi.«

»Boa, haben Sie mich jetzt erschreckt.«

»Ischd ned viel los ufm Berg, gell.«

»Sie sind der Erste, der mir heute begegnet.«

»Isch gued, ufwidrluge.«

»Wiedersehen.«

Wenn der wüsste. Apropos Schweiz. Was meinst du, Yellow, wollte jemand die Kohle hier über den grünen Zoll in die Schweiz schaffen oder ausführen und ist dabei abgestürzt? In dem Falle würde das Geld möglicherweise auch nicht vermisst. Ja, du, das klingt doch plausibel. Ich meine, ich kenne den doch nicht, ich kenne nur das Geld. Mit sechs Mille über das Schweizer Tor. Nicht schlecht. Und für die Menge braucht man auch ein Tor, vor allem ohne Pförtner.

Meinst du, er hat Verdacht geschöpft? Den Schweizer meine ich. Er schaute mal so neugierig auf meinen Rucksack. Aber wahrscheinlich hat er ihm nur gefallen. Ist ja auch ein schmuckes Stück. Außerdem kennt er meine Statur nicht, und mit dem Rucksack unter meinem Rucksack sehe ich eher noch normal aus, finde ich.

So, geschafft, Yellow. Siehst du irgendwo eine Kamera? Haben die hier doch keine? Oben am See ist eine am Restaurant, das weiß ich, aber hier sehe ich keine. Doch, schau, da hängt eine. Sie zeigt genau auf uns, und da ist noch eine. Die zeigt nach oben zum anderen Ende der Gondelbahn. Das sind aber keine Webcams, sehen eher aus wie Überwachungskameras, und die zeichnen definitiv auf, Yellow. Kein Problem, ganz ruhig, wir verhalten uns wie normale Wanderer und tun so, als würden wir noch einmal nach oben blicken, und schauen, ob die Kamera uns in den Latschenkiefern sehen konnte.

Nein, ich glaube nicht, sie ist genau auf das Gondelbahnhäuschen ganz oben gerichtet. Nein, unmöglich, dass sie uns gesehen hat. Und die zweite zeigt auf die Mitte des Parkplatzes und nimmt jeden auf, der an den Schalter geht. Die hat uns, zumindest dort oben, definitiv auch nicht im Visier gehabt.

Beim Kassenwart steht ein Fernglas an der Scheibe. Ob der sich aus Langeweile umgeschaut hat? Ich geh mal zu ihm rüber, dann sehe ich gleich, ob ich ihm verdächtig vorkomme.

Nein, der ahnt von nichts. Totaler Langweiler. Liest, glaube ich. Somit können wir ihn und die Kameras abhaken. Ich habe ein gutes Gefühl, Yellow. Wir bleiben auf Kurs.

Die Kamera in Richtung Parkplatz hat vermutlich unser Auto im Fokus. Ich werde meine Schuhe erst weiter unten wechseln. Ich meine, dort auch eine Grillstelle gesehen zu haben, das würde passen. Rucksack in den Kofferraum und los geht's. Der Kassenwart würdigt uns keines Blickes, klebt an seinem Schmöker. Alles klar, Yellow.

Siehst du, da ist der Grillplatz, wusste ich doch, den nehmen wir. Hier fährt heute sowieso keiner hoch. Wir sammeln ein bisschen Holz, entzünden ein kleines Feuer und verbrennen den Rucksack mit all den Fingerabdrücken, Chips und was weiß ich noch, damit wir das schon einmal aus dem Kopf haben.

Es wird sich doch noch etwas Papier zum Anfeuern finden lassen. Ganz bestimmt nehmen wir keinen Schein, Yellow. Das wäre zu dreist, dann doch lieber ein paar Seiten aus dem Handbuch des Toyotas, hab ich eh noch nie gebraucht. Jetzt die kleinen Äste, die großen, und Feuer frei. Da kommen alte Erinnerungen hoch, Yellow, als ich noch gegessen habe. Was bin ich oft in den Wald und habe gegrillt, Sommer wie Winter. Ganz früher sogar Fleisch. Könnte ich mir überhaupt nicht mehr vorstellen. Doch wer weiß, was kommt beziehungsweise was an Potenzial schon vorhanden ist und auf seine Manifestation wartet.

Gut, das dürfte genügen. Jacke aus, Rucksack ins Feuer. Schaut auch keiner, Yellow?

Ja, war schon klar, dass der qualmt. Aber nicht lange, dann haben ihn die Flammen verschluckt wie Bud Spencer eine Truthahnkeule. Bye, bye, *Hello Yellow*. Schade, war gute Qualität.

Okay, fassen wir noch einmal zusammen, mein Lieber. Puh, das stinkt aber gewaltig. Wir dürfen jetzt keine Fehler machen. Eine Kleinigkeit, und wir sind dran. Also, die Kameras haben uns nur unten auf dem Parkplatz gesehen, und von denen geht keine Gefahr aus, die haben nichts Außergewöhnliches aufgenommen. Unser Verhalten war das eines ganz normalen Wanderers. Gut, wir wechselten die Schuhe, als wir kamen, und beim Gehen dann nicht mehr, und wir waren, wenn es hochkommt, gerade mal eineinhalb Stunden unterwegs. Ziemlich kurz für ein auswärtiges Kennzeichen. Allerdings dürfte die Kamera unser Kennzeichen höchstwahrscheinlich nicht aufgenommen haben, denn in ihrem Fallwinkel befanden sich die kleinen Sträucher. Also, Kameras erledigt. Es sei denn, sie sind motorisiert. Sahen die aus, als könnten sie sich bewegen, Yellow? Ich hab nicht drauf geachtet. Mann. Okay, André, bleib sachlich. Der Rucksack mit der Vakuumierfolie, den Fingerabdrücken und den Chips ist beseitigt. Peilsender können nur noch am Geld versteckt sein; vielleicht auch an den Banderolen. Mensch. Hört das denn nie auf? Immer neue Vermutungen. Ich glaube, richtig sicher werden wir uns nie fühlen, das ist wahrscheinlich der Preis, den man für so eine Menge Geld bezahlt.

Jedenfalls lösen wir jetzt die Banderolen und verbrennen sie gleich mit, dann sind wir hier auch schon mal auf der sicheren Seite, und es könnte nur noch etwas am Geld haften, was jedoch sehr unwahrscheinlich ist, aber nicht unmöglich, wohl fühle ich mich immer noch nicht.

Eine Unachtsamkeit folgt der anderen. Hättest mich aber auch erinnern können, dass ich noch ein paar Bündel am Körper trage. Na ja, vielleicht hast du es ja hiermit getan.

Gibt es noch etwas, das ich übersehen haben könnte? Ich glaube nicht. Okay, rekapitulieren wir. Die Kameras sind vielleicht ein Problem, wenn sie motorisiert sind. Dann war da noch der Langweiler an der Kasse mit dem Fernglas. Kein Problem, würde ich vom Gefühl her sagen. Die losen Scheine im Rucksack sind wiederum ein Vielleichtproblem, wegen der Nanochips. Also drei Baustellen. Lösungen, Lösungen.

Die Kameras schauen wir uns gleich noch einmal an. Der Kassenwart wird immer ein geringes Risiko bleiben, denn wenn ich ihn in ein Gespräch verwickle, würde ich nur auf mich aufmerksam machen. Und zu guter Letzt die Scheine. Die werde ich auf dem Hohentwiel auf der Wiese meines Onkels vergraben. Yellow, jetzt kommt langsam Ordnung rein. So, bisschen Wasser auf das Feuer und los geht's. Und immer wenn es ums Feuerlöschen geht, muss ich pinkeln. Manche Dinge ändern sich nie. So wie der Geruch von Urin im Feuer. Drum prüfet, wer ein Feuer entfacht, ob's zuvor nicht überstürzt ausgemacht.

Wir stellen hier das Auto ab, Yellow, den Rest gehen wir. Wie viel Uhr ist es eigentlich? Was, schon fünf? Wahrscheinlich hatte die Gondelbahn längst ihre letzte Fahrt. Ich möchte eine Begegnung mit dem Kassenwart unbedingt vermeiden.

Schaut gut aus, die Kamera zeigt immer noch auf dieselbe Stelle am Parkplatz. Ein schmales Ding. Nein, das ist definitiv keine bewegliche. Schauen wir noch nach der anderen. Wie ich mir dachte: Die Gondelbahn hat zu.

Dieselbe Kamera fest verschweißt. Puh, eine Sorge weniger. Bleiben noch der Langweiler oder andere, die uns vielleicht beobachtet haben, und die Scheine, die ich allerdings von allem Unnötigen befreit habe, um den Rest kümmern wir uns zu Hause. Jetzt ist mir leichter zumute. Komm, wir setzen uns hier noch einen Augenblick auf die Bank und genießen die Berge; bisschen runterkommen, das haben wir uns verdient, mein Freund. Würde ich auf einer Alm wohnen, säße ich abends garantiert auf der Hausbank und schaute, den Rücken an die von der Sonne noch warme Wand gelehnt, in die Berge. Ja, und dann regnet es, windet oder schneit. Puff, Traumblase zerplatzt. Dann säße ich in der Stube, müsste dafür sorgen, dass genug Feuerholz vorhanden wäre, und läse und läse, bis ich endlich von zwei bis drei Uhr schlafen dürfte. Vermutlich würde ich den ganzen Winter so verbringen. Ich bräuchte aber LTE für meinen E-Book-Reader, das wäre unerlässlich.

Oft, wenn ich schreibe, überfällt mich die Lust zu lesen, und wenn ich lese, würde ich vielmals lieber schreiben. Natürlich nur bei einem guten Buch und nicht, weil ich darin etwas gelesen habe, über das ich schreiben möchte, sondern weil es schön geschrieben ist, und das drückt dann auf meinen Schreibnerv. So fühlt es sich zumindest an, Yellow. Diese Bücher werden aber immer seltener, keine Ahnung, woran das liegt. Ich glaube nicht, dass es keine guten Bücher mehr gibt, nein, nein, Yellow. Es ist nur, dass dieses innere »Ja, ja, sehr schön geschrieben« einfach immer seltener wird; oder mein Nerv abgestumpfter. Jetzt, wo ich dir davon erzähle, spüre ich das Gefühl wieder ganz deutlich in mir und die damit gekoppelte Lust zu schreiben. Ach, was wirst du denn schon wieder so blass, langweile ich dich? Ja, wir sollten lieber noch das Panorama genießen, das Wassergeplätscher, die Magentakugeln und die Ruhe hier.

»Grüezi.«

»Hallo.« Der schon wieder.

»Haben Sie immer noch nicht genug?«

Er gibt sich Mühe, Deutsch zu sprechen, der will garantiert was, Yellow. »Noch zwei, drei Minuten.«

»Sind Sie öfters hier auf dem Berg?«

»Ab und zu.«

»Sagen Sie, Ihnen ist heute nicht zufällig ein Mann mit einem gelben Rucksack begegnet?«

»Ein gelber Rucksack? Ich glaube, so etwas ist mir das ganze Leben noch nicht begegnet.« Ja, da brauchst du mir gar nicht so skeptisch in die Augen zu schauen.

»Ja, heute ischt es sehr ruhig hier. Woher kommen Sie?«

»Deutschland, Allgäu.«

»Ach, da ist es auch sehr schön. Haben Sie unten im Dorf geparkt? Ich sehe gar kein Auto. Ich kann Sie mitnehmen, wenn Sie wollen.«

»Danke, ist nicht nötig, ich gehe noch ein Stück.«

»Isch guet. Danke vielmal, ufwidrluge.«

»Wiedersehen.« Boa, mein Herz. Hoffentlich hat er es nicht an meine Brust hämmern sehen. Jetzt läuft *ein* Typ hier herum, und genau der ist auf der Suche nach dem Rucksack. Huh, ist mir warm. Sah aus wie ein ganz normaler Schweizer; kein Mafioso oder so. Komm, Yellow, nichts wie weg hier, ich hab genug.

Grand Pas de deux

- Entrée -

Es war zehn Uhr an diesem herrlichen Sommermorgen. Fast alle Arbeitskollegen von Ben gingen noch mit freiem Oberkörper ihrer Arbeit nach – frisch gestärkt von der Frühstückspause. Ben hatte sechs Scheiben Bauernbrot mit schwarzer Rinde verdrückt, belegt mit Aufschnitt. Dazu trank er wie immer ein Bier. Etwas ganz Alltägliches auf der Baustelle. Jeder tat es, jeder genoss es. Auf dieser Baustelle hatten sie sogar das Glück, Getränke und Frühstück vom Bauherrn gestellt zu bekommen. Die anderen Kollegen beneideten sie darum, denn solche Baustellen wurden immer rarer. Ben wohnte gerade mal fünf Gehminuten entfernt, und weil er kein Auto besaß, hatte ihn der Chef hier eingesetzt.

Heute arbeitete er so richtig mit Hingabe an der frischen Luft. Nachdem er sich drei Wochen lang auf der Berufsschule den Kopf über Dinge hatte zermartern müssen, die ihn nicht im Geringsten interessierten, war er erst einmal froh, wieder für drei Wochen in der Firma zu sein. Sie hatten gutes Wetter, und die Baustelle war einfach genial. Nicht nur hinsichtlich der Verpflegung, sondern weil direkt an der Wand, die er gerade hochzog, die Aach entlangfloss. In der Mittagspause würde er sich mit den Arbeitskollegen für eine Flasche Bier hineinlegen und eine halbe Stunde ausruhen. Vielleicht auch länger, wenn sie wieder überzogen – er, zwei ausgelernte Maurer und der Meister. Nebeneinander am Ufer liegend kamen sie sich vor wie die Arbeiter auf dem bekannten Schwarz-Weiß-Bild, die ihre Mittagspause auf einem Stahlträger hoch in der Luft verbrachten, nur dass sie eben nebeneinander im Bach lagen.

Ben hatte kaum das Gerüst für die Wand im ersten Obergeschoss aufgestellt (drei Böcke mit fünf Dielen darauf), da war er auch schon wieder ins Mauern vertieft. An seinen mit Sonnenmilch eingeriebenen Unterarmen haftete roter Ziegelstaub, und Schweiß perlte auf seiner Stirn. Er zog Mörtel für zwei Steine auf und ließ diese daraufhin mit leichtem Druck hineinsinken. Mörtel, zwei Steine, Mörtel, zwei Steine, immer so fort mauerte Ben und vergaß dabei sich selbst. Ja, es war für jeden ersichtlich: Mauern war Bens Zen, da machte er seinem Name alle Ehre. Denn mit Zunamen hieß er tatsächlich Zen.

In solchen Momenten befand er sich wie in einem Stand-by-Modus; völlig in sich versunken, funktionierte er ohne Wahrnehmung seines Umfelds und Tuns. Anfangs hatten die Kollegen Mühe gehabt, zu ihm durchzudringen, ihn zu wecken, wenn er in diesem Zustand war. Sie hänselten ihn mit »Bruder Ben«, worauf er stets augenblicklich

30

aus seiner Versunkenheit erwachte. Nur »Ben« zu rufen genügte nicht, es musste »Bruder Ben« sein. Manche nannten ihn auch hinter seinem Rücken so. Ihm war dieser Spitzname unangenehm, weil er ihn immer an einen Mönch in brauner Kutte erinnerte, dem am Hinterkopf eine bierflaschenbodengroße Fläche Haare fehlte. Aber er musste sich damit abfinden.

Gerade mauerte er wieder einmal selbstvergessen vor sich hin und überhörte prompt die Rufe von der anderen Uferseite. Ob Hämmern, Steinesägen oder die Radiomusik, er nahm nichts dergleichen wahr, sah nur, wie ein Stein nach dem anderen bis auf Schnurhöhe in den Mörtel sank. Das stellte ihn zufrieden. Erst als Max ihn mit »Bruder Ben« weckte, drehte er sich mit gehäufter Kelle fragend in seine Richtung.

»Die meinen dich. Da drüben«, sagte Max und nickte mit aufgerissenen Augen zum anderen Ufer.

Ben folgte seinem Blick. Er sah ein Mädchen in der Wiese sitzen und eines stehend ihm zuwinken.

»Wie geht's, Bruder Ben?«, rief sie. »Sieht gut aus, deine Wand.«

Ben konnte sich nicht erinnern, die beiden Mädchen schon einmal gesehen zu haben. Er schaute an seiner Wand hinab und rief zurück: »Danke, freut mich.«

»Hast du nicht Lust, kurz zu uns rüberzukommen? Das Wasser ist nur knietief«, sagte die, die stand.

Perplex antwortete er: »Ich muss leider arbeiten«, fand den Satz aber so misslungen, dass er sofort ergänzte, »aber gleich um zwölf habe ich Mittagspause. Seid ihr dann noch da?«

Das Mädchen, das sich mit ihm unterhielt, zog ihr Handy aus der Potasche, blickte kurz auf das Display, dann zu ihrer Freundin, und als diese sich nicht rührte, wieder zu ihm.

»Ich denke, ja. Wenn nicht, hast du Pech«, sagte sie.

Ein übergesundes Selbstvertrauen hörte Ben aus ihren Worten heraus, doch vermutlich nicht ohne Grund, dachte er. Soviel er von Weitem sehen konnte, sah sie top aus und war dazu mit einer Unbeschwertheit gesegnet, die ihn ein wenig verlegen machte. »Wäre schade«, sagte er.

»Schöne Wand«, sagte sie und setzte sich zu ihrer Freundin.

»Danke, bis gleich.« Erst jetzt bemerkte Ben, dass die Baustelle stillstand. Er schaute zu Max, zu Sven und dann zu seinem Meister, die ihn allesamt schmunzelnd musterten.

»Wie geht's, Bruder Ben? Sieht gut aus, deine Wand«, rief ihm Sven zu.

Ben ließ sich nicht darauf ein, winkte mit der Kelle ab und zog Mörtel für zwei Steine auf.

Das süße Mädchen hatte ihn »Bruder Ben« genannt. Wie peinlich. Er steckte sich eine Zigarette an, stellte einen Fuß auf die Wand und sah zu ihnen hinüber. Echt süß die Kleine, dachte er und versuchte, ihr Alter zu schätzen. Vielleicht vierzehn oder fünfzehn, schwer zu sagen aus der Entfernung. Sie erwiderte seinen Blick, lächelte kurz und wandte sich wieder ihrer Freundin zu, die ihr etwas vorlas. Er drehte den Handrücken zu sich. Noch eine Stunde, hoffentlich musste sie nicht gleich gehen, wo er doch keine Telefonnummer, nicht einmal einen Namen hatte.

Der Uferabschnitt, an dem sie saßen, gehörte zur Musikinsel. Die Schüler hatten zu den unterschiedlichsten Zeiten Pause, doch dass welche über eine Stunde in der Wiese saßen, hatte er bisher nicht bemerkt. Spätestens nach einer halben Stunde verschwanden alle wieder zum Unterricht in das Fachwerkhaus mitten auf der Insel. Das Haus hatte bestimmt keinen Keller, fiel ihm dabei ein. Es war umflossen von der Aach, sodass der Eigentümer sich bestimmt vor Überschwemmungen fürchtete.

Sie musste doch mindestens fünfzehn sein, überlegte Ben, sonst wäre sie um diese Zeit in der Schule. Er ließ die Kippe in die Ziegelwaben fallen und strich Mörtel für zwei Steine darauf. Mörtel, zwei Steine, Mörtel, zwei Steine.

»Bruder Ben«, rief Sven. »Mittag. Komm runter.«

Erschrocken schaute Ben zu ihm und schließlich zur Musikinsel. Der Platz, an dem sie gesessen hatten, war leer. Er taxierte das Ufer hoch und wieder zurück, schaute genau zwischen den Weiden und Büschen, doch es war nichts mehr von den beiden zu sehen. Er fluchte und fragte Max und Sven, ob sie wüssten, wo die Mädchen abgeblieben waren.

»Ja«, sagte Max, »vor etwa zwanzig Minuten sind sie gegangen. Du warst wieder im Koma, hast nichts mitbekommen.«

»Warum habt ihr nichts gesagt, Mann?«

»Das waren doch Kinder, Ben«, entgegnete Sven.

»Kinder sind um diese Zeit in der Schule, Mann.«

»Oh, da hat sich wohl jemand Hoffnungen gemacht«, sagte Sven spöttisch.

»Ach, halt's Maul.«

»Aber schlecht war die eine nicht«, meinte Max und warf eine Handvoll Mörtel nach Ben, der auf dessen braunen Rücken platschte.

»Ihr steht wohl beide auf Mäusefäuste?«, sagte Sven.

»Kommt jetzt«, rief der Meister, »sonst ist Mittag rum.«

Die vier zogen im Bauwagen die Badehosen an, nahmen ihre Essensbox und jeder ein Bier mit ans Aachufer und legten sich nebeneinander ins Wasser. Enten schwammen vorsichtig um sie herum, in der Hoffnung, dass ein Stück Brotrinde herüberflog.

Wirre Tonfolgen klangen von den geöffneten Fenstern auf der Musikinsel herüber. Vereinzelt saßen und spazierten Jugendliche zwischen den Bäumen, nur die Kleine von vorhin konnte er nirgends entdecken. Er verfluchte innerlich die Situation.

»Sind die Mädels einfach so gegangen, ohne etwas zu sagen?«

»Die eine hat dir zugewunken«, sagte Max, »meinte, dass sie wieder losmüssten, und ich glaube, sie sagte: ›Vielleicht sieht man sich mal wieder, mein Maurer.‹«

»*Mein Maurer*, sagte sie?«

»Ja, wenn ich es richtig verstanden habe, sagte sie: ›mein Maurer‹.«

»Mein Maurer«, sagte Sven in einem anzüglichen Tonfall.

»Warum sagst du mir das nicht?«

»Hätte ich schon noch.«

Nachdem sie ihre Boxen geleert hatten, lagen sie mit geschlossenen Augen weiter im Bach, jeder für sich mit der Flasche Bier in der Hand, und entspannten für den Rest der Pause. Ben hatte nur noch das Mädchen im Kopf, wie sie ihm zulächelte. Sie wirkte so unbeschwert und offen, als habe ihr das Leben noch nie übel zugespielt, als gebe es nichts zu befürchten. Es trennten sie vielleicht drei, vier Jahre, das war in dem Alter eine kleine Ewigkeit. Ab achtzehn aufwärts stellte dies kein Problem mehr dar, aber darunter wurde es nicht so gerne gesehen, da gab es dann auch Vorträge von den Eltern der Mädchen, hatte Ben sich von seinen Freunden sagen lassen, über Verhütung, Verbote und solche Sachen. Bisher hatte er nur gleichaltrige Freundinnen gehabt oder ältere. Einmal lag der Altersunterschied sogar bei vier Jahren, worauf er damals total stolz war.

Am nächsten Tag ließ Ben Zen die andere Uferseite nicht aus den Augen. Immer wieder spähte er auf die Stelle, wo die Mädchen gestern in der Wiese gesessen hatten. Doch am Nachmittag war er mit dem Mauerstück fertig und musste das gegenüberliegende hochziehen, somit hatte er keinen Blick mehr auf die Musikinsel. Hin und wieder ging er zur Fensteraussparung der zuvor gemauerten Wand und steckte sich eine Zigarette an, nur um sich seine Ahnung von den Augen bestätigen zulassen.

Am darauffolgenden Tag dasselbe. Er achtete darauf, beim Mauern nicht in den Stand-by-Modus zu driften, ging immer wieder für die Länge einer Zigarette an die Fensteraussparung und sondierte die andere Uferseite. Dabei machte er sich keine große Hoffnung. Aber wie sollte er seine ambivalenten Gefühle ignorieren? Wie die bezaubernden Bilder in seinem Kopf beiseitedrängen? Sie waren nun mal vorhanden und sogar mehr als präsent. Dabei kannte er das Mädchen nicht einmal, hatte nur ein paar Worte mit ihr gewechselt und sich noch dazu dumm angestellt.

Er blickte auf und um sich, da er glaubte, mit »Bruder Ben« gerufen worden zu sein. Er war doch nicht weggedriftet, warum riefen sie ihn denn so, die Idioten? Garantiert Sven. Doch der unterhielt sich mit seinem Meister; jeder hob eine Seite des Bauplans. Max schaute ihn an, aber nicht so, als ob er etwas von ihm wollte.

»Bruder Beeeen.«

Jetzt erkannte er die Stimme. Sie war es. Er lachte Max an und Max ihn. Dann eilte Ben zur Fensteraussparung, wo er sie winkend an derselben Stelle stehen sah. Er winkte hektisch zurück und registrierte dabei, wie ihre Freundin wieder in der Wiese saß und las.

»Schöne Wand hast du da gemauert«, sagte sie liebreizend.

Ben schaute in die Fensterleibung, bedankte sich und stellte einen Fuß hinein.

»Ich habe euch gestern noch gesucht.«

»Ich sagte ja, dass du vielleicht Pech haben wirst, aber wie sieht es heute aus? Du hast doch gleich Mittagspause, oder?«

Ben sah auf seine Armbanduhr. Sie zeigte ihm zehn vor zwölf. »Okay, ich komme in zehn Minuten, ja?«

»Schön, bis gleich, mein Maurer.«

»Bis gleich.« Sie hatte tatsächlich *mein Maurer* gesagt, und aus ihrem Mund klang es kein bisschen kindisch. Und hübsch war sie, noch hübscher als das letzte Mal.

VERSTECKT UND DRAUFGESESSEN

So, Yellow, das wäre geschafft. Endlich wieder daheim. Ich hoffe nur, dass der alte Sack von den Winterreifen dicht hält. Dicht hält, schönes Wortspiel, nicht? Nichts rein und nichts raus. Doch selbst wenn Wasser hineindringen würde, ginge das Geld nicht kaputt. Ich habe nämlich schon öfters Scheine in der Waschmaschine mitgewaschen, die halten gut was aus. Schon amüsant, wenn du das Bullauge öffnest und dir zwei Fünfziger präsentiert werden. Nicht ausgebleicht, nicht zerrissen, und selbst die Kassiererin, die einen Schein unter Blaulicht hielt, hatte nichts zu beanstanden. Sogar sechzig Grad hielten die Scheine aus. Nur zerknittert waren sie eben. Du, Yellow, das ist doch *die* Idee. Ich schmeiße die ganze Kohle in die Waschmaschine, die ganzen sechs Millionen. Das dürfte die eventuell darauf haftenden Nanochips vernichten, oder? Nein, nein, ich glaube nicht, mir fällt gerade ein, dass Nanochips in Tabletten ja nichts Neues sind, was so viel bedeutet wie: Wenn diese verdammten Dinger die Magensäure überleben, dann ist die Waschmaschine für sie ein Onsenbad. Aber egal, das machen wir trotzdem. Wer weiß, was den Scheinen noch alles anhaftet. Dadurch fühlen wir uns gewiss wohler. In die Materie werden wir uns noch ein bisschen reinlesen. Doch jetzt erst einmal raus aus der Bergkleidung und hinein in den flauschigen Jogginganzug.

Ich hätte mich nicht getraut, das Geld mit hierher zu nehmen. Es dort oben zu verstecken, war die perfekte Idee, so haben wir alles im Blick, und den Baum, zwischen dessen Wurzeln es vergraben liegt, sieht man von hier sehr deutlich. Mit dem Fernglas sogar unser Zeichen, das wir auf die Aushubstelle platziert haben. Falls wir nachts nichts mehr sehen, wissen wir am nächsten Morgen genau, ob sich jemand an unserem Versteck zu schaffen gemacht hat. Somit könnten wir theoretisch sogar unsere tägliche Stunde Schlaf nehmen.

Was für Ideen einem manchmal einfallen, Yellow. Irgendwo muss ich das mit dem Zeichen schon einmal aufgeschnappt haben. Für gewöhnlich steht es ja für etwas oder markiert etwas. Doch wir wissen genau, wo unser Geld liegt, und unser Geheimzeichen steht nicht für sechs Millionen. Der halb eingegrabene Stein und die zwei – in unserer geheimen Stellung – darüberliegenden Äste sind ein Zeichen, das nur uns etwas anzeigt, ein Zeichen, das nur sein Schöpfer oder dessen Eingeweihte zu entschlüsseln in der Lage sind, und Letztere gibt es nicht. Nur wir beide wissen davon, Yellow. Man könnte es auch als natürlichen Bewegungsmelder bezeichnen, der bei einer Positionsänderung eine Bewegung bezeugt. Ein Uneingeweihter würde zwei übereinanderliegende morsche Äste und einen halb eingegrabenen Stein nie als Zeichen erkennen und achtlos zur Seite werfen. Mann, Yellow, irgendwie fühle ich mich in die spielende Kindheit zurückversetzt, doch es geht um einen Haufen Kohle, das dürfen wir nicht vergessen, und auch wenn es ein Spiel bleibt, hat André keine Lust, im Gefängnis den Rest des Spiels zu verbringen.

So, mein Freund, was sagst du zu einer Tasse Gyokuro? Ich meine, den haben wir uns nun redlich verdient. Ja, das ist jetzt genau das Richtige. Mein Belohnungsmuster scheine ich einfach nicht loszuwerden. Egal. Auf Tee kann ich unmöglich verzichten. Ohne Essen ja, aber ohne Tee, das ist nicht im Bereich des Möglichen, mein Freund. Wie lange ist es eigentlich schon her, dass ich nichts mehr esse? Achtzehn, neunzehn Monate schätzungsweise, oder?

Schau dir nur diesen fantastischen Wasserkocher an, Yel-low, ich freue mich jedes Mal, wenn ich ihn sehe, und bin froh, dass ich mich doch noch für *ihn* entschieden habe. Er ist jeden Cent der hundertsechzig Euro wert. Nicht umsonst gibt der Hersteller fünf Jahre Garantie darauf. Hübsches Design, mattschwarz lackierter Edelstahl, natürlich unverfälschter Geschmack, knappe zwei Liter Fassungsvermögen. Das Wasser kann per Touchscreen mit zweitausendzweihundert Watt Leistung auf vierzig, sechzig, achtzig, neunzig Grad oder kochend erhitzt werden. Warmhaltefunktion, LED-beleuchtete Tasten auf der Basisstation, die ein Dreihundertsechziggraddrehen des mit zwei Sichtfenstern (für Rechts- und Linkshänder) bestückten Behälters ermöglicht. Verdecktes Heizelement, Über-

hitzungsschutz, Trockenschutz, herausnehmbarer Kalk-
filter, Antirutschstandfüße und, was ich ganz besonders
liebe: die präzis geformte Tülle für tropffreies Ausgießen.
Ich wäre ein guter Verkäufer, Yellow, meinst du nicht?
Das Produkt macht es einem aber auch leicht. Spaß bei-
seite, ich liebe meinen Carrera No 551. Er ist durch und
durch Qualität. Ja, man kann durchaus behaupten, dass er
eine Allegorie für Qualität darstellt; unser Fünfundfünfzigeinser. Und so wie sich momentan die Umstände ent-
wickeln, ist es nicht ausgeschlossen, dass sich demnächst
noch ein Neunelfer dazureiht.

Sechzig Grad und Start. Drei flache Teelöffel des Gyokuro Shibushi organic in die Tokoname Kyusu aus Oxidationsbrand, das macht die Sache zu etwas Besonderem,
doch ich muss mir mal eine Kyusu mit Edelstahlsieb kaufen, das Tonsieb finde ich zwar angenehmer, aber es lässt
den feinen Tee durch, sodass er in der Tasse ungewollt
nachzieht. Ja, auf so was muss man achten, Yellow. Es gibt
nichts Schlimmeres als bitteren Grüntee. Deshalb mögen
ihn die meisten Leute nicht. Entweder sie bereiten ihn
falsch zu oder haben einen Fusel gekauft, und guter Grüntee ist schwer zu finden.

Wasser drauf, Deckel zu. »Hallo, Siri, Timer auf zwei
Minuten.«

Schau dir das an, Yellow, kein bisschen tropft der Be-
hälter. Das ist Qualität. Kann man aber auch verlangen
für hundertsechzig Flocken. Ich bin halt so einer. Jeden
Tag benutze ich den, da kann ich so ein billiges Plastikding
nicht gebrauchen. Ich müsste mich täglich echauffieren.

»Oynama sikidim sikidim. Oynama sikidim sikidim.«

40

Was hat mich nur geritten, als ich diesen Timerton ausgewählt habe?

Was für ein schönes Hellgrün in der Schale. Daran erkennst du schon die Qualität. Ich verstehe nicht, wie sich manche Menschen Teeschalen zulegen, die innen nicht weiß sind. Das ist doch nur der halbe Genuss. Wie eine Breze ohne Butter, ein Porsche mit Stoffsitzen oder ein Mac mit einer alten Windowstastatur. Eine Couch ohne Kissen ist nicht gemütlich, und ein Grüntee in einer blauen Schale schmeckt nicht. Punkt.

Aahh, ist der gut. Hier werden wir unsere nächsten drei Tage verbringen, Yellow, hier an der Balkontüre in der Küche. Ist aber nicht der schlechteste Platz, um nichts zu tun. Der große Wohn-Ess-Küchenraum, die hohen Decken, das Licht, das macht schon was her.

Morgen, Freitag, melde ich mich krank, Yellow. Darm oder so. Und wenn bis Sonntag nichts Auffälliges geschehen ist, heben wir das Geld wieder und schmeißen es in die Waschmaschine. Ja, genau, und dann sehen wir weiter.

Wirklich gut der Tee, volles Umami die erste Tasse. Gut, dass mein Onkel die Schafe auf der anderen Wiese grasen lässt. Aber ich befürchte, das werden ziemlich reizlose Tage. Tage mit viel Tee. Apropos Tee, auch wenn uns schwindlig wird, einer geht schon noch. Das Beste wird sein, wir holen uns einen Stuhl und setzen uns hier an das Ende der Küchenarbeitsplatte, das scheint mir die beste Stelle zum Bewachen; leicht vor die Balkontüre, aber so, dass wir nicht gesehen werden; dich sieht ja eh keiner, soweit ich weiß, außer die Hübsche, die kann dich garantiert sehen. Ich würde schon gerne wissen, ob sie auch so einen wie dich hat, schließlich hat sie genauso ein Loch im Bauch wie ich. Ja, ja, Yellow, das hatte ich damals nur geträumt, ich weiß, aber jetzt, wo in meinem Bauch auch ein Loch ist, wie soll ich mir das anders erklären? Dieser Traum hatte ja etwas von dem Traum, den wir als Leben bezeichnen. Er war wie eine Art Zugabe, die am Ende des Tages noch hineingeschnitten wurde. Noch nicht recht Nachttraum, aber auch nicht mehr Tagtraum. Ohne diese Zugabe, diesen Zwischenzustand oder wie auch immer, ergibt das Loch in meinem Bauch überhaupt keinen Sinn. Es muss eine Verbindung gegeben haben. Ja, die gibt es immer, Yellow, ich weiß, nur nicht in diesem Maße. Was sich im Nachttraum ereignet, ist im Tagtraum nicht geschehen. Doch ich war nach dem Traum, in dem mich die Hübsche heilte, von meinem Solarplexusschmerz befreit, und kurze Zeit später entstand nach und nach dieses Loch in meinem Bauch, wie auch sie es in dem Traum hatte, und mit dem Loch kamst auch du. Man muss aber dazusagen, dass ich damals, als ich aufhörte zu essen, einem starken Wandel unterworfen war, kein Stein blieb auf dem anderen, an nichts konnte ich festhalten. Während dieser Zeit wurde ich von ängstlichen Gedanken heimgesucht, die mir einreden wollten, eine Person zu sein, die verrückt wird, und wäre ich damals nicht schon fest im nondualen Bewusstsein verankert gewesen, hätte es mich womöglich sogar in Schizophrenie gespalten. Dennoch: Es muss ein Traum gewesen sein.

Aber um noch einmal auf den Solarplexus zurückzukommen, Yellow. Man könnte fast meinen, dass du nun meinen Solarplexus abbildest, von der Farbe her, weißt schon, und auch weil der Solarplexus für emotionale und mentale Aktivitäten steht – falls das voneinander getrennt werden kann – und deine Leuchtkraft abnimmt, wenn die Gedanken zu präsent werden. Und wenn sie sich schon zu Gefühlen weitergesponnen haben, merke ich das an meinem Energielevel, das dann schwächer und schwächer wird. Das behalte ich im Auge, mein Freund. Jedenfalls schaut es im Spiegel betrachtet, wie auch immer du gerade erscheinst, anmutig und unreal aus. Was es nicht alles gibt.

Obendrein werde ich den Eindruck nicht los, dass die Hübsche daran nicht ganz unbeteiligt ist. Ich nehme an, dass es ein Phänomen der Selbstnahrung ist, auch wenn ich es nicht so praktiziere, wie es uns die Hübsche in dem Seminar vorgeschrieben hat. Und was mich tierisch nervt, ist, dass ich dadurch nicht mehr in die Sauna kann. Nein, diesem Begaffe setze ich mich nicht mehr aus, das ist mir zu anstrengend. Einmal ließ ich es, der Neugier wegen, über mich ergehen, um die Reaktionen meines Umfelds zu sehen. Nie wieder, Yellow. Das war diesen Sommer in Radolfzell am See, weißt du noch? Wir waren der Hingucker, die Braut auf der Hochzeit, der Superstar in der Stadt, die Rose in der Wüste. Von zusammengekniffenen Augen, hochgerissenen Brauen, angewiderten Mienen bis zu schamhaft weggedrehten Gesichtern war alles dabei. Natürlich galten sie nicht dir, sondern dem Loch im Bauch, denn dich sehen sie nicht. Ich würde es einem sofort am Gesicht ablesen, vermöchte er die zusätzliche Welt zu sehen. Das Unangenehmste waren die gebündelten Blicke, die ungeteilte Wahrnehmung, ausschließlich im Fokus zu stehen und permanent den Mittelpunkt des Interesses darzustellen. Natürlich ist es mir egal, was sie auf meinen Körper projizieren. Na ja, vielleicht nicht völlig. Ein paar Wochen halte ich so etwas schon aus, aber auf Dauer kannst du so etwas in deinem näheren Umfeld nicht ertragen. Nicht einmal der kälteste Mensch erträgt diese Bombardierung von schwarzen, braunen und grauen Nebelschleiern, deren Schleim deine Aura streift, ohne irgendwann aus dem Gleichgewicht zu geraten. Wir sind eben soziale Wesen, der eine mehr, der andere weniger.

Apropos soziale Wesen, da fällt mir einer ein, der ist zurzeit ganz oben auf meiner Witzeliste. Bitte streng deine Fantasie an, Yellow, und stell dir vor, wie ein Mann sich in einer fast leeren Kirche neben einen anderen setzt. Wie immer ist es kalt im ernannten Gotteshaus, und als ob er etwas Warmes mit dem neben ihm sitzenden Mann teilen will, lässt er ungeniert einen fahren, dass die Holzbank vibriert und das Echo vom Gewölbe zurückschallt; kurz und knackig. Der Gesichtsausdruck des Kindes Gottes neben ihm verformt sich zu einem angewiderten Fragezeichen. Daraufhin sagt unser Pupser: »Entschuldigung, ich bin zwar Torwart, aber der wäre selbst für den dort oben unhaltbar gewesen.«

Ob die Hübsche mit dem ein oder anderen Teilnehmer *ebenso* im Schlaf ein Schäferstündchen hielt? Ich denke oft an den Traum, kann die Stimmung und die Gefühle noch klar abrufen. Wie sie mit warmen Schenkeln, flutschiger Vagina auf mir ihre Wollust verbergen wollte und sich dann flunkernd über die mittelalterlichen Bedingungen, die ihr zur Verfügung stünden, beklagte. Irgendwie vermisse ich sie, Yellow. Sie mag zwar viel Mischimaschiwischiwaschi von sich gegeben haben, doch die Mischung ihres graziösen, liebevollen, ehrgeizigen und auch bestimmenden Wesens, was mir an Frauen grundsätzlich gefällt, solange es sich nicht zu maskulin äußert, erscheint immer wieder bildhaft vor meinem inneren Auge. Meinst du, sie ist noch mit Franz von der Alm zusammen? Ich meine, der war dann doch zu unterwürfig für ihren Geschmack, kann mich aber auch täuschen. Zweifellos hätte sie mit mir den besseren Fang gemacht. Ob die noch dort oben im Kloster leben, mit den …? Domitillanonnen hießen sie, glaube ich. Was für ein wunderschönes Anwesen das war, wenn auch an manchen Stellen düster und seltsam. Das weckt meine Fantasie, Yellow. Die Hübsche und ich dort oben hinter den Klostermauern. Zwei Verliebte mit Loch im Bauch, die sich ab und zu über die mittelalterlichen Bedingungen zur Heilung der unteren drei Chakren echauffieren, aber dennoch gewissenhaft ihrer Pflicht nachgehen. Die Nonnen tragen uns das Tablett an die große Tafel in dem bezaubernden Saal, Gartenduft weht die geöffneten Sprossentüren herein und wir genießen … ja, was? Was genießen zwei, die nichts essen? Ein leeres Tablett? Vielleicht könnte ich sie ja wenigstens zu einer guten Tasse Tee inspirieren. Wenn ich all meinen Charme verausgaben würde, dürfte ich es schaffen. Und anschließend würden wir uns wieder über die mittelalterlichen Bedingungen zur Heilung der unteren drei Chakren unterhalten und in der Hollywoodschaukel auf der Terrasse an einer Verfeinerung praxisnah tüfteln, während die Katze im Garten auf der Bank seelenruhig und unbekümmert ihr Mittagsschläfchen hielte, nur gelegentlich das Öhrchen von den seltsamen Geräuschen auf der Terrasse spitzte; das kommt natürlich ganz auf die Hübsche drauf an.

45

So, Yellow. Zweiter Aufguss. Da wird uns gleich schwindlig. Aber zur Feier des Tages ist das schon mal drin.

Das Umami in der zweiten Tasse ist nur noch halb so gut vertreten, obgleich der Tee sie dunkler färbt als zuvor.

Dort oben geschieht nichts. Dank des fast vollen Mondes kann ich unsere Stock-Stein-Konstellation mit dem Fernglas gerade noch erkennen. Doch auch der Inhaber der sechs Mille hätte heute eine gute Sicht, gesetzt des Falles, er lebte noch und hätte eine Möglichkeit, das Geld zu orten. Warte mal, Yellow, ich hole das Tablet, mal sehen, ob im Internet etwas über einen Absturz am Lünersee steht.

Absturz, Lünersee, Enter.

Hund bei Wanderung am Lünersee abgestürzt. Das war, lass mal sehen … Zweitausendzwölf, ach, herrje.

Hund am Lünersee abgestürzt. Noch mal die gleiche Meldung.

Startseite Totalphütte. Ausflugsziel Totalp am Lünersee. Schön dort oben. *Alpentour Schesaplana Rätikon* … Bla, bla, bla. *Saulakopf Klettersteig.* Nur Werbung, Yellow. Mal sehen, was auf der nächsten Seite steht. *PDF Entstehung des Lünersees im Rätikon. Nachrichten Brand, Vorarlberg.* Nachrichten, da schauen wir mal rein. *Bergung aus alpiner Notlage.* Das könnte was sein. *Am Sonntagnachmittag, den 14. Oktober, machten sich zwei junge Damen vom Lünersee über den Arbeitersteig auf zum Abstieg zur Talstation.* Das war unsere Route, Yellow. *Doch schon kurz nach dem Einstieg verfehlten sie die Abzweigung und gerieten bald in sehr steiles, felsiges Gelände. Als sie nicht mehr weiterkamen und auch der Rückweg als zu schwierig erschien, setzten sie vernünftigerweise per Handy einen Notruf ab. Wegen des starken Windes war eine Taubergung mit dem Hubschrauber nicht durch-*

46

führbar, … Was ist denn eine Taubergung? *… weshalb die Bergrettung mit der Lünerseebahn zur Bergstation fuhr, um sich unterhalb der Staumauer zu den in Not geratenen Alpinisten abzuseilen.* Ach, da sind die langgegangen; völlig in die verkehrte Richtung. Aber ich bitte Sie, Herr oder Frau RedakteurIn, das ist doch keine Bergung aus alpiner Notlage, oder bin ich jetzt blöd? *Die Damen wurden mit Klettergurt und Helm ausgestattet, um die Abseilaktion über teilweise senkrecht überhängenden Felsen zu beginnen. Die gesamte Bergung …* bla, bla, bla *… aufwendig ohne Probleme.* Blabla *… letzter Bergretter … dunkel geworden. Die Erleichterung und Dankbarkeit war groß … leichte Unterkühlung …* Blabla *… unverletzt.* Nichts Aufschlussreiches für uns, Yellow.

Aktuelle News. Da könnte etwas dabei stehen. *Brand. Eine 52 Jahre alte deutsche Wanderin hat sich am Dienstag beim Abstieg von der Schesaplana (2964 Meter) im Gemeindegebiet Brand auf dem gängigen Weg schwer verletzt.* Das war vor drei Tagen. *Die Frau rutschte auf dem steilen schneebedeckten Pfad …* Das muss weiter oben gewesen sein, Yellow, bei uns lag kein Schnee.

Keine News über einen Absturz oder das Vermissen von ein paar Euros. Diese Nachrichtenseite behalten wir aber im Auge. Was sollen wir auch sonst die ganze Zeit hier anstellen?

Ich kann es noch gar nicht richtig fassen. Sechs Millionen, das erscheint mir völlig unrealistisch. Es fühlt sich an wie ein Traum im Traum. Wie der Rucksack da wohl hinkam? Dabei fällt mir ein: Wir könnten die Nachrichten im Radio verfolgen. Dort sendet doch Radio Vorarlberg. Warte mal, das haben wir gleich. Meine Radioapp hat alles. Wie viel Uhr haben wir es denn überhaupt? Was, schon dreiundzwanzig Uhr durch. Dann warten wir also auf die Halbzwölfnachrichten. Mainstream, Pop, Schlager spielt der Sender, meint die App. »Leave a light on« von Belinda Carlisle und im Anschluss Kenny Rogers mit »Lucille«. Die zwei Titel müssen wir noch abwarten.

Weißt du was, Yellow, wir brauchen ein UV-Lichtgerät. Das ist mir einfach zu heikel. Nachher stehe ich mit 'ner Blüte an der Kasse und muss mich vor der Polizei rechtfertigen. Es wäre zwar ein Leichtes, mich aus dieser Situation wieder herauszureden, aber ich sollte mich von jeder Aufmerksamkeit fernhalten. Unbedingt. Wir müssen professionell an die Sache herangehen, nicht den geringsten Fehler dürfen wir uns erlauben. Ich habe keine Lust, die kommende Zeit im Gefängnis zu verbringen. Also, immer wieder überdenken, dass sich kein Fehler einschleicht, Yellow, und du hilfst mir, ja? Für irgendetwas musst du doch gut sein. Kleiner Scherz, mein Freund.

Das hier hört sich vielversprechend an. *Prüft enthaltene fluoreszierende Fasern, Abmessungen, Metallstreifen, magnetische Merkmale wie den Code* ... Was für ein Code?

Ich hab mich mal reingelesen, Yellow. Was die sich alles ausdenken, um die Scheine fälschungssicher zu fertigen. Wahnsinn. Also, beispielsweise besitzt jeder Schein eine Nummer, und diese Nummer ist zugleich ein Code, der mit einer ultimativen Formel überprüft werden kann. Mathe liegt mir eigentlich nicht so, aber hier geht es um Gefängnis oder ... ja, weiß noch nicht, was, und deshalb hab ich mich reingekniet, und ich kann sagen, mein Freund, ich habe sie drauf, die Formel. Für die meisten ist das ein Kinderspiel, doch ich hasse so was und musste viel googeln und logisch vermuten, bevor ich es geschafft habe. Dabei geholfen hat mir, dass ich Geheimcodes, versteckte Zeichen und so, immer schon spannend fand. Als Kinder bekamen wir immer diese Detektivheftchen, bei denen stets Ermittlungsutensilien wie eine Lupe, Codekonstruierer oder Pulver, um Fingerabdrücke sichtbar zu machen, mit dabeilagen. Ich muss mal darauf achten, ob es die immer noch gibt.

Aber zurück zu dem Prüfcode. Vorne ist immer ein Buchstabe (neuerdings auch zwei, doch noch nicht beim Fünfhunderter), auf den zehn Zahlen folgen, wovon die letzte die Prüfziffer ist. Also, der Buchstabe wird durch seine Position im Alphabet ersetzt. Deutschland hat beispielsweise den Buchstaben X zugeteilt bekommen. X steht an vierundzwanzigster Stelle im Alphabet. Man ersetzt also X durch vierundzwanzig, nimmt dann die Quersumme aller Zahlen, außer der Prüfziffer natürlich, zieht daraus den ganzzahligen Rest zum nächstkleineren Vielfachen von neun, daraufhin nur noch den Rest minus acht, was dann bei einem echten Schein die Prüfziffer ergibt.

Ja, Yellow, da rauchte bei mir auch erst mal die Birne. Aber es ist wichtig, dass ich das verstehe. Wie gesagt müssen wir jeder Kleinigkeit auf den Grund gehen. Und ohne diesen mathematischen Slang ist es gar nicht so schwer zu verstehen. Du nimmst die Quersumme, also, zwei plus vier plus acht und so weiter, und errechnest, wie oft die neun in diese Summe hineinpasst. Bei zwanzig wäre dies zwei, Rest zwei. Nun ziehst du nur noch den Rest von acht ab, in unserem Fall also: acht minus zwei, et voilà, sechs gewinnt.

Wenn wir Sonntag in der Nacht das Geld holen, nehmen wir gleich ein paar Stichproben. Doch der Code ist längst nicht alles. So viele nicht augenscheinliche Zeichen und Elemente sind in … dem Stoff, muss man fast schon sagen, denn angeblich besteht ein Schein nicht aus Papier, sondern aus Baumwolle, da ist die Wahrscheinlichkeit, etwas zu übersehen, sehr hoch. Doch wenn wir das uns Bekannte durchgehen, dürfte dies ausreichen. Ich glaube sowieso nicht, dass es Blüten sind. Mir bereiten Chips, Wanzen oder Markierungen mehr Sorgen. Warte mal. Das Beste wird sein, wir erstellen eine Liste der zu prüfenden Merkmale.

Checkliste:
   Haptisch, akustisch und optisch.
   Haptisch:
   Fühlen, ob es sich wie echtes Geld anfühlt (Baumwolle).
Der Sicherheitsfaden muss sich vom Papier unterscheiden.
Teile der Bilder und der Wertezahl sind geriffelt.
   Akustisch:
   Knüllen und mit anderen Scheinen vergleichen.
   Optisch:
   Antikopierraster: Durch Kopieren gehen Bildelemente verloren.
   Durchsichtsregister: Wertezahl muss sich im Gegenlicht ergänzen.
   Fluoreszierende Farben: Mit dem UV-Lichtgerät prüfen und mit dem Herstellervideo vergleichen.
   Folienelemente: Diese müssen ein blickwinkliges Erscheinungsbild aufweisen und Bewegungsabläufe imitieren.

Mikroschrift: Auf dem Elf-Uhr-Stern und dem Brückensteg mit der Lupe überprüfen.

Optisch variable Druckfarbe: Die Wertezahl auf der Rückseite ändert sich im Betrachtungswinkel von Violet zu Olivbraun.

Sicherheitsfaden: Er ist senkrecht, fast in der Mitte des Scheins in das Papier eingearbeitet und nur in der Durchsicht zu erkennen. Die Wertezahl ist aufgeprägt.

Wasserzeichen: an der unbedruckten Stelle.

Magnetischer Code: schwarze Codenummer auf der Rückseite.

Das sind anscheinend die Merkmale, die wir Laien überprüfen können. Angeblich sollen Geräte existieren, die noch weitere versteckte Zeichen auslesen können, doch diese befinden sich ausschließlich im Besitz der Banken und der Landesdruckereien. Aber mal ehrlich, Yellow, wenn Italiens Banken im Besitz solcher Geräte sind, dann ... ja, dann kannst du dir ja denken ...

Mensch, Yellow, warum sagst du nichts! Jetzt habe ich vor lauter Recherchieren die Nachrichten verpasst.

Grand Pas de deux

- Adage -

Wie gewohnt zogen sie sich die Badehose an, gingen ans Ufer und legten sich in den Bach. Sven öffnete mit dem Meterstab für jeden außer Ben das Bier; der wusch sich die Hände, Unterarme und das Gesicht und durchschritt den strömenden Bach. Max pfiff. Sven rief: »Du Hengst, du. Mäusefäuste.« Der Meister aß das Essen vom Vorabend. Ben nahm seine Kollegen wie das Muhen von Kühen aus der Ferne wahr, doch trotzdem durchdrang ihn Scham, und die glitschigen Steine und die Strömung taten ihr Übriges, dass er sein Herz klopfen hörte. Zudem saßen die beiden Mädchen im Schneidersitz in der Wiese und sahen ihm bei seinem Balanceakt zu.

»Was uns trennt, das verbindet uns zugleich«, rief ihm die Stille zu, doch Ben nahm sie nur unterschwellig wahr. Immer wieder musste er mit den Knien und Armen das Rutschen auf den schmierigen Steinen ausgleichen. Würde er jetzt ausrutschen, schallte garantiert von beiden Ufersei-ten Gelächter zu ihm, dachte er. Einmal war er auch kurz davor, sodass er den angehaltenen Atem von allen fünf spüren konnte, doch er schaffte es unbeschadet ans andere Ufer der Aach, wo auch schon sein Mädchen aufsprang, als unterläge sie nicht der Schwerkraft, und ihm lächelnd die Hand entgegenstreckte.

»Lydia«, sagte sie.

»Freut mich, Ben«, sagte er, während er ihr seine feuchte Hand reichte. Ihre lag warm und zierlich in seiner, wie die Ballen einer Katze.

»Wir kennen uns.«

»Wir kennen uns?«, fragte Ben.

»Ja«, sagte sie nur schmunzelnd.

Er kramte in seinem Gedächtnis herum, suchte ein zier-liches Mädchen. Öffnete hier eine Schublade, griff dort in ein Schränkchen und öffnete da noch eine Türe, doch nir-gends fand er das passende Memoryteilchen. Sie sah ihm seine Verwirrung an und erlöste ihn.

»Ich war immer zwei Klassen unter dir, wahrscheinlich bin ich dir nie aufgefallen, meistens interessiert man sich eher für die Älteren, stimmt's?«, sagte sie.

»Ja, das ist wohl so«, sagte Ben und dachte noch *Ich Idiot* hinzu. Ganz schwach meinte er, das passende Memory-teilchen entdeckt zu haben, ganz hinten in der Ecke ver-drängte einfallendes Licht die Finsternis des Vergessens.

»Ich glaube, ich erinnere mich leicht«, fügte er hinzu.

»Das ist nicht schlimm, ich bin ja auch kein Mensch, der auffällt. Keine Extreme, ich komme mit allen gut aus und alle mit mir. Durchschnittsmensch eben.«

Im Gegensatz zu Ben, der sich alles hart erarbeiten musste, sprach sie so offen und frei, als sei ihr noch nie etwas Schlechtes widerfahren. Er spürte, wie ihre Unbeschwertheit auf ihn überging, in ihn eindrang und ihn, den Ängstlichen, nach und nach verdrängte.

Er wollte ihr sagen, dass sie ganz und gar nicht durchschnittlich auf ihn wirkte und dass er sich wohl in ihrer Nähe fühlte, dass er sie am liebsten sofort umarmen und küssen möchte, und fast wäre es ihm auch herausgerutscht, was ihn leicht erschreckte und ihm Schweißkügelchen in die Poren seiner Stirn legte.

»Ansichtssache«, brachte er stattdessen über die Lippen.

Sie sah zu ihm hoch und lächelte. Dann deutete sie zu ihrer Freundin in der Wiese.

»Das ist meine Freundin Marion, sie nimmt hier Unterricht für E-Gitarre«, sagte sie. Dabei ging sie etwas in die Knie und strich dreimal über die Seiten der Luftgitarre.

»Hi.«

»Hallo.«

»Sie ist nicht auf unsere Schule gegangen. Wir haben uns hier kennengelernt. Seit einem Jahr nehme ich hier Gesangsunterricht. Was ein Instrument angeht, habe ich zwei linke Hände und an jeder Hand fünf Daumen. Aber du kannst richtig schön mauern. Es macht total Spaß, dir dabei zuzusehen. Jeweils für zwei Steine Kleber und dann die Steine darauf, zweimal Kleber und wieder zwei Steine, immer so fort. Dabei bekommst du nicht einmal mit, wenn dir auf der anderen Uferseite zwei Mädchen zurufen. Es scheint dir richtig Spaß zu machen«, sagte sie an einem Stück.

Ben wurde leicht rot. »Das hat aber nichts mit euch zu tun. Ich mauere wirklich gerne, dabei kann ich völlig abschalten. Manchmal glaube ich, als Kind hypnotisiert worden zu sein, denn sobald ich den *Kleber* – wir sagen dazu Mörtel«, er grinste, »aufziehe, ist es, als ob jemand mit den Fingern schnippt und dann ist da nur noch das Mauern.« Ben wunderte sich selbst über seine Redseligkeit.

»Vielleicht ist das ansteckend«, sagte Lydia.

Ben sah sie skeptisch an.

»Ja, das zu sehen, tut richtig gut; total entspannend«, sagte sie.

»Ich sollte Eintritt verlangen.«

Lydia lachte frei heraus. Marion lächelte.

»Warum nennen dich deine Freunde Bruder Ben? In der Schule hat dich so keiner angesprochen.«

»Ich kann es nicht ausstehen, so angesprochen zu werden, aber es löst so einen Ärger in mir aus, so ein Unwohlsein, dass ich aus meiner Trance vom Mauern aufwache. Deshalb rufen sie mich so. Das hat natürlich den Vorteil, dass ich pünktlich in den Feierabend gehen kann und nicht bis in die Puppen weitermauern muss.«

»Verrückt«, sagte Lydia.

»Ja, und ich heiße ja Zen mit Nachname. Zen, ihr wisst schon, diese Mönche, die den ganzen Tag im Schneidersitz sitzen. Deshalb *Bruder* Ben.«

»Witzig«, sagte Lydia nachdenkend.

»Damit identifizieren sie sich ebenfalls als Mönche, die ihre Zeit damit verbringen, mehrere Stunden vor einer weißen Wand zu sitzen, um sich dem Diskurs ihrer Gedanken hinzugeben, denn nur Brüder nennen sich Bruder«, sagte Marion trocken.

Ben rang um eine Antwort.

»Hauptsache, es wirkt«, sagte Lydia.

Sie setzten sich in die Wiese zu Marion, die zwischen ihren Fingern ein Gänseblümchensträußchen hielt. Es stach von ihren langen schwarzen Haaren, dem schwarzen bauchfreien Shirt und der schwarzen Stretchjeans so hell ab wie ihre porzellanfarbene Haut. Auch ihre Fußnägel und die Nägel der langen Finger hatte sie schwarz lackiert. Sie schien eine zarte und eine ruppige Seite in sich zu bergen, dachte Ben. Wohingegen er Lydia eindeutig zu den lebensfrohen Menschen rechnete. Sie ließ sich von den Menschen in ihrem Umfeld offenbar nicht anstecken, ging frei nach ihrem Instinkt, ohne sich Gedanken über Konsequenzen zu machen, ihren Weg. Das war zumindest sein Eindruck. Ihre kupferfarbenen welligen Haare und die hellen Sommersprossen zeugten von Temperament. Sie war schlank, aber nicht dürr. Ihre Brüste zeichneten sich schwach unter ihrem locker getragenen Shirt ab, das vorne in der ziemlich kurzen Hose steckte. Durch die Sommersprossen wirkte ihre Haut nicht so rein wie Marions, doch das tat ihrer Schönheit keinen Abbruch. Ohnehin wurde man eher von ihrer unbeschwerten Art in den Bann gezogen. Diese umhüllte sie wie eine Aura, von der jegliche weltliche Schwere Abstand hielt.

Lydias kleine Zehen spielten mit dem Gras, als sie Ben fragte: »Wohnst du hier in der Gegend?«

»Ja, tatsächlich wohne ich gerade mal fünf Minuten von hier über dem Sportgeschäft in der Erzbergerstraße. Aber ich bin auf der Suche nach etwas Eigenem. Vier Wände, in denen ich tun und lassen kann, was ich will. Kennt ihr das?«

»Oh ja«, sagte Marion.

»Meine Eltern sind sowieso fast nie zu Hause, deshalb kommt in mir so ein Wunsch gar nicht erst auf«, sagte Lydia.

»Arbeiten beide?«

»So genau weiß ich das selber nicht. Nur dass sie in Afrika ein Hilfsprojekt für Kinder betreiben. Irgendwas mit der katholischen Kirche zusammen. Frag mich aber nicht, um was es da geht, ich versteh davon nichts und will es auch gar nicht. Bist du mit jemandem zusammen?«

»Mit einem Mädchen, meinst du?«

»Ja, oder mit einem Jungen«, sagte sie verschmitzt.

»Na, hör mal, ich bin Maurer. Hast du schon mal, außer in einer Comedysendung, einen Maurer vom anderen Ufer gesehen?«

Lydia sah ihn an und konnte sich das Lachen nicht mehr verkneifen. Und auch Marion verlor ihre verhaltenen Gesichtszüge. Erst dann bemerkte Ben die zutreffende Zweideutigkeit in seiner Frage und lachte mit.

»Ehrlich gesagt habe ich mir Maurer noch nie so genau angeschaut. Du bist der erste, den ich kenne.«

Kennen ist wahrscheinlich etwas übertrieben, dachte er.

»Und?«, sagte Lydia.

»Und?«

»Na, bist du mit jemandem zusammen?«

»Nein, im Moment nicht.«

»In der Schule hattest du doch ein Auge auf die Religi-

onslehrerin geworfen. Wie hieß sie noch gleich … Frau …
Frau Rotapfel«, brach es aus ihr heraus.

Ben durchsuchte die Bilder aus seiner Schulzeit, doch
noch immer war auf keinem Lydia zu sehen.

»War das so offensichtlich?«

»Nein, ich glaube nicht. Aber weißt du noch? Die haben
damals in Religion drei Klassen zusammengelegt. Wahrscheinlich ist das Fach altersneutral, und es gab eh nur ein
Buch oder besser gesagt zwei: ein altes und ein neues.« Sie
lachte kurz auf. »Das war doch damals ganz neu: Religions-
unterricht getrennt nach Glauben. Machen die das heute
immer noch so? Egal, jedenfalls saß ich immer schräg hinter dir und da ist mir aufgefallen, dass du bei jeder Gelegenheit den Kontakt mit ihr suchtest. Auch bist du wegen
jeder Kleinigkeit vor ans Pult, nur um sie mit deiner Hand
oder deinem Arm zu berühren.« Sie lachte kurz. »Anfangs
dachte ich: Was macht denn der da, warum fragt der sie
ständig so einen Kleinkram, der ist doch nicht dumm! Bis
ich deinen Drang, sie zu berühren, bemerkte und wie du
sie ansahst«, sagte sie lächelnd.

Ben wurde warm im Gesicht, verschämt lachte er mit.
Er sagte: »Ja, aber mit dem Herrn ist nicht gut Kirschen-
essen, besser man lässt seine Früchte hängen.«

Lydia lachte laut auf und hörte gar nicht mehr auf, sodass ihre Augen anfingen zu glänzen.

»Du meinst wegen Rotapfel, oder? So einen Humor
kenne ich von dir gar nicht.«

»Ja, so lange kennen wir uns auch noch nicht.«

»Also, ich dich schon seit der Grundschule«, sagte sie
seinen Blickkontakt suchend.

Ben fühlte sich beobachtet. Da kannte ihn jemand schon sein halbes Leben und er wusste bis jetzt nicht einmal, dass es diese Person gab. Andererseits fühlte er sich geschmeichelt, man beobachtet ja nicht jeden x-beliebigen Menschen, meist eher nur gefährliche und interessante. Ben setzte zum Reden an, doch Marion kam ihm zuvor.

»Da staunst du, was?«

»Ja«, sagte er lächelnd und verstummte.

Lydia streifte mit beiden Händen ihr nackenlanges Haar hinter die Ohren. Ihr freigelegter Hals erregte ihn, und es kribbelte in der Mitte seiner Brust. Sie war wirklich das Bezauberndste, das er je zu Gesicht bekommen hatte, und anscheinend mochte sie ihn. Und trotz ihrer offenen Art hielt er sie nicht für ein Flittchen, das sich jedem an den Hals schmiss oder jedem Dahergelaufenen solche Blicke schenkte.

»Und was machst du so, wenn du nicht gerade deine Mittagspause mit zwei hübschen Mädchen auf der Musikinsel verbringst?«, sagte Lydia.

»Nichts Besonderes, eigentlich«, sagte er und suchte nach etwas interessant Klingendem, das er erzählen konnte. Da Ben Zen aber nichts dergleichen einfiel und die erwartungsvollen Blicke unangenehm auf ihm lasteten, erzählte er von seinem Tagesablauf, dass er pünktlich um sieben in der Arbeit erschien und um fünf wieder nach Hause ging, dass er sich ab und zu mit seinen Freunden auf ein Bier zum Billardspielen traf, dies aber eher selten vorkam und im Winter so gut wie nie, denn da war er froh, endlich im Warmen zu sein, und nur noch in der Lage, sich von einem heruntergeladenen Film oder einer Serie berieseln zu lassen. »Nicht gerade aufregend, was?«

»Das Leben der hart arbeitenden Mittelschicht«, sagte Marion. In ihrer Stimme schwang weder Ironie noch Ernsthaftigkeit mit.

»Das geht mir genauso«, sagte Lydia. »Im Winter bin ich auch am liebsten zu Hause. Die Kälte ist überhaupt nichts für mich. Das einzig Schöne am Winter ist, wenn ich auf der Couch unter meiner warmen Wolldecke liege, ein Buch lese und ab und zu nach draußen schaue, wie die Kamine rauchen und der Schnee langsam zu Boden schwebt. Das finde ich das Tollste am Winter. Und vor allem plagt einen kein schlechtes Gewissen, wenn man faul herumliegt. Der Freizeitstress: Schönes Wetter, ich muss jetzt raus, ich muss jetzt schwimmen, ein Sonnenbad nehmen, findet keinen Weg ins Haus. Ich kann einfach daliegen und mich unterhalten lassen.«

»Und ich muss nicht einmal Teil der Unterhaltung sein«, sagte Ben.

»Ihr hört euch schon an wie ein von der Gewohnheit gefesseltes altes Ehepaar«, sagte Marion.

Die beiden sahen sich verbunden an.

»Kann sein«, sagte Lydia. »Vielleicht mit dem Unterschied, dass man, wenn man in etwas aufgeht, keine Handschellen trägt«, fügte sie mit erhobenem Zeigefinger hinzu, »und wir sind noch sooo jung.« Beide lachten, und auch Marion grinste.

»Genau«, stimmte Ben zu.

»Kommst du heute Abend zu mir?«, sagte Lydia zu Ben.

Ihre Frage kam so unerwartet und war ein so plötzlicher Themenwechsel, dass in ihm der Eindruck entstand, als würde ein Fremder mit der Frage nach dem Weg nach New

York ungeniert in die Unterhaltung platzen, sodass man zuerst einmal perplex dastand. Man kennt den Weg, bekommt aber die Hand nicht in die Richtung. Ben Zens Kopf pochte. Er konnte ihr nicht antworten, weil er noch an der Wirklichkeit der Frage zweifelte, und solange nicht die Information hereinkäme, dass Lydia sie tatsächlich gestellt hatte, war er zu nichts fähig, als in der Schockstarre zu verharren. Sein Kopf wurde immer wärmer, und der Druck intensivierte sich.

»So gegen sieben?«, sagte sie, um ihrer Frage Nachdruck zu verleihen.

Bens kurzzeitige Absenz löste sich auf. Sie hatte die Frage tatsächlich gestellt, und ohne dass er bewusst an seiner Antwort mitwirkte, hörte er sich sagen:

»Klar, warum nicht?«

»Toll«, rief Lydia und streckte dabei – sodass es ihr fast die Brust entblößte – beide Arme zum Himmel, wie ein Fußballfan, der nach einem Tor »Tor« schreit. »Ich freu mich«, fügte sie hinzu.

»Ich mich auch«, erwiderte Ben.

Marion zupfte Gras aus dem Boden der Musikinsel.

»Brauchst nichts essen, ich koche uns etwas Leckeres. Nur Duschen wäre nicht schlecht«, sagte sie mit einem breiten Lächeln.

»Oh, das hört sich gut an, das hört sich *sehr* gut an. Ich komme frisch geduscht und geschniegelt.«

»Ich wohne oben in der Nordstadt, in der Kupferstraße achtzehn. Soll ich es dir aufschreiben?«

»Kupfer wie dein Haar und achtzehn wie ich«, sagte Ben, und haderte, ob er mit »kupfernes Haar« nicht eine Beleidigung ausgesprochen hatte.

»Das ist mein Maurer«, sagte sie ihn herzzerreißend anlächelnd.

»Ihr seid ja nicht zum Aushalten«, sagte Marion.

Ben sah verlegen auf seine billige Armbanduhr. »Oh, schon zehn nach halb, ich glaube, ich sollte dann mal wieder.«

»Ja, dann bis heute Abend. Gibt es etwas, das du nicht isst?«

»Kutteln«, sagte er wie aus der Pistole geschossen, »und andere Innereien. Ansonsten alles und viel.«

»Was sind denn Kutteln?«, fragte Lydia.

»In Streifen geschnittener Magen von Wiederkäuern«, sagte Marion.

»Igitt, wer isst denn so was?«

»Schmeckt genauso wie Calamares, nur säuerlicher wegen der Zubereitung«, sagte Marion tonlos, während sie auf einem Grashalm kaute.

»Man muss doch nicht alles essen, oder?«, sagte Lydia zu Marion.

»Kommt auf das Elternhaus an«, erwiderte sie.

»Wie auch immer.«

»Ich gehe dann mal«, wandte Ben ein, als er eine Lücke im Gespräch der beiden fand. »Bis heute Abend, ich freu mich. Soll ich etwas mitbringen?«

»Gute Laune und Appetit.«

»Immer dabei, und die gute Laune sollte bei der Gastgeberin nicht schwerfallen.«

»Ist ja nicht zum Aushalten«, murmelte Marion.

»Das ist mein Maurer.«

Ben winkte und stieg wieder in den Bach. Erst jetzt bemerkte er den Schweiß, der ihm aus den Achseln rann. *Das ist mein Maurer*, geisterte es kreuz und quer durch seinen Kopf, sodass er grinste.

»Sei pünktlich«, rief sie ihm hinterher.

»Ich bin Maurer«, sagte er.

WIR WISSEN, WO DAS KLOSTER IST

»China in your Hand« von T'Pau. Komische Vorstellung. Ich vertrage laute Musik nicht mehr. Musik überhaupt, selbst Wellnessmusik empfinde ich nach kürzester Zeit als unerträglich. Wahrscheinlich habe ich mich schon zu sehr an die Ruhe gewöhnt. Schon verrückt, Yellow: Man genießt etwas, das es gar nicht gibt. Stille kennen wir nur dank der Geräusche. Sie ist einfach die Abwesenheit von Lärm. Nur dank des Lärms gibt es die Stille, und umgekehrt ist der Lärm ein Kind der Stille, denn ohne Abwesenheit keine Anwesenheit. Huhn oder Ei, Yellow? Beides zugleich natürlich. Pssst, die Nachrichten.

Nichts. Habe ich mir fast gedacht. Also, komm, Zeit für unseren Schönheitsschlaf. In der Stunde bis drei Uhr wird dort oben schon keiner herumgeistern, und wenn, dann sehen wir es ja an unserer Stock-Stein-Konstellation.

Ah, ab in mein geliebtes Bett. Der Schlaf, die Belohnung für den Tag. Einschlafen ist etwas Schönes.

Was, schon wieder vorbei? Angenehm im Bett, Stretching, Fernglas, Gedanken, Gedanken, Zimmerdecke, Fenster, angenehm warm, Gefühl von Anwesenheit, Informationen über Informationen, Gedanken, Gedanken, Gedanken, Wahrnehmung, Welt ist da, alles auf einmal, von Traum zu Traum.

Kaum nehmen wir die Welt wahr, geht es auch schon wieder los, Yellow. Ich mag den Moment gleich nach dem Aufwachen. Man ist noch nicht richtig hier, schwebt noch hoch oben auf der Ist-alles-nicht-so-interessant-Wolke.

Hallo, Yellow, schon wach? Oder sollte ich *Hello Yellow* sagen. Gut möglich, dass der Hersteller der Rucksackfirma auch ein Loch im Bauch hat, in dem so eine kleine gelbe Leuchtturmkugel wie du leuchtet. Ein Pflänzling von einem Selbstnahrungsseminar mit der Hübschen sozusagen. *Hello Yellow*, dass mir das nicht selbst eingefallen ist! Wahrscheinlich bin ich zu deutsch konditioniert. Aber nach der Firma google ich mal.

Mist, Yellow. Irgendetwas scheint mit dem Mond passiert zu sein. Er hat sich zwar schon auf die andere Hausseite bewegt, wirft aber ungehindert von Wolken einen silbernen Schimmer über die Wiese. Vielleicht stört der Einfallwinkel oder eine andere Distanz zur Erde, ich weiß es nicht, jedenfalls sehen wir unser Zeichen nicht mehr. Verdammt, schon wieder eine Hängepartie. In dieser einen Stunde, in der wir abwesend waren, wird sich bestimmt keiner dort oben zu schaffen gemacht haben, aber trotzdem. Viele Unsicherheiten erlahmen einfach. Wir müssen versuchen, jede Sicherheitslücke zu schließen, sonst lässt uns der Verstand keine Ruhe. Ich kenne das nur zu gut.

Kein Auto, kein Tier, kein Mensch, kein Wind, Ruhe. Halb vier ist eine schöne Zeit, bin ganz alleine mit dir, mein Freund. Dafür bin ich dankbar. Immer wieder erfüllt mich ein Staunen, wie das hier alles funktioniert – das Erscheinen der Welt, meine ich –, ohne dass irgendjemand etwas tut. Ja, weil ich lange glaubte, jemand zu sein, der denkt und tut, was er tut. Tut tut, was für ein Witz, mein Freund. So, Zeit für unser Stretching.

Da leuchtest du wieder wie eine Eins, wie eine in einem Leuchtturm scheinende Sonne. Was für ein kraftvolles Gelb. Wobei dich nicht die Leuchtkraft so ansprechend erscheinen lässt. Da übertrifft dich ein Tausendwattstrahler um Längen. Es ist dieser Farbton, finde ich, der dich hübsch macht, zumindest für mich und vorausgesetzt, du bist nicht gerade down. Ich weiß nicht, ob es mich entspannt, dich so zu sehen, oder ob du so strahlst, weil ich so entspannt bin? Egal, es fühlt sich gut an. Vielleicht eine Win-win-Situation.

Ach ja, undenkbar, so eine Welt ohne Liebe, Yellow. Was meinst du? Wie sollte so eine Welt aussehen? Ich kann's mir nicht vorstellen. Nimm die Liebe raus, und alles fällt zusammen. Sie ist die Intension von allem, auch wenn das, was daraus entsteht, nicht immer danach aussieht, so ist es doch *sie,* die unter allem hervorscheint, unter allem Geschehenen und aus jedem noch so idiotischen, mit Haut überzogenen Gedärm namens Mensch. Man muss nur genau hinschauen. Aber das dürfen wir nicht zu laut sagen. Zu leicht wird es missverstanden, und zu schnell wird argumentiert, ohne sich wenigstens einen Tag Zeit der Kontemplation zu nehmen. Dabei ist *das* zu sehen der größte Schatz, den es zu entdecken gibt in dem Traum Leben. Könnte ich sie nicht in allem sehen, läge ich schon längst nicht mehr hier auf der Yogamatte. Die Wahrheit zu sehen, dass die Welt einem Traum gleicht, ohne zugleich auch die Liebe zu erblicken, ist vergleichbar mit einem Todesurteil.

Hey, was ist los, mein Leuchtturm? Nicht blass werden. Nerve ich dich etwa mit meinem Kopfkino? Langsam verdichtet sich mir der Eindruck, dass dir Gedanken nicht guttun, vor allem oder vielleicht nur solche, die zu nichts führen. Erst gestern hast du ja so rumgezickt. Irgendetwas stimmt da nicht. Bezweckst du, mir damit etwas zu sagen, mein Freund? Das würde die Sache verkürzen. Ach, du lässt dir aber auch alles aus den Fingern ziehen. Am Anfang sollte es ein Kompliment für dich werden, und wo bin ich nun gelandet? Wenn die Gedanken Aufmerksamkeit bekommen, führt das einfach zu nichts. Ich hab dich trotzdem gern, mein Freund.

Das wird sich ganz schön in die Länge ziehen bis Sonntagnacht. Dort draußen geschieht nichts. Rein gar nichts. Es gibt doch den Film, in dem ein Mann – ich glaube, ein Zigarettenladenbesitzer – morgens, immer um dieselbe Zeit, ein Foto von der gegenüberliegenden Straßenseite knipst. Dieselbe Stelle, das gleiche Motiv, in eben dieser Zeit, und nie ist das Foto identisch mit dem vorherigen. Personen, Wetter, Jahreszeiten sind die großen Faktoren, die das Foto nie gleich aussehen lassen, man mag es echt nicht glauben.

Doch hier bei uns, in der Nacht, bei Mondschein verändert sich nichts. Absolut überhaupt nichts. Also, ich kann nichts erkennen. Die Zeit läuft zu langsam, als dass ich Veränderungen wahrnehmen könnte. Nicht einmal Katzenaugen leuchten aus den Sträuchern. Keine Wolken schweben unter dem Mond vorbei, ebenso wenig wie Satelliten an ihm vorbeiziehen, und der Wind scheint auch gerade die Luft anzuhalten, denn es bewegt sich kein Ast und kein Blatt, nichts. Hinter der Balkontüre wirkt alles wie auf Pause gedrückt. Würde ich vor der Scheibe mit geschlossenen Augen sitzen, alle Sinnesorgane abgeschaltet, ohne Atem und Gedanken – mal davon abgesehen, dass dies höchstwahrscheinlich nicht möglich ist –, wäre nur noch das klitzekleine Empfinden von Anwesenheit vorhanden. Anwesenheit wovon auch immer. Kein unangenehmer Gedanke. Aber was erzähl ich dir, Yellow? Das interessiert dich garantiert so wenig, wie es einer Amsel wichtig ist, ob der soeben verschluckte Mistelsamen ihren Darm wieder unbeschadet passiert und daraus ein neuer Zweig aufspringt oder er im Schiss erstickt. Das ist ihr einerlei. Hauptsache, er ist draußen.

Mit irgendjemandem muss ich halt reden, und sei es nur mit mir selbst, macht doch keinen Unterschied.

Da, der Erste ist wach, Yellow. Hast du gesehen? Dort drüben in dem Mehrfamilienhaus ist im Dachgeschoss das Licht angegangen. Es ist kurz vor fünf. Als ich noch dreischichtig arbeitete, hat mich mein Wecker um dieselbe Zeit malträtiert. Eine üble Zeit.

Was meinst du, darf man spickeln? Ich weiß, das ist ein Fauxpas, aber ich schaue gerne in die Fenster anderer Häuser, wenn das Licht brennt, einfach um zu sehen, was die so treiben. Das ist wie Fernsehen. Natürlich nicht mit dem Fernglas, das weißt du, Yellow. Aber komm, einmal. Es ist sonst nichts los hier.

Es ist die Küche, keine Vorhänge, wie bei uns. Die sind im Dachgeschoss auch nicht nötig. Eigentlich! Eine Frau, Yellow. Sie löffelt Kaffeepulver aus einem Edelstahlgefäß in den Siebträger der Kaffeemaschine und streift das Pulver eben. Der Rest fällt in das Edelstahlgefäß zurück. Sie dreht das Sieb oben in die Maschine. Ihre Abläufe sind müde und routiniert. Ich sehe, dass sie unter ihrem Schlafanzug keinen BH trägt. Die beträchtlichen Brüste hängen zu den Seiten, was ihrem Reiz aber keinen Abbruch tut. Aber diese Art Schlafanzüge finde ich furchtbar. Jede Gartenstuhlabdeckung ist attraktiver. Schätzungsweise wird sie zwei, drei Jahre jünger sein als ich, so um die vierunddreißig, fünfunddreißig. Hübsch ist sie, vielleicht ein wenig barock. Vor ihr dampft es. Vermutlich läuft der Kaffee in die Tasse. Sie dreht den Kopf im Kreis, einmal in alle Richtungen, und dehnt vermutlich mit einer Hand ein Bein nach hinten. Jetzt hantiert sie unter der Spüle. Anscheinend klopft sie den Kaffeesatz aus. Sie schaut aus dem Fenster in unsere Richtung, Yellow, aber auf etwas über uns, wahrscheinlich zum Mond. Nun beugt sie sich über die Arbeitsplatte, dabei klebt ihre Nase fast an der Scheibe, weil diese, vermutlich vom Küchenlicht, in einen Spiegel verwandelt wurde. Ihre Aura hängt ihr wie langes Haar links und rechts als tiefes Wissen blau vom Körper herab. Über dem Haupt, wie um einen Mittelscheitel zu verdecken, strahlt sie in Form einer großen weißen Schüssel

70

breit nach oben. Tiefes Wissen und göttliche Verbunden-
heit, würde ich sagen. Ganz außen drehen sich viele kleine
schwarze Wirbel in der Aura. Kaffeewirbel. Oh Mann, ich
höre mich ja schon an wie die Hübsche. Ein Wirbel über
der rechten Schulter ist faustgroß. Offensichtlich schleppt
sie ein schwer zu lösendes Problem mit sich herum, das
ihr viel Energie raubt. Auf dieser Seite leuchtet sie sichtbar
schwächer.

Ihr erster Schluck, Yellow. Sie trinkt ihn mit Bedacht
und atmet ausgiebig durch den Mund aus, sodass sich ihr
Oberkörper ein paar Zentimeter senkt. Mit geschlossenen
Augen zieht sie den Dampf über der Tasse ein und lächelt
zufrieden. Sie öffnet die Augen, jetzt schaut sie direkt zu
uns, Yellow. Nicht bewegen. Hoffentlich reflektiert nichts.
Sie nippt an der Tasse und schaut weiter zu uns, doch ihre
Augen sind verdreht, schauen nicht in die Ferne, sind noch
leicht träumerisch. In ihrer Aura erscheinen magentafarbene Wattebäuschchen. Jetzt geht sie. Licht aus. Schade.

Wieder alles dunkel. Dunkler als zuvor. Lauter Träume,
hinter allen Fenstern, ob Tag oder Nacht, jeder ist mit seinem kleinen Erlebniskosmos beschäftigt.

Es dauert noch ein wenig, bis es hell wird, ich meine, so
um halb acht. Nächste Woche oder übernächste wird auf
Winterzeit zurückgedreht, dann wird es wieder früher hell.
Ich hoffe, unser Zeichen liegt noch unverändert da. Was ist
das nur mit dem blöden Mond?

Ein bisschen komme ich mir vor wie Aomame, die Frau
aus Haruki Murakamis Roman *1Q84*, weißt schon, Yellow,
die von ihrem Balkon aus den Spielplatz beobachtet, bis
ihr Tengo dort wieder erscheint, um die zwei Monde zu

sehen. Nur warte ich nicht auf eine Geliebte, sondern bewache sechs Millionen Euro. Im Gegensatz zu Aomame hoffen wir, dass niemand erscheint. Doch auch wir können in einer anderen Welt landen, wenn wir nicht gut aufpassen, einer Welt mit schwedischen Gardinen.

Sechs Millionen! Ich kann es immer noch nicht richtig fassen. Sechs Millionen. Was machen wir eigentlich damit, mein Freund? Wir können nicht einfach mit einem Autoreifensack voller Fünfhunderter zur Bank gehen und ihn durch den Schlitz unter der Scheibe schieben. Wir würden sogleich verdächtigt, alles Mögliche angestellt zu haben, wobei Diebstahl das Mindeste wäre. Bis wir nicht genau wissen, was wir damit anfangen, ist es wahrscheinlich das Beste, es anschließend wieder dort oben zu verstecken. So viel Kohle im Haus ist nicht gut.

Was fangen wir also damit an, Yellow? Hast du eine Idee? Mir fällt spontan eine Hütte in den Bergen ein, von wo aus man das Panorama genießen kann, mit eigener Wasserquelle und weit und breit keine Nachbarn. Natürlich mit Sauna, ansonsten schlicht.

Vorstellen könnte ich mir auch Hawaii. Dort wollte ich zu meinen Rohkostzeiten immer hin, weil es das ganze Jahr über reifes Obst gibt, hab ich mir sagen lassen. Trinkkokosnüsse, Bananen, Papayas, dort wachsen die leckeren Früchte bei angenehmen Temperaturen. Doch jetzt, wo ich nichts mehr esse, hat Hawaii an Attraktivität stark verloren. Jetzt wäre es eher unangenehm, täglich die reifen Früchte vor der Nase hängen zu haben. Ja, da würde es Ibiza auch tun. Theoretisch könnte ich dort das ganze Jahr über in einem Hotel wohnen und hätte immer noch genug Kohle zum Leben. Niemand dort kennt mich, keiner würde Fragen stellen, sie würden denken: Ein Mann, der Geld hat. Und nichts weiter. Aber Hotel ist nichts für mich. Ich brauche einen Rückzugsort, an dem ich für mich allein sein kann. Außerdem tummeln sich dort mit Sicherheit die ekligen M-Schnecken, mindestens das halbe Jahr über lärmen Touristen, und in der Luft hängt ein abstoßender Spirit. Nein, Hotel ist nichts. Wenn, dann eine Wohnung oder ein Häuschen am Meer, zwischen hellblauen Schleierwesen, und wer weiß, was außerdem so am Meer lebt. Seit ich die zusätzliche Welt sehe, war ich ja noch nicht am Meer. Generell kann man aber sagen, dass in der Natur – Berge, Wasser, Wald –, wo es nicht gerade von Menschen wimmelt, angenehme Wesen leben und leuchtende Farben von den Erscheinungen ausgehen. Auch findet man im Wald immer grüne Waldteppiche und in den Bergen stets die anmutigen weißen Bergwesen, die aussehen wie zwei Lungenflügel. Also werden am Meer höchstwahrscheinlich auch die hellblauen Schleierwesen zu sehen sein, doch womöglich haften an Salzwasser und Süßwasser unterschiedliche Wesen. Eigentlich ist davon auszugehen. Überleg mal, Yellow, das riesige Meer. Bestimmt strahlt es etwas aus, das einen demutsvoll werden lässt.

Doch im Moment sagt mir die Berghütte mehr zu. Was meinst du? Wir bräuchten nicht viel. Einen Wald zum Heizen und dass uns nicht langweilig wird. Wasser, Solarenergie und natürlich LTE. Mehr ist eigentlich nicht nötig. Nicht einmal ein stinkiges Plumpsklo. Die drei, vier Hasenkügelchen, die ich im Monat ausscheide, benötigen kein speziell dafür angefertigtes Holzhäuschen mit einem aus der Türe ausgeschnittenen Herzen und eigenem Keller.

Jedenfalls könnte ich so nie das ganze Geld ausgeben. Ich müsste es spenden. Aber spenden liegt mir überhaupt nicht. Dafür bin ich nicht der Typ. Lieber würde ich etwas Sinnvolles damit anstellen. Sinnvoll in Anführungsstrichen, Yellow.

Mann, ich hätte nicht gedacht, dass es so schwierig ist, sechs Millionen auszugeben, dass abgesehen vom klassischen Haus keine weitere Idee erwacht. Zwar schwirrt einem schon mal der Gedanke herum: Wenn ich im Lotto gewinne, dann … Aber wenn es so weit ist, fühlt man sich überfordert, Yellow. Ach ja, einen Carrera-911-Porsche, passend zu meinem Carrera-No-551-Wasserkocher. Jetzt mache ich mir schon einen Kopf, wie ich es loswerde, und jammere herum.

Nichtsdestotrotz steht mir der Sinn nicht nach einem mordsmäßigen Haus, einer Weltreise oder einem Auto – außer dem Neunelfer. Ich will einfach irgendwo meine Füße ausstrecken, meine Ruhe haben, schreiben, lesen und Teepausen genießen, mit der Hübschen, wenn möglich. Spinner. Weiß der Geier, wo die ist. Damals wohnte sie in dem Kloster auf dem Weinberg, auf das man uns mit dem blickdichten Transporter *geleitete*, um es mit deren Worten zu formulieren. Das ist jetzt über eineinhalb Jahre her. Ob sie immer noch mit Franz von der Alm und ihren beiden Kindern dort wohnt?

Eigentlich dürfte es nicht so schwer sein, das Kloster ausfindig zu machen. Außerhalb von Ulm muss es einen Weinberg geben, auf dem ein Kloster steht. Ich frage mich, weshalb sie uns so geheimnisvoll dorthin kutschierten. Sie mussten doch damit rechnen, dass der Ort gefunden wird. Wollten sie ihr Seminar vielleicht nur sibyllinisch aufpeppen, interessant machen? Wir werden es nie erfahren, Yellow.

Benediktinerkloster Neresheim, schlägt Google vor. Lass mal sehen. Nein, das ist es nicht, und außerdem waren bei uns Nonnen. Domitillanonnen. Ich habe es noch wie gestern vor Augen, wie zwei von denen uns mehrmals täglich die großen Holzflügeltüren zum Saal öffneten, in dem wir in die Selbstnahrung eingewiesen wurden. Der schönste Raum, den ich je gesehen habe, Yellow, ohne dick aufzutragen.

Mal sehen, was uns bei Domitillakloster Ulm, Weinberg, vorgeschlagen wird. *Kloster Wiblingen.* Wow, schön. Die Epoche der Fassade dürfte dieselbe sein, doch das ist es auch nicht. Außerdem ist es wieder ein Benediktinerkloster. Ulm scheint eher mönchslastig gewesen zu sein. Komm, das kann doch nicht so schwer sein, ein Kloster auf einem Weinberg zu finden, so einen Riesenkomplex. Was habe ich denn noch für Anhaltspunkte? Kloster, Kuhstall, Weinberg … ah, einen Truppenübungsplatz gab es doch dort oben im Wald, genau; auf der anderen Seite, in Richtung Westen. Truppenübungsplatz, Ulm. Mal sehen. *Rommel-Kaserne (Dornstadt).* Uiuiui. *Die Rommelkaserne (kurz RoKa) ist eine Kaserne der Bundeswehr in Dornstadt, Baden-Württemberg.* Angeblich *eine* von ehemals drei Bundeswehrkasernen. Natürlich trägt sie den Namen von Generalfeldmarschall Erwin Rommel. Hast du gewusst, Yellow, dass er der Vater von Stuttgarts langjährigem Oberbürgermeister war?

Ja, steht hier. Da kommt einem der Zweite Weltkrieg gar nicht mehr so verraucht vor.

Den Bildern nach ist diese Spielwiese zwei, drei Nummern größer als das, was ich damals im Wald gesehen habe. Doch die Reifenspuren, die von schweren Geräten zeugten, müssen doch auch im Internet ihre Spuren hinterlassen.

Nichts. Auch die anderen Truppenübungsplätze können es nicht sein. Fällt dir nicht noch etwas ein, Yellow, was uns zum Kloster führt?

Ich glaube, es dämmert. Wir drehen uns abwärts in Richtung Sonne. Schon sechs vorbei. Normalerweise würde ich jetzt mit dem Schreiben aufhören und mich auf den Weg zur Arbeit machen. Die ganze Zeit über habe ich nicht einen Gedanken an das Schreiben verloren. Doch jetzt, wo ich an meinen Protagonisten denke, kitzelt die Geschichte an meinem Schreibnerv. Sobald es hell ist, schreibe ich ein wenig.

Unser Zeichen ist immer noch nicht zu erkennen. So ein Mist. Ich habe das Gefühl, in der Dämmerung noch weniger zu sehen als im Mondschein. Aber Personen könnte ich gut wahrnehmen, die sind größer. Ich würde sagen, dass ich ab der Größe eines Eichhörnchens alles erkennen kann, was sich bewegt.

Siehst du, Yellow, sobald man eine Weile nicht nach draußen geschaut hat, werden einem die Veränderungen bewusst. Mit einem gewissen Abstand wird meist alles wieder kurzzeitig interessant. Inzwischen wurden Rollläden hochgezogen, Scheinwerfer fahren durch die Straßen, in den Zimmern brennen die Stromsparlampen, und die vom Mondlicht durchdrungene Nacht gibt den Staffelstab weiter an den Tag.

Kloster, Übungsplatz, Weinberg, Serpentinen, Krankenhaus. Klar, das Krankenhaus, Yellow. Ich hatte doch das Krankenhaus am Fuße des Weinbergs gesehen, bei meinem Spaziergang nach dem ersten Seminartag. Ich ging durch das Türchen in Richtung Osten hinaus und ... Warte mal, darüber stand etwas mit Liebfrauenb... Mit Sicherheit schrieb sich das früher nicht Liebfrauenbrüste oder -brüder, wenn doch das Kloster auf einem Berg steht. Jetzt überschlagen sich aber die Informationen, Yellow. Ich probiere es zuerst mit dem Liebfrauenberg. Das trifft sicherlich nicht auf die streng dreinblickende Nonne zu, die uns – immer vorneweg laufend – die Zimmer zeigte, doch sehr wohl auf die Litaneien, die aus der Kapelle in den Brunnenhof drangen. Ich kann sie immer noch hören.

Volltreffer, Yellow. Wir haben es gefunden. Wir wissen, wo die Hübsche wohnt. Ja, wir wissen, wo die Hübsche wohnt, »wir wissen, wo die Hübsche wohnt«. Ich komme mir gerade vor wie Rumpelstilzchen.

Das Kloster Liebfrauenberg liegt westlich von Ulm in einem der ältesten Weinanbaugebiete Europas. Erst 1899 wurde das Hofgut Pfauenberg zum Kloster Liebfrauenberg ausgebaut. Die Schwestern des Domitillastifts pflegten und betreuten dort bis in das neue Jahrtausend hinein geistig verwirrte Menschen. Die Gemeinschaft lebte völlig autark. Aus nicht sicheren Quellen heißt es, der Liebfrauenberg sei ein internes Experiment der katholischen Kirche. Lediglich Kleidung und Obdach wurden ihnen gestellt. Sie lebten von ihrem eigenen Anbau und von ihrer Zucht. Das wenige Geld, das sie bekamen, floss direkt auf ein Konto der katholischen Kirche und wurde

für Kleidung und Instandhaltung reinvestiert. In den hundertsiebzig-
tausend Quadratmetern Gebäudefläche lebte die Gemeinschaft nach
Geschlechtern getrennt in separaten Räumlichkeiten. Auf den zwei-
hundertsiebzigtausend Quadratmetern Nutzfläche erwirtschaften die
Schwestern und Brüder gemeinsam ihren Lebensunterhalt.

Wow, Yellow, das hört sich stark nach Heimlichtuerei,
Lügen und Gewissensbissen an. Aber wer weiß, vielleicht
denke ich das nur, weil ich schon des Öfteren davon gehört
habe. Der Artikel jedenfalls stimmt mit meinem Empfinden, als ich die drei Tage dort oben verbrachte, überein.
Aber egal, wir haben das Kloster gefunden. Eine halbe
Stunde Googeln hat gereicht, um herauszufinden, was die
Hübsche und ihr Franz von der Alm versucht haben, mit
getönten Scheiben zu verheimlichen. Na ja, sie werden
einen Grund dafür gehabt haben. Einerlei. Wir wissen,
wo die Hübsche wohnt. Das ist doch schon mal was. Und
nun? Was machen wir jetzt mit dieser Information? Sollen
wir sie besuchen, sagen: »Franz, mach verschwindibus, das
ist Chefsache, ich übernehme ab jetzt.« Apropos Chefsache, Yellow, da fällt mir einer ein.

Eine bildhübsche Frau sitzt allein in der Kirche. Der
Pfarrer kniet vor dem Altar, schaut nach oben zu dem riesigen Kreuz und bittet um eine schnelle Hilfe des Herrn.
»Jesus, die Frau hat Probleme, sie müsste getröstet werden,
doch ich weiß nicht, ob ich mich zurückhalten kann, sie
kann unmöglich nur fürs Auge geschaffen worden sein,
bitte, hilf mir. Was kann ich tun?«

Des Pfarrers Stoßgebet wird augenblicklich erhört. Sein
Oberhaupt spricht umgehend zu ihm. »Mein Sohn, mach
die Nägel los, das ist Chefsache.«

Vielleicht wohnen die beiden gar nicht mehr in dem Kloster, sie suchten ja damals schon nach einem geeigneten Nachfolger für die Landwirtschaft. Womöglich wurde er gefunden, und nun wohnen sie weiß der Geier, wo; fahren eventuell mit einem Wohnwagen von Seminarhaus zu Seminarhaus oder sind überhaupt nicht mehr zusammen. Doch wir werden es nie erfahren, wenn wir nicht dort hinfahren. Ich spüre, dass die Entscheidung gefallen ist, Yellow, und wenn wir dort nur kurz spazieren gehen. Ich möchte mich vergewissern, ob sie noch da ist. Alles Weitere ergibt sich.

Russe kauft Liebfrauenberg. Was? Ist das *der* Liebfrauenberg? Der Artikel ist von Ende letzten Jahres, circa acht Monate nach unserem Seminar.

Ein russischer Geschäftsmann erwarb gestern das aus wirtschaftlichen Gründen zum Verkauf angebotene Kloster Liebfrauenberg für stolze zwanzig Millionen Euro. Die Liegenschaft sei geradezu prädestiniert für seine Rennpferde und deren Zucht. Er werde das Kloster im Rahmen des Denkmalschutzes restaurieren und die Gärten zu Koppeln mit einer Rennstrecke topografisch umfunktionieren, sodass sie mit der Flora ein Ganzes bilden.

Restaurieren, die Gärten zur Rennstrecke umfunktionieren, ein Ganzes bilden, Yellow? Der schöne Garten wird niedergemacht, der Katze die Bank genommen, die Terrasse höchstwahrscheinlich zur Tribüne umfunktioniert, und aus dem Saal entsteht ein Café oder eine mit Wettschaltern bestückte Halle? Wenn ich daran denke … ich seh schon, wie blass du bist. Ja, ich weiß, dass das nur meine Vorstellung ist und mit der Realität vermutlich nichts zu tun hat, doch bei so was platzt mir der Hutfaden, Yellow.

Die Kirche ist sich doch wirklich für nichts zu schade. Dass so etwas überhaupt genehmigt wird und sich das Land dafür in keinster Weise verantwortlich fühlt, sagt doch alles über seine, in diesem Punkt, ekelhafte, selbstzerstörerische Politik aus. Es ist zum Kotzen. Geben sie doch tatsächlich den Liebfrauenberg einem reichen Schnösel aus was weiß ich, woher. Das gehört doch verboten. Überall wird sich eingemischt, für alles in der Welt fühlt man sich verantwortlich, für aller Herren Länder meint man, der Mentor sein zu müssen, und für den Dreck im eigenen Haus, der sich um die Füße häuft, fühlt man sich erst verantwortlich, wenn er einen vor lauter Weitsicht schon bewegungsunfähig gemacht hat. Dioptrienvirus. Ist doch wahr, Yellow. Klar ist ein Auge für den Kontext wichtig oder gar unentbehrlich, aber normale Eltern kümmern sich meines Erachtens primär um die eigenen Kinder. Ich könnte kotzen, Yellow, wirklich. Die Obstbäume, der Magnolienbaum, der bestimmt schon vor dem reichen Schnösel den Sonnenaufgang gesehen hat, sind vermutlich längst umgehauen, zersägt, gespalten und aufgerichtet. Keine Frühlingsblumen und auch kein Kirschblütenduft wehen einem dort mehr in die Nase. Stattdessen trampeln jetzt Jockeys mit ihren domestizierten Pferden im Kreis herum. Keine Hollywoodschaukel mehr auf der Terrasse, von wo aus man aus seinem Buch in den sonnengetränkten Garten aufblicken oder einfach nur entspannt dem Geräusch des Regens lauschen kann. Ein Jammer. Das müssen wir uns ansehen, Yellow. Gleich am Montag fahren wir dorthin. Wenn wir nach der Arbeit losfahren, wird es, kurz nachdem wir dort sind, anfangen zu dämmern. Wir müssen also noch einmal einen Tag blaumachen, denn so kurzfristig gibt uns Günter nicht frei. Das ist zwar nicht die feine Art, aber wir müssen da einfach hin, und außerdem ist die Gegenseite auch nicht immer fair. Nein, schlechtes Gewissen habe ich keines. Ich rufe gleich im Geschäft an, wegen heute. Aber zuerst beruhigen wir uns ein wenig. Die Vorstellung, was alles mit dem Liebfrauenberg geschehen sein könnte, hat uns ganz schön Energie gekostet. Gut, dass wir uns wenigstens aufgeregt haben.

Grand Pas de deux

- Lydia -

Auf dem Weg in die Nordstadt kaufte Ben Zen eine Flasche seines Lieblingsweins, einen Grauburgunder aus Hagnau am Bodensee; passt zu jeder Jahreszeit und zu jedem Essen, dachte er. Damit konnte er nichts falsch machen. Zwei Minuten vor sieben drückte er auf den runden Klingelknopf in der Mauerfassung neben einem großen bogengeschwungenen schwarzen Schmiedeeisentor, das ihm den Weg zu dem wohl eindrucksvollsten Haus in dieser noblen Gegend versperrte. Soviel er gesehen hatte, gab es hier keine schlichten quadratischen Reihenhäuser, deren Rasenfläche von der Größe her gut mit einer Schere hätte gepflegt werden können. Nein, hier war zwischen den Häusern Raum für einen Bolzplatz. Über den Mauern und hinter hohen Bäumen lugten, wenn überhaupt, die Obergeschosse, aufwendige Dachkonstruktionen und Alarmanlagen hervor.

Das Eingangstor öffnete sich zu beiden Seiten. Ben schritt in Richtung Eingangsbereich des weiß geklinkerten Bungalows. Der Flaschenhals des Grauburgunders in seiner Hand zeigte auf das in die Jahre gekommene Kopfsteinpflaster. Die Bäume links und rechts des Weges wirkten auf ihn wie Einzelstücke, Raritäten. Es roch waldig. Das Eisentor rastete hinter ihm satt ein, und er nahm ein elektrisches Geräusch wahr. Jedes Fenster hatte einen gemauerten hervorstehenden Sturz, wie es bei Backsteinhäusern oft zu sehen war. Von Weitem sah er, dass sich hinter der bodentiefen schmalen Glasscheibe der Eingangstüre etwas bewegte. Die Türe ging auf und Lydia flog leichten Fußes, mit einer beigefarbenen weiten Stoffhose und einem schwarzem Top bekleidet, die vier breiten Treppenstufen herunter und lief, als wöge ihr Körper nicht mehr als ein Kopfkissen, Ben entgegen. An einer Roseninsel, um die ein Wendekreis führte, begrüßte sie ihn links, rechts küssend. Aus der Ferne schlug eine Kirchenuhr mit ausreichendem Resonanzkörper, was Bens Pünktlichkeitssinn beseelte.

»Sind wirklich alle Maurer so pünktlich?«

»Die, die ich kenne, ja.«

»Scheint eine Tugend von euch zu sein. Ich mag pünktliche Menschen. Irgendwie kann ich ihnen mehr vertrauen als anderen.«

»Das verstehe ich, geht mir genauso.«

»Hast du gleich hergefunden?«, fragte Lydia, während sie sich mit beiden Händen an seinem linken Arm einhängte und ihn zum Haus führte.

»Ich hab in der Karte nachgeschaut. Kein Problem. Vor

ein paar Monaten hatten wir zwei Straßen weiter unten eine Baustelle. Damals wusste ich noch nicht, dass sich eine Stadt innerhalb von ein paar Straßen so verändern kann. Dass jemand in einer Stadt so viel Grund besitzt, ist echt ein bisschen verrückt«, sagte Ben beeindruckt.

»Das Haus gehörte schon meinen Großeltern. Früher gab es eben noch Platz. Ich genieße es auch. Ich bin hier völlig abgeschottet, für mich, und doch gleich in der Stadt, wenn mich mal die Lust zum Shoppen überkommt. Hier kann ich sogar fast überall nackt herumlaufen, ohne beobachtet zu werden.«

Ben fühlte sich geehrt, in Lydias Rückzugsort eingeladen worden zu sein, und eben noch stellte er sich vor, wie sie nackt um das Haus joggte und ein paar Stretchings durchführte, da waren sie auch schon an der Haustüre angekommen. Er streifte seine Schuhe auf dem Teppich ab und war froh, noch keinen Hund registriert zu haben. Es war ein lichtdurchflutetes Haus. Er vermutete an der Nordseite große Fenster. Lydia lief vor ihm zu einem mindestens drei Meter langen Esstisch aus Echtholz; er vermutete Eiche. Beim Gehen sah er ihre dreckigen Fußsohlen, die er aber erstaunlicherweise eher zum Küssen als abstoßend fand.

Der Esstisch mit jeweils fünf verschiedenfarbigen Stühlen zu den Seiten, stellte sich vor einer Panoramaglasfassade zur Schau, durch die man drei Hegauberge und die Autobahn sah. Vor zwei Stühlen in der Mitte des Tisches war auf zwei Platzsets gedeckt. Am linken Tischende lag eine schwarz-gold getigerte Katze. Die Ohren zu ihm gewandt, blickte sie in seine Augen. Ben unterbrach sicherheitshalber den Augenkontakt.

»Wow, schön hast du es hier.«

»Danke, ich habe es selbst eingerichtet. Meine Eltern haben mir damit freie Hand gelassen«, sagte Lydia.

Ganz offensichtlich war sie hier mit Leidenschaft am Werk, dachte Ben und fragte: »Du hast das möbliert?«

»Hättest du nicht gedacht, was?«

Um in kein Fettnäpfchen zu treten, sagte er: »Du hast Geschmack.«

»Und eine Kreditkarte, denn ein Same kann sein gesamtes Potenzial ohne Wasser nie entfalten. Das kommt nicht von mir, Marion gibt solche Sprüche ständig von sich«, sagte sie und ging links in die offene Küche.

»Du hast die Kreditkarte deiner Eltern?«

»Ja, aber es ist nicht so, wie du es dir vorstellst, dass ich wie in Filmen mit dem Geld um mich schmeiße und willkürlich draufloskaufe. Ich gehe zum Beispiel nicht gerne Shoppen, also Kleidung, meine ich, Schmuck und der ganze Kram. Da muss man sich bei mir keine Sorgen machen. Für gewöhnlich brauche ich die Karte nur für Essen und Bücher«, sagte sie und legte, nachdem sie im Kochtopf gerührt hatte, den Kochlöffel wieder auf den Teller neben dem Topf.

Ben inhalierte und identifizierte über die in der Luft schwebenden Aromen die Bolognese im Kochtopf.

»Aber als ich das Haus vor zwei Jahren nach meinem Geschmack ausgestattet hatte, waren *schon* drei, vier Neuwagen verbraucht.«

Ben zog die Augenbrauen hoch.

»Toll, nicht, wenn man es sich schön machen kann?«, sagte Lydia.

»Ja«, sagte er teilnehmend. »Das stelle ich mir gut vor.«

»Solche Ausgaben hat man aber nicht alle Tage. In der Regel genügt mir ein gutes Buch und ein Liegestuhl, um zufrieden durch den Tag zu kommen; das liebe ich.«

Lydia kostete die Sauce und bot ihm denselben Löffel an, nachdem sie mehrmals darauf gepustet hatte.

»Möchtest du probieren?«

»Und ob«, sagte Ben und schleckte den Löffel ab. »Schön fruchtig, ich kann es kaum erwarten.«

Lydia gab zwei Teelöffel Curry in die Bolognese, rührte es unter und setzte den Deckel wieder darauf. Währenddessen sang sie ständig vor sich hin.

»Curry bricht die Säure der Tomaten und rundet das Ganze ab«, sagte sie, beugte sich auf Zehenspitzen zu dem kochenden Wasser auf der hinteren Herdplatte und warf den Inhalt einer Packung Spaghetti hinein.

»Woher kannst du so gut kochen?«

»Oh, kann ich das?«

»Das ist doch offensichtlich.«

»Mein Maurer«, sagte sie und strich ihm einmal über die Wange. »Ich koche fast nie nach Rezept; ganz selten. Ich öffne für gewöhnlich den Kühlschrank und spüre in mich hinein, was mich gerade anmacht. In meinem Kopf stellt sich dann ein Gericht zusammen, das ich anschließend richtig Lust habe zu kochen. Das meiste, was ich zubereite, kennt man bestimmt nicht. Wenn mich meine Mutter oder Marion fragt, was es zum Essen gab, dann muss ich immer sagen: ›Reis mit heller Pfifferlingssauce‹ oder ›Nudeln mit Tomatensauce‹, weil ich den Namen des Gerichts nicht weiß. Klar kennt jeder Bolognese, aber ich habe keine Ahnung, ob es da Variationen gibt. Ob es immer noch Bolognese heißt, wenn man wie ich Rotwein, Curry und ein wenig Bechamelsauce dazugibt. Verstehst du, was ich meine?«

»Völlig«, sagte Ben prompt.

»Das ist mein Maurer«, sagte sie und streichelte ihm abermals die linke Wange, was ihn wieder erröten ließ.

»Die Nudeln sind gleich fertig.« Sie reichte ihm ihr Weinglas. »Möchtest du auch von dem?«

Ben probierte und meinte, dass er gut sei und er gerne davon nehme, bevor er ihr das Glas zurückreichte. Er stellte den Grauburgunder auf die Küchentheke. Sie gab ihm ein Rotweinglas und die angebrochene Flasche, anschließend drückte sie die Pasta unter Wasser, danach rieb sie frischen Parmesan in ein Schälchen. Dies alles verrichtete sie, ohne dass auf ihrem Gesicht auch nur der Anflug von Mühe erschien. Immer wieder strich sie ihr Haar hinter beide Ohren, stellte ihren Körper auf Zehenspitzen, ließ Geschirr in die Maschine schweben und summte dabei eine ihm unbekannte Melodie, die selbst einem eingerollten Igel in die Brust dringen würde. Die Art, wie sie sich bewegte, zauberte ihm überspitzte Gedanken zu wie: Entweder war ihr zierlicher Körper so leicht wie Staub im Sonnenlicht, oder ihre Muskeln hatten die Kraft und Geschmeidigkeit von zehn Shaolin-Fuzzis.

Er nippte an dem Rotwein und gewahrte seine Freude über diese traumgleiche Szene. Er fragte sich, warum ihm dieses zauberhafte Geschöpf in der Schule nie aufgefallen war. Jetzt kam es ihm vor, als wäre er all die Jahre mit Scheuklappen durch das Leben gestapft. Ihm ging das Lied »Du entschuldige i kenn di« von Peter Cornelius durch den Kopf. Es brachte sein Empfinden auf den Punkt. Er kannte Lydia zwar nicht vom Schulhof, dennoch würde er ihr gerne den letzten Satz des Refrains vorsingen: »Komm wir streichen die paar Jahr, hol'n jetzt alles nach, als ob dazwischen einfach nix war.«

»Echt merkwürdig, dass ich mich nicht an dich erinnern kann«, sagte er und bereute augenblicklich seine unsensible Ausdrucksweise.

Lydia ignorierte die Bemerkung, nahm eine Nudel vom Kochlöffel, warf sie ein paar Mal von der linken Hand in die rechte, wieder zurück und abschließend an den Fliesenspiegel, wo sie kleben blieb. Sie schielte lächelnd zu ihm hoch und sagte: »Hab ich mal wo gelesen. Bleibt sie kleben, sind sie fertig.«

Sie leerte die Nudeln in ein Sieb und zurück in den Topf, wo sie die Bolognese dazuschöpfte und mit Gabel und Löffel unter die Spaghetti hob. Anschließend gab sie alles in eine große weiße Schale und streute Parmesan und frische Petersilie darüber.

»Nimmst du den Wein und den Parmesan?«, sagte sie, als sie den Herd ausgeschaltet hatte und mit der Schale zum Tisch schritt.

»Mach ich«, sagte Ben folgsam.

Lydia füllte beherzt beide Teller, während Ben den restlichen Wein gerecht verteilte. Die Katze rollte unbeeindruckt von dem Vorgang und dem Geruch ihren Kopf in die Vorderpfoten. Für fünf, sechs Gabeln waren beide eingehüllt in Stille und in den Farbenglanz der hinter den Hegaubergen untergehenden Sonne. Nur das Aufdrehen der Nudeln und ihr Schmatzen klang deplatziert in ihren Ohren angesichts der Szenerie hinter der Scheibe.

»Schön hast du es hier«, wiederholte Ben träumerisch.

Sie hob das Glas und stieß mit ihm an.

»Fühlst du dich nicht manchmal alleine in dem großen Haus?«

»Bin ich doch gar nicht«, sagte Lydia zur Katze nickend. »Alles Gewohnheitssache.«

»Stimmt«, sagte Ben und nahm einen großen Schluck Wein. Zu den Spaghetti fand er den schweren Wein süffig.

»Schmeckt es dir?«

»Ich könnt' mich reinlegen, wirklich. Es schmeckt sehr gut. Daran könnte ich mich echt gewöhnen.«

»Das freut mich«, sagte Lydia. »Wenn man nur immer für sich selbst kocht, verliert man völlig den Überblick, wie etwas schmeckt, weil einem der Vergleich fehlt. Deshalb frag ich und weil ich natürlich möchte, dass es dir schmeckt. Das hört sich alles bisschen blöd an, aber verstehst du, was ich meine?«

»Natürlich«, sagte Ben, in dessen Intonation die Frage mitschwang: Warum sollte ich das nicht verstehen?

»Das ist mein Maurer«, sagte sie und drückte kurz ihre Wange an seine Schulter.

Lydia befüllte Bens Teller mit derselben Menge wie zuvor und ihren mit der Hälfte. Dabei berührte sie mit dem Ellenbogen seinen Oberarm, was er versuchte, unauffällig in die Länge zu ziehen.

Sie schauten gemeinsam in den Sonnenuntergang, bis das Bild sich in ihre Augen einbrannte und sie die Spaghetti nicht mehr sehen konnten, sondern die Nudeln silhouettenhaft vor ihnen lagen, worüber beide lachten.

Als sie fertig gespeist hatten, räumten sie zusammen den

Tisch ab. Ben fragte, ob er abspülen solle, worauf Lydia meinte, dass hierfür Betty zuständig sei. Zuerst dachte er an eine Haushälterin, doch als sie ihre Spülmaschine öffnete, sagte er:

»Ah, Sie sind also Betty, schön, Ihre Bekanntschaft zu machen.« Beide lachten.

»Hast du Lust auf einen Verdauungsspaziergang? Dabei könnte ich dir den Garten zeigen.«

»Klar, gerne«, erwiderte Ben.

Das Haus stand ziemlich mittig auf einem nahezu zwei Fußballfelder großen Anwesen. Am vorderen Ende mit dem Tor ragten die Baumraritäten wie ein lichter Wald in den Himmel. Als Lydia die Haustüre öffnete, wehte der Geruch von Tannen über ihre Gesichter. Ben schlüpfte in seine Laufschuhe. Lydia und die Katze flanierten barfuß. Sie führte Ben nach den Stufen rechts herum in Richtung Waldrand. Zwei schwarze Eichhörnchen rannten hintereinander einen Lärchenstamm hinauf, während Ben und Lydia durch das Gras streiften. Bienen schwirrten emsig an sechs Kästen rein und raus, und unweit davon entdeckte Ben eine bunte Hängematte, gespannt zwischen zwei Tannen.

»Wer kümmert sich denn um das Anwesen? Das kannst du doch unmöglich alles alleine in Schuss halten«, sagte Ben.

»Nein, natürlich nicht. Ich habe einen Gärtner, vielleicht kennst du ihn, er war eine Klasse über dir, Ronny heißt er.«

»Nein, da tut sich nichts.«

»Hätte ja sein können. Er kommt einmal im Monat und macht mit ein paar Arbeitern alles schön. Mäht den Rasen, schneidet Bäume, setzt Tulpen, pflegt den Teich und den Pool, solche Sachen eben.«

»Vielleicht wenn ich ihn sehe.«

»Ja, bestimmt.«

Lydia nahm Bens Hand und schaukelte sie. Sie schlenderten an einem hölzernen Liegestuhl rechts und links vorbei, ohne sich loszulassen, und stiegen ein paar Schritte weiter auf die geschwungene Teichbrücke, wo sie für einen Moment den Spinnen zusahen, wie diese zwischen Teichrosen auf ihrem Spiegelbild kleine runde Wellen auslösten.

»Komm«, sagte sie und zog ihn weiter, »ich muss dir was zeigen, das wird dir sicher gefallen.«

Lydia führte ihn zwischen Bananenstauden und Schilf auf der anderen Seite herunter und zu einer zwanzig Meter entfernten Grillstelle. Sie hob die Holzbretter von einer danebenliegenden Grube und ließ sich dabei nicht helfen, deshalb erblickte Ben durch die beige Hose ihr schwarzes Spitzenhöschen. Er genoss den Anblick, wollte die Situation aber nicht ausnützen und heimlich spannen, weswegen er an ihren zierlichen Pobacken vorbei in die Grube schaute. Nicht ganz ein Kubikmeter schätzte er. Auf halber Höhe war ein Streifen Rost montiert, Asche und Kohle bedeckten den Boden.

»Einmal, als mein Vater aus Afrika zurückkam, grub er dieses Loch hier. Er schmierte zentimeterweise roten Lehm, den er sich von dort hatte liefern lassen, an die Wände der Grube und montierte den Rost. Als er damit fertig war und ein paar Mal darin Feuer gemacht hatte, sagte er, dass wir von nun an hier kochen würden.«

»Kochen?«, fragte Ben in die Grube starrend.

»Ja, damit meinte er: Kochen, Backen, Grillen und so weiter.«

»Backen?«, sagte Ben immer noch in das Loch starrend.

»Ja, schau, das ist ganz einfach. Du machst unten ordentlich Feuer und wartest, bis es zu einer schönen Glut wird; also rot flimmernd und noch kaum Asche. Dann kannst du zum Beispiel Teiglinge an die Lehmwände kleben, Fleisch auf den Rost legen, ein paar Kräuter mit dazu und die Grube schließen. Je nach Garzeit der Zutaten machst du wieder auf, schneidest das Fleisch in Scheiben, legst es dir auf das nach Kräutern und Fleisch duftende Brötchen und lässt es dir schmecken.«

»Die Brötchen bleiben am Rand kleben?«

»Ja, hab ich anfangs auch nicht geglaubt.«

»Verrückt«, sagte Ben kopfschüttelnd.

»Ja, wirklich verrückt, denn als mein Vater mit diesem Spleen ankam, hatten wir Winter. Wir standen uns wärmend auf der Grube. Durch die Ritzen drang der Essensdampf in unsere Hosenbeine und setzte sich in den Hautporen fest. Ständig rochen wir nach Rauch und gegrilltem Fleisch. Manchmal, wenn es schneite oder regnete, hielten wir uns gegenseitig die Schirme.«

»Wie lange habt ihr das gemacht?«

»Ein halbes Jahr, bis in den Frühling hinein.«

»Wahnsinn. Aber geschmeckt hat es bestimmt gut. Durch den Lehm und die Abdeckung bleiben die Aromen in der Grube und vermengen sich, und dann noch das Raucharoma, bestimmt lecker.«

»Das ist mein Maurer«, sagte Lydia und lächelte ihn an.

»Und alles schmeckt so erdig und rund. Ein Traum. Nur nicht im Winter.«

»Das kann ich mir gut vorstellen«, sagte Ben in die Grube nickend.

»Komm, wir gehen weiter.« Lydia nahm ihn wieder an die Hand.

»Sollen wir nicht wieder abdecken?«

»Mach ich morgen.«

Der Rasen steuerte sie abschüssig an einen Bach, an dessen Ufer auf der Grundstücksseite Schilf, Heide und wilde Blumen gediehen. An einer Stelle führten Steinstufen in den Bach, und auf der gegenüberliegenden Seite wucherten Brennnesseln, Brombeeren, Sträucher und Bäume.

»Wenn du hier hineinhüpfst, bist du in fünf Minuten bei deiner Baustelle.«

»Ah, die Aach. Dachte ich mir schon. Sehr idyllisch, wohin man auch schaut.«

Ben drehte sich um zum Haus. Durch die Panoramaglasfront konnte er den großen Esstisch sehen, und in einem Nebenzimmer, das zwei, drei Stufen tiefer lag, hatte er Einblick auf eine hohe Bücherwand, vor der sich ein Wippstuhl positionierte. Weil das Grundstück so abschüssig war, stand die Hausrückseite auf Betonstützen, und der Keller befand sich etwas zurückversetzt oberirdisch. Hier lagerte Holz, und eine Art Freisitz war bunt zusammengestellt worden.

»Mann, ich wusste gar nicht, dass es in der Stadt noch so riesige Grundstücke gibt«, sagte Ben, während sie weiter durchs kurze Gras dem Bach folgten.

»Mein Vater meint, unseres ist das zweitgrößte. Der

Nachbar dort«, sie nickte mit dem Kopf zu einer hohen Mauer am Ende des Anwesens, »ein Gemeinderat oder so, sagt, seines ist ein paar Quadratmeter größer.«

Durch die Neigung des Bodens schrumpfte Lydia links neben Ben um zwei Köpfe. In diesem Moment kam sie ihm sehr kindlich vor. Eher wie eine Zwölf- als eine Fünfzehnjährige, jedoch nicht infantil. Er würde gut auf sie aufpassen, dachte er und drückte ihre Hand etwas fester.

Lydia öffnete die Türe einer Holzhütte, die sie seit ein paar Minuten angepeilt hatten. »Meine Sauna«, sagte sie schwelgerisch. »Ab Beginn des Herbstes bin ich hier mindestens drei Mal die Woche schwitzen.«

»Mmh, riecht gut hier.«

»Orange-Honig ist mein Lieblingsduft. Doch sich selbst den Aufguss zu machen ist nur ein halbes Vergnügen, man kann es nie richtig genießen«, sagte sie und blickte schelmisch zu ihm.

Ihr verschmitztes Lächeln ließ sie wieder wie achtzehn aussehen. Er errötete leicht und brachte nur ein kurzes »Genau« hervor.

»Darf ich dich küssen?«, sagte sie unvermittelt und sah ihm dabei in die Augen.

Perplex antwortete er: »Klar.«

Lydia stellte sich auf die Zehenspitzen, das letzte Stück kam er ihr entgegen. Ihre weichen Lippen liebkosten seine, die sich augenblicklich ebenso entspannten. Er legte seine kräftigen Hände an ihre Hüfte, konnte sie fast umgreifen, und drückte ihre fragile Erscheinung sanft an sich. Dann stellte sie ihre Fersen wieder ab und sagte genauso abrupt wie zuvor:

»Komm weiter.«

Ben gehorchte, sie schlossen die Saunatüre und gingen weiter. Was war das denn gerade?, fragte er sich. War es ein Test, oder hatte sie ihn aus einer spontanen Laune heraus geküsst? Egal, sie war bezaubernd. Das allein zählte. In seinen Händen spürte er noch ihren Körper und auf dem Mund ihre Lippen, die sich so weich anfühlten wie Ravioli aus der Dose.

Eine Freude überflutete ihn, als sie fast schon wieder am Haus oben waren, und riss all seine Beklemmung mit. Er fühlte sich mindestens so unbeschwert, wie sie auf ihn wirkte, ließ ihre Hand los, hob sie in seine Arme und drehte sie in der Luft im Kreis. Alle Bedenken und jede Scham vergessend, drehte er sie und drehte und drehte, bis die Lawine an Euphorie abflachte und er bemerkte, wie es ihn selbst drehte. Während er auf dem Po im Gras landete, stützte er sie unter den Armen wie wertvollstes Meißner Porzellan. Sie nahm seinen Kopf zwischen ihre Hände und küsste ihn, wegen des Drehwurms anfangs noch etwas ungeschickt, sodass beide in Gelächter ausbrachen. Ungeachtet dessen fand er ihre Küsse genauso warm und begehrenswert wie zuvor in der Sauna, und ihr Körper wog nicht mehr als zwei Ziegelsteine.

»Du kannst mich wieder runterlassen«, sagte Lydia nach einiger Zeit dicht vor seinem Mund. Als Ben ihrer Aufforderung nach weiteren innigen Küssen nicht nachkam, sagte sie es noch einmal in einem lauteren Flüsterton.

»Ben, du kannst mich jetzt absetzen.«

Doch Bens Muskeln gaben nicht nach, auch nicht, als sie ihn leicht in die Wange zwickte. Lydia wollte ihn nicht irritieren, weshalb sie ihn einfach weiter küsste. Doch mit einem Mal fiel ihr etwas ein, von dem sie sich sicher war, das es funktionieren würde.

»Bruder Beeen«, flüsterte sie zaghaft über seinen Lippen.

Ben öffnete die Lider und sah in Lydias hellbraune Augen.

»Du kannst mich wieder runterlassen«, sagte sie lächelnd.

Ben stieg das Blut in den Kopf, bis es an den Schläfen pulsierte. »Entschuldigung«, sagte er und ließ sie auf seinem Schoß nieder. Sie kniete sich zwischen Bens Beine, gab ihm einen abschließenden Kuss und sagte: »Ich habe Tiramisu im Kühlschrank. Hast du Lust?«

»Und ob«, erwiderte er.

Sie vollendeten den Rundgang nicht, sondern gingen über den Keller ins Haus. An Gartenmöbeln vorbei, Weinregalen und Fitnessgeräten, hin zu einer Wendeltreppe, die nach oben in den Empfangsraum führte. Chlorgeruch drang intensiv in seinen Kopf. Oben streifte er wieder mit den Füßen die Schuhe ab, derweil wartete Lydia an seiner Hand und führte ihn an den langen Holztisch.

»Setz dich und rühr dich nicht von der Stelle, ich bin gleich wieder bei dir«, sagte sie und streckte sich, um ihn zu küssen.

Ben genoss es, als würde sie dies für eine sehr lange Zeit oder gar nicht mehr tun, und schaute ihr auf ihrem Weg zum Kühlschrank hinterher.

So etwas Zauberhaftes war ihm noch nie begegnet, auch wenn es sich noch so kitschig anhörte. Dabei hatte er sie all die Jahre in der Schule nie bemerkt, nie fiel seine Aufmerksamkeit auf sie, nie zogen ihn schmutzige Füße, kleine Brüste oder jüngere Mädchen an. Aber nun fand er genau das enorm reizvoll; natürlich im Ganzen als Lydia.

Ben setzte sich auf den Stuhl, auf dem er zuvor schon gesessen hatte, und sah ihr dabei zu, wie sie auf Zehenspitzen eine Porzellanform aus dem Kühlschrank balancierte. Überhaupt musste sie sich ständig strecken, sodass ihre dreckigen Fußsohlen zum Vorschein kamen. Sie hatte das Mobiliar nicht an ihre Größe anpassen lassen, warum auch immer.

In diesem Moment wäre er am liebsten zu ihr hinübergegangen, um sie an sich zu drücken. Sie einfach nur in den Armen zu spüren. Ihren flachen Bauch, die kleinen Brüste, ja, ihre Unbeschwertheit zu erhaschen und festzuhalten, würde ihm schon genügen.

Für diese Fantasien gegenüber einer Fünfzehnjährigen würden ihn garantiert manche als nicht normal abstempeln, und falls er mit ihr schliefe, könnte er dafür sogar vor Gericht landen, auch wenn zwischen ihnen nur wenige Jahre lagen. Doch wie sollte er sich verhalten, wenn es zum Äußersten käme? Mit Sicherheit könnte er nicht widerstehen. In jedem Fall müsste es ihr beider Geheimnis bleiben.

Ben Zen sah Lydia beim Portionieren des Desserts zu. Oder besser gesagt betrachtete er *sie*, ihren zierlichen Körper mit den kleinen Füßen, die von Sommersprossen punktierte Haut, das wellige kupferfarbene Haar. Es war das Kindliche mit den reifen Zügen, das ihn an ihr reizte, diese ambivalente Kombination. Noch nie hatte er sich so unbefangen einem Mädchen gegenüber verhalten, die er gerade mal ein paar Stunden kannte. Und obwohl sie ihr Leben ganz offensichtlich sehr gut managen konnte – schließlich führte sie dieses Anwesen seit ihrem zehnten Lebensjahr so gut wie alleine –, stellte er fest, dass sich bei ihm ein Beschützerinstinkt regte. Sie gehörte zu ihm, und er würde sie mit allem, was ihm zur Verfügung stand, behüten. Komme, was wolle. Ob sie es benötigte oder nicht.

Lydia reichte Ben ein Stück des Desserts. Dabei berührten sich ihre Finger. Ben hielt den Kontakt unbewusst so lang als möglich aufrecht.

»Trinken Maurer Kaffee oder Espresso?«

»Also, bei den deutschen Maurern bin ich mir sicher, dass die Antwort Kaffee lautet«, tat Ben seinen Wunsch mit einem Lächeln kund, Lydia erwiderte es und stellte den Kaffeeautomaten entsprechend ein.

Mit einem Mal überfiel Ben ein Gedanke, der ihn frösteln ließ, sein Inneres wie eine dehydrierte Feige zusammenzog, das Paradies wie eine pechschwarze Wolke verdunkelte. Machte sie das öfter, oder war er die Ausnahme? Er taxierte sie an der Kaffeemaschine, versuchte, es aus ihr herauszulesen, doch ständig, wenn er überzeugt war: Nein, auf keinen Fall war sie so eine, kamen ihm wieder Zweifel und er fragte sich: Siehst du nicht ihre Unbeschwertheit? Solche Menschen scheren sich um nichts, sie küsst nicht zum ersten Mal, so viel steht fest … Erst als Lydia wieder bei ihm war und sie sich mit dem Kaffee zuprosteten, löste sich das Kopfkino wie die bezaubernde Jeannie nach dem Augenblinzeln auf.

»Mann, das schmeckt wirklich lecker«, sagte Ben, nachdem die erste Gabel in seinem Mund verschwunden war. »Woher kannst du so gut backen und kochen?«

»Warum sollte ich es denn nicht können?«, fragte sie lächelnd, aber ernst.

»Stimmt«, sagte er und dachte: Warum sollte sie es eigentlich nicht können? Nur wegen des Alters? Sie sahen sich offen in die Augen.

»Das ist mein Maurer«, sagte sie, als hätte sie ihm seine Gedanken von den Augen abgelesen. Beide lachten.

»Vermisst du deine Eltern ab und zu?«

»Ehrlich gesagt, nein, nicht sonderlich, eigentlich gar nicht. Ich lebe ja schon, seit ich zehn bin, alleine. Eher bin ich froh, wenn sie nach einem Besuch wieder weg sind. Ich reiße dann im ganzen Haus die Fenster und Türen auf, lüfte richtig durch, sodass sich mein vertrauter Geruch wieder einnisten kann«, sagte Lydia, führte eine Gabel Tiramisu zum Mund und genoss es zwischen Gaumen und Zunge. »Ich bin schon so daran gewöhnt«, sprach sie weiter, »dass ich ausziehen müsste, wenn sie hier aufs Neue einziehen würden. Ich glaube nicht, dass ich sie ständig um mich haben könnte. Versteh mich nicht falsch, ich mag meine Eltern, aber so dann doch auch wieder nicht.«

Ben fragte sich, was geschähe, wenn *er* hier einziehen würde. Wäre er ihr auch schon zu viel?

»Sicher fragst du dich jetzt, ob ich überhaupt wieder mit jemandem zusammenleben könnte.«

Ben Zen fühlte sich ertappt, und gleichzeitig war er über ihren Instinkt erstaunt. Er sah ihr an, dass sie sich durch seine Mimik bestätigt fühlte.

»Ich glaube, mit dir könnte ich es«, sagte sie, schob ein Stück Tiramisu in den Mund und beobachtete in der Spiegelung der dunklen Panoramascheibe, wie sie die Dessertgabel zwischen den Lippen hervorzog.

Überrascht antwortete Ben: »Das sagst du jetzt nur so, und nachher, wenn ich weg bin, öffnest du alle Fenster und Türen und lüftest ordentlich durch.« Beide brachen in Gelächter aus.

»Wer weiß«, sagte sie und aus ihrem Tonfall meinte Ben herauszuhören, dass sie es doch ernst gemeint hatte.

»Geht das eigentlich von Rechts wegen, dass man mit zehn schon ohne Eltern oder Erziehungsberechtigten alleine leben darf? Ich meine, es gibt doch Elternabende, und man braucht Unterschriften, es kommen Rechnungen, der Schornsteinfeger und solche Dinge.«

Lydia sah Ben forschend in die Augen. »Das bleibt aber unter uns, ja«, sagte sie.

»Worauf du dich verlassen kannst.«

Lydia musterte noch einmal ausgiebig Bens Augen, bevor sie sprach. »Meine Mutter hat mit mir ihre Unterschrift geübt. Ich brauchte gerade mal eine Stunde dafür, bis nicht einmal mehr sie selbst einen Unterschied erkennen konnte«, sagte Lydia stolz und aß das letzte Stück Dessert.

»Red keinen Scheiß«, sagte Ben ungläubig.

Ein Blick in ihre Augen genügte aber, um zu erkennen, dass sie die Wahrheit sprach.

»Du steckst voller Überraschungen. Wieso bist du mir in der Schule bloß nie aufgefallen? Das gibt es doch gar nicht«, sagte er, und nach einem Moment unangenehmen Schweigens lehnte er sich zu ihr hinüber und küsste sie auf Backe, Backe, Kinn, Mund, Nase, Stirn und Ohr.

»Ja, warum, du dummer Hund? Männer haben einfach keine Augen im Kopf«, sagte Lydia etwas wehmütig.

»Hat denn nie jemand hier angerufen und nach deinen Eltern gefragt?«, versuchte Ben auszuweichen.

»Haben alle nur die Handynummer von meinen Eltern. Auch die meiste Post wird nach Afrika versendet. Bis jetzt gab es noch kein Problem, das ich nicht selbst lösen konnte. Es gibt für alles Handwerker, die ich anrufen kann. Ich achte natürlich darauf, nie denselben zweimal zu engagieren. Es ist immer mal einer dabei, der sich für ein minderjähriges Mädchen verantwortlich fühlt oder der seine Nase nicht aus den Angelegenheiten anderer heraushalten kann. Solche erkenne ich immer gleich. Sie stellen nebenbei betont unauffällig Fragen. Sind deine Eltern nicht zu Hause? Was macht dein Papa beruflich? Bist du ganz alleine hier? Widerlich, diese Schnüffler.«

»Die haben sicherlich gute Absichten.«

»Ja, die meisten bestimmt. Bei manchen ist es aber auch zwanghaft, ganz sicher. Schnüffler brauchen dauernd was zu schnüffeln, sonst sind sie nicht zufrieden und wären zudem keine Schnüffler. Das sind so Columbo-Typen. Ständig heben sie den Zeigefinger und sagen: Ich hab da noch eine Frage.« Sie lachten beide. »Die sind so sehr auf die Angelegenheiten anderer fokussiert, dass sie gar nicht bemerken, wie ungepflegt sie herumlaufen; durch die Bank. Magst du noch ein Stück?«

»Und ob, sehr gern.«

Lydia ging in die Küche und kam mit einem weiteren Stück Tiramisu zurück.

»Danke, und du, bist du satt?«, fragte er.

»Ja, ich muss ja nicht so schwer arbeiten wie mein Maurer«, sagte sie, setzte sich im Schneidersitz wieder auf den Stuhl neben seinem und sah ihm beim Essen zu. Ben zögerte, fragte dann aber doch.

»Bisschen komisch finde ich das schon, dass Eltern ihrer zehnjährigen Tochter das alles hier schon aufhalsen. Bis heute hätte ich mir so was gar nicht vorstellen können, ehrlich gesagt.«

»Ja, das sagen alle. Erst wollten sie mich auch mitnehmen, nach Afrika, weißt du. Aber das ist nichts für mich. Ich wusste, dass ich mich dort nie wohlfühlen würde. Ich habe mich geweigert, ja, sogar gedroht, mich umzubringen, und ich meinte es auch ernst. Meine Eltern wussten keine Lösung, das war für alle nicht sehr angenehm. Deshalb schlossen wir ein Abkommen«, sagte sie und nippte am Kaffee.

»Ein Abkommen?«

»Ja, sie kamen zu dem Entschluss, dass eine lebendige Tochter weit weg immer noch besser ist als eine tote. Also durfte ich hierbleiben, unter der Bedingung, dass ich für zwei Monate mich und das Haus versorgte. Das war die Probezeit. Anschließend würden sie wiederkommen und sich über die Umstände vor Ort vergewissern, außerdem musste ich jeden Abend anrufen und ehrlich von allen Vorkommnissen berichten.«

»Wahnsinn«, sagte Ben verblüfft.

»Findest du?«

»Natürlich.«

»Außerdem machten sie mir klar, dass wenn die Sache ans Licht käme, sie wahrscheinlich im Gefängnis landen würden und ich in einem Heim.«

»So gesehen war es für beide Seiten bestimmt eine sehr unangenehme Situation«, sagte Ben.

»Für meine Eltern schon, sie sind ja keine Rabeneltern. Ich hingegen wusste: Das schaffe ich. Es war mir sofort klar, als wir alle Einzelheiten besprochen hatten. Ich musste mich lediglich um das Haus kümmern. Alle schriftlichen und finanziellen Sachen übernahmen weiterhin meine Eltern. Es ist also kein Hexenwerk«, sagte Lydia und pulte an ihrem kleinen großen Zeh. »Ich weiß noch, wie sie mit mir das Haus und das Grundstück abgingen, um mir alles, was sie für wichtig hielten, zu erklären; und wir nahmen alles auf dem Handy auf, falls ich etwas vergessen sollte. Mittlerweile kenne ich das Band in- und auswendig. Es war alles aufgezeichnet: Wie die Heizung und der Kachelofen funktionieren, wie Betty und Susi zu bedienen sind, Gartengeräte, Küche und all das Zeug. War alles auf Band nachzuhören, sogar die Geheimzahlen der Alarmanlage Bello.«

»Du hast für alle Geräte Namen?«

Sie lachte ohne Scham. »Anfangs fühlte ich mich schon sehr alleine, und da habe ich, ohne dass es mir gleich auffiel, angefangen, mit ihnen zu sprechen wie andere mit ihren Haustieren. Findest du das abgedreht?«

»Nein, ganz und gar nicht«, gab Ben ehrlich zu. »Das kann ich sehr gut nachempfinden.«

Ben Zen spürte, wie sein Beschützerinstinkt sich wieder meldete, aber er hielt sich zurück. »Nach welchen Kriterien vergibst du denn die Namen für deine Geräte?«, fragte er. »Also, Bello leuchtet mir schon ein, aber Susi und Betty?«

»Das ist genau wie beim Kochen«, sagte sie freudig. »Ich

frage mich: Was könnte zu diesem Gerät passen? Dann taucht meist sofort ein Name auf, und den nehme ich, völlig spontan, selten dass ich mich zwischen zwei Namen entscheiden musste.« Sie lachte kurz auf. »Bei der Susi erschien mir zuerst Waschi, aber das fand ich dann doch etwas zu kindisch, deshalb fragte ich mich noch einmal, und dann tauchte Susi auf, und das war's.«

»Ein Bauchmensch«, sagte Ben.

»Wie triffst du deine Entscheidungen?«

»Mit dem Kopf. Ich würde mich fragen, welcher Name zu einer Waschmaschine passt. Vielleicht würde ich *auch* auf Waschi kommen«, sagte Ben und lachte, »eventuell auch Boschi oder Liebherr, Knecht oder Simon, Miele Vanille oder so.« Sie lachten beide.

»Miele Vanille, genial. Den hätte ich vermutlich auch genommen.«

»Ja, und dann würde ich mich für den besten entscheiden.«

»Und wie machst du das?«, fragte sie interessiert.

»Na, ich frage mich, welcher Name der beste ist, und dann habe ich meistens eine Tendenz zu einem der Einfälle.«

»Und woher kommt die Tendenz zu einem der Einfälle?«

Ben überlegte, aber ihm fiel nichts ein. »Keine Ahnung, da ist einfach das Gefühl, zum Beispiel bei der Waschmaschine: Boschi ist der beste unter allen. Vielleicht weil gerade Winter ist oder ich eine Bosch-Waschmaschine im Keller stehen habe«, sagte Ben unsicher.

»Also auch eine Bauchentscheidung, nur mit Umwegen?«

Ben überlegte erneut. Eigentlich hatte sie recht. So oder so war es eine Entscheidung aus dem Bauch heraus. Die Kleine machte ihn fertig, dachte er. Sie erstaunte ihn und ebenso, dass all seine bisherigen Entscheidungen aus dem Bauch getroffen wurden, nur eben mit Umwegen, wie sie es formulierte. Er sah verblüfft zu ihr.

»Das ist mein Maurer«, sagte sie schmunzelnd.

Nach dem Dessert führte Lydia Ben durch das Haus. Sie zeigte ihm das Wohnzimmer, das er schon von draußen gesehen hatte und das eher einer Bibliothek mit Fernseher und Couch glich. Anschließend präsentierte sie ihm ihr Schlafzimmer, Bad und Gästezimmer, das ihre Eltern nutzten, wenn sie zu Besuch kamen. Daraufhin führte sie ihn durch ein eigens für Blumen bestimmtes Zimmer, wo Pflanzen an den Wänden und von der Decke hingen, auf Tischchen, Bänken und Hockern zur Schau gestellt wurden und vom Boden bis unter die Zimmerdecke wuchsen. Im Keller zeigte sie ihm den Fitnessraum, die Waschküche, den Vorratsraum und zuletzt das Schwimmbecken. Ben staunte erneut. Alles trug ihre Handschrift und war beseelt von ihr.

Für manches hatte sie einen Schreiner kommen lassen, andere Möbel bestellte und montierte sie selbst, erklärte sie ihm. Ben bewunderte sie von Raum zu Raum mehr. Unübersehbar hatte Lydia das Haus mit viel Liebe nach ihren Vorstellungen eingerichtet, und dabei wirkte nichts kindisch, alles war durchdacht.

Im Blumenzimmer fiel ihm auf, dass er sie noch gar nicht nach ihrem Berufswunsch gefragt hatte. Deshalb sagte er ihr, dass sie eigentlich die geborene Innenausstatterin wäre, jedenfalls sei das sein Eindruck. Sie dankte ihm, winkte jedoch ab. Für fremde Menschen Räume einzurichten sei doch etwas komplett anderes und komme für sie nicht in Betracht. Sie kümmere sich lieber um das Haus, lese und gehe zweimal die Woche in die Musikschule. Da bleibe überhaupt keine Zeit mehr für so etwas, meinte sie.

Was für ein angenehmes Leben, dachte Ben, wirklich beneidenswert, die Kleine.

Kurz vor Mitternacht küssten sie sich zum Abschied auf der Schwelle der Eingangstüre. Manchmal meinte er, dass er eine Minderjährige küsste, was sich irgendwie verboten und falsch anfühlte, dann wiederum küsste ihn ein selbstbewusstes, reifes Mädchen. Je nachdem spürte er einen Widerstand in sich oder war etwas schüchtern. Bestimmt, dachte er, waren dies nur seine eigenen Hirngespinste, zur Gewohnheit gewordene idiotische Denkweisen, auf die man nicht allzu viel geben sollte. Er musste sie unbedingt nach ihrem genauen Alter fragen.

Nachdem sie sich verabschiedet hatten, schlenderte Ben leichtfüßig zurück nach Hause. Die Lichter jeder zweiten Straßenlaterne erloschen, und je weiter er sich der Stadtmitte näherte, desto wärmer wurde ihm. Durch sein Bewusstsein flogen Bilder, Szenen und Gedanken, die er noch gar nicht einsortieren konnte. Wohin mit den ganzen neuen Eindrücken? Blumenzimmer, schmutzige Fußsohlen von kleinen, auf Zehenspitzen stehenden Füßen, die er gerne küssen wollte, Spaghetti, das riesige Anwesen, ganz alleine, Susi und Bello. Was für ein Mädchen. Ein Traummädchen. Weiche volle Lippen. Jetzt ist sie wieder alleine in dem Haus auf dem Riesengrundstück. You are my

Sunshine, my only Sunshine … Gefälschte Unterschrift.
Er musste lachen. Euphorie strömte durch seine Energie-
bahnen hin zu jeder noch so unbedeutenden Stelle seines
Körpers und zwang ihn zu einem hüpfenden Gang. Ich
glaube, ich liebe sie. Ach was, *glaube*. Ich liebe sie!

»Ich liebe sie«, rief er kleinlaut aus und kicherte verlegen. Was für ein süßes Mädchen. Was habe ich nur für ein
Glück.

»Kommst du morgen wieder zum Essen? Gleiche Zeit,
gleicher Ort?«, hatte sie ihn am Tor gefragt. Was hatte er
nur für ein Glück. Für immer wollte er dieser Sternen-
konstellation folgen. You are my Sunshine, my only Sunshine … Lalalalala, lalalala.

DIE SCHAFE SIND LOS, FINDERLOHN

»Guten Morgen, Günter. Du ...«

»Sag mir jetzt nicht, dass du heute nicht kommen kannst. Hier steht alles voll mit Päckchen. Weiß der Kuckuck, wer die gestern noch alle angenommen hat. Ich brauch dich hier.«

Oh Mann, der Arme.

»Es tut mir wirklich leid, Günter, aber ich komme nicht von der Toilette runter, irgendetwas muss ich mir eingefangen haben, ich kann heute wirklich nicht kommen.«

Dumpfe Stille drang durch die Leitung an Andrés Ohr.

»Gute Besserung.«

Aufgelegt. Legt einfach auf, ohne sich zu verabschieden. Manchmal ist er ein komischer Kauz.

Unangenehm ist mir das jetzt schon, ihn mit der ganzen Arbeit alleine zu lassen, Yellow. Da wird er bestimmt ein bis zwei Stunden dranhängen müssen. Ich mag es überhaupt nicht, Menschen im Stich zu lassen. Auch wenn einem klar ist, dass der freie Wille Illusion ist, dass man nichts tun kann, wenn es dazu kommt, wird man doch nicht gleich zu einem Widerling, so quasi: Da es mich als Handelnden nicht gibt, kann ich tun und lassen, was ich möchte. Das wäre wirklich kindisch und etwas zu kurz gedacht, denn wenn der Handelnde wirklich Illusion ist, wer soll dann, bitte schön, über Tun und Lassen entscheiden? Wer, Yellow? In spirituellen Kreisen ist diese oberflächliche Denkweise weit verbreitet. Auch die Hübsche sitzt ihr auf. Mir ist es einfach unangenehm, jemanden hängen zu lassen, so funktionier ich nun mal. Doch wenn es nicht anders geht, wie im Moment, bin ich dazu in der Lage, Yellow. Aber genug jetzt, das spielt im Augenblick keine Rolle, nicht dass du mir hier wieder schlappmachst, bei dem Kopfkino.

Lass mal sehen. Schau, unser Stock-Stein-Zeichen liegt immer noch exakt so da, wie wir es angelegt haben. Gut. Draußen ist es schon Tag, doch bis hier herein reicht die Helligkeit noch nicht. Ohne Sonnenlicht ist eine weiße Wand keine weiße Wand, egal wie weiß sie gestrichen wurde. Im Moment ist sie nebulös grau. Realität – in Anführungsstrichen – ist doch sehr flüchtig. Muss sie ja sein, Yellow, oder? Was wäre eine statische Realität? Völlig unmöglich. Dann gäbe es überhaupt nichts. Was erscheint, muss im Wandel sein. Ich sollte mir mal die Sprüche aufschreiben für meine Geschichten. Ich vergesse immer alles gleich.

Jetzt brauche ich erst einmal ein wenig Ruhe, Yellow. Zu viele unnütze Gedanken machen müde. Stimmt's, mein

Freund? Da dort oben auch alles beim Besten ist, können wir uns ein paar Minütchen gönnen. Bis gleich.

Ah, das ist gut. Diese angenehme Sattheit, und gleichzeitig ist klar, dass es jetzt auch wieder reicht. Der Drang, etwas zu tun, ist noch nicht vorhanden. Nichts drängt sich mir auf, Yellow. Einfach sein, so wie es gerade ist. Der unverbaubare Blick zum Hohentwiel, die Kohlmeisen, unser Versteck, sechs Millionen Euro liegen da. Die liegen erst einmal gut, mein Leuchtturm, die brauchen wir gerade nicht, muss man nur etwas tun damit. Jetzt dürfen wir einfach nur sitzen, wahrnehmen, einfach nur wahrnehmen, alles geschieht – von alleine. Wow.

Was sagt denn die Uhr, Yellow? Drei schon. Zeit für Tee, mein Lieber. Genau die richtige Zeit für ein Tässchen Tee. Was hältst du von einem Singbulli SF? Er wird uns zwar ganz schön den Magen reizen, aber mit viel Wasser zum Nachspülen geht das schon. Aus dem Garten hatte ich noch nie einen Besen erwischt. Die Verkäuferin stufte ihn unter High Taxi ein. Was immer sie damit meinte, es hört sich richtig an. Der ist von einem FF eigentlich nicht zu unterscheiden. Zumindest von einem Laien wie mir nicht. So grüne Blätter, teilweise sogar weiß, hatte ich bei einem SF noch nie. Die Blätter sind so groß und sperrig, dass sie meine fünfzig Gramm in einen Blockbeutel füllte, der normalerweise für hundert Gramm Tee gedacht ist.

Na, dann schmeißen wir unseren Carrera No 551 mal an, Yellow.

»Hallo, Siri, Timer auf zwei Minuten.«

Eine Pferderennbahn, Yellow. Dort, wo der schöne

Garten war. Ich kann es immer noch nicht glauben. Was für eine Schande. Echt.

Bei der Vorstellung von Wettschaltern im Saal denke ich gerade an Jesus, der soll ja mit einer Geißel aus Stricken die Geldwechsler aus dem Tempel in Jerusalem vertrieben haben. Angeblich verschüttete er das Geld der Wechsler, trat die Tische um und schrie: »Macht meines Vaters Haus nicht zum Kaufhaus.« Ich weiß nicht, ob im Zusammenhang mit der Tempelaustreibung, aber Otternzucht und Schlangenbrut sollen auch seine Worte gewesen sein. Harter Bursche. Mit einer Geißel kommt man heute nicht mehr weit, sonst hätten wir uns bis Montag eine angefertigt und die Schlangenbrut aus dem Saal getrieben, Yellow.

»Oynama sikidim sikidim. Oynama sikidim sikidim.«

Ich brauche unbedingt einen neuen Timerton.

So, wieder auf meinem Stuhl, ach, was habe ich dich vermisst. Das Geld scheint aber niemand zu vermissen. Ist vielleicht ein bisschen weit hergeholt, meine Besorgnis. Nanochips im Geld – möchte wissen, wer außer mir noch auf so eine Idee kommt. Doch auch wenn sie vermutlich völlig überzogen ist, sicher ist sicher. Ich habe wirklich keine Lust, die Mafia – gleich aus welchem Land – im Genick zu haben. Das wäre es nicht wert.

Landet man eigentlich im Gefängnis, wenn gefundenes Geld nicht angezeigt wird? Und wenn ja, bei welcher Menge? Ein Euro, zehn, hundert, zwanzigtausend? Ich kann mir nicht vorstellen, dass sie das wie bei Marihuana mit einer geringen Menge handhaben. Ach, komm, gefunden ist gefunden, was meinst du, Yellow? Das interessiert mich jetzt. Wir schauen mal nach, doch zuerst nehmen wir einen Schluck vom Singbulli.

Oje, Yellow, da waren wir schön auf dem Holzweg. Hier steht, dass zwischen Verlierer und Finder ein gesetzliches Schuldverhältnis besteht. Wir sind verpflichtet, dem eigentlichen Besitzer den Fund anzuzeigen und zu übergeben. Und wenn der Eigentümer nicht bekannt ist, muss der Fund unverzüglich den zuständigen Behörden gemeldet werden. Ja, die hätten eine Freude, Yellow. Die gesetzliche Lage gilt offenbar nicht bei gefundenen Werten unter zehn Euro. Also doch eine geringe Menge, aber wenigstens klar definiert. Weiter steht hier, und das beängstigt mich ein wenig: *Wer den Fund nicht meldet, macht sich der Unterschlagung schuldig und muss mit möglichen Folgen wie Geldstrafe oder im Extremfall einer Haftstrafe rechnen.*

Sechs Millionen würde ich als Extremfall bezeichnen – also Haftstrafe. Wir stehen quasi schon mit einem Bein im Knast, Yellow.

Allerdings schreiben sie hier, man solle den Fund so schnell wie möglich melden. In der Regel innerhalb von zwei bis drei Tagen. Ich hätte also noch bis Sonntag Zeit, meinen Fuß wieder unbeschadet herauszubekommen. Übrigens sind wir jetzt laut Gesetz Finder, Yellow, denn wir haben den Rucksack an uns genommen und nicht einfach nur inspiziert und anschließend zurückgelegt. Im Gegenteil, wir werden eher noch der Zerstörung fremden Eigentums bezichtigt, weil wir den Rucksack verbrannt haben. Wir kommen hier nicht mehr sauber heraus. Ich brauche jetzt erst einmal einen Schluck Tee.

Was auch noch interessant ist: Wenn sechs Wochen nach

einem gemeldeten Fund der ursprüngliche Eigentümer nicht ausfindig gemacht werden konnte, wird der Finder zum rechtmäßigen Eigentümer.

Ja, das glaube ich auch noch, dass die Behörden mir sechs Millionen aushändigen würden. Sorry, da fehlt mir gänzlich das Vertrauen. Das ist keine Option für uns.

Anscheinend bekommt man bei bis zu fünfhundert Euro einen Finderlohn von fünf Prozent und für alles, was darüber hinausgeht, drei Prozent plus die fünf von den fünfhundert Euro.

Komm, Yellow, was sind denn drei Prozent von sechs Millionen? Das ist doch nichts. Hundert Prozent sind sechs Millionen, also sechs Millionen mal drei geteilt durch hundert. Läppische hundertachtzigtausend. Natürlich noch plus die fünfundzwanzig Euro von den ersten fünfhundert, bei denen es ja fünf Prozent gibt. Allerdings bekäme ich dann ja nur von fünfmillionenneunhundertneunundneunzigtausendfünfhundert die drei Prozent. Finderlohn kommt für mich nicht infrage. Nicht bei der Menge und der Marge.

Ich sehe gerade, dass die Österreicher großzügiger sind, was den Finderlohn angeht. Typisch deutsch, immer knausrig mit dem Trinkgeld. Bei denen gibt es bis zweitausend zehn Prozent und für den darüberliegenden Wert fünf Prozent, nicht wie bei uns drei. Und wir haben es ja in Österreich gefunden … ach, egal. Wann liegen einem denn schon sechs Millionen zu Füßen? Wie viel Leben mussten dafür gelebt werden? Wer begnügt sich da mit ein paar hunderttausend Euro Finderlohn? Vielleicht gar nicht mal so wenige, nur ich kann das nicht.

Alles oder nichts. Kennst mich ja, Yellow. Anders kann ich nicht.

Also, mein Freund, ab Montag sind wir offiziell Straftäter, Kriminelle, Gesetzesbrecher, Diebe. Aber höchstwahrscheinlich Diebe von Diebesgut. Deshalb kommt auch kein grenzenverletzendes Gefühl auf, denn wo so viel Geld ist, da ist auch noch mehr. So viel steht fest.

Ja, mein Freund, ich weiß. Wir gehen ein hohes Risiko ein, und ja, die Chancen stehen fifty-fifty. Wer weiß, wie es ausgehen wird, doch wir haben keine andere Wahl. Wir werden das Geld behalten. Ich spüre ganz deutlich, dass wir diesem inneren Impuls nicht widerstehen können. Für irgendetwas wird es benützt, und wir haben keine Möglichkeit, es zu umgehen. Es steht fest, und wie es ausgeht, werden wir dann sehen. Wir werden zurechtkommen müssen, auch wenn mir nicht gerade wohl ist bei der ganzen Sache, doch das ist ja auch nichts Alltägliches, und eines steht fest: Das Leben wird sich dadurch nicht grundlegend verändern, nur das, was in ihm erscheint, und das wird sich definitiv beträchtlich verändern. Es wird total über den Haufen geschmissen, eine neue Richtung einschlagen, neue Menschen werden vermutlich in unser Erleben treten, und neue Orte und Gewohnheiten werden sich abzeichnen. Ich kenne diese Phasen des Umbruchs sehr gut. Schon des Öfteren habe ich sie erlebt. Ein ungewöhnliches Ereignis, Unwissenheit, Hilflosigkeit, Ratlosigkeit sind die ersten Zeichen des Umbruchs. Doch mit der Zeit kennt man diese Zeichen, weiß sie vielleicht sogar zu deuten und hat die Gewissheit, dass sich schon alles irgendwie fügen wird. Ein gewisses Vertrauen stellt sich ein, und man lässt sich darin durch die Gegebenheit hindurchtreiben, während man jedoch nicht untätig bleibt. Ja, was sonst ergibt Sinn, Yellow? Alles andere wäre töricht und dumm, wenngleich auch darin keine Wahl besteht. Wem allerdings dieses Vertrauen gegeben ist, dass sich alles genau so entfaltet, wie es bestimmt ist, der ist wahrlich gesegnet. Daran rüttelt auch kein Sechs-Millionen-Euro-Fund. Wie gesagt, wird sich das Leben dadurch nicht grundlegend ändern, nur eben in seiner Erscheinung. Darin liegt ein so viel angenehmeres Zuhause, wie es mit Äußerlichkeiten nie erbaut werden könnte.

Darauf trinke ich, die nächste Runde geht auf mich. Wirklich köstlich, dieser High Taxi.

Das ist jetzt aber nicht dein Ernst! Yellow, was macht der da? Nein nein, sag, dass das nicht wahr ist. Bitte nicht. So ein Mist, warum denn genau jetzt, warum dieser Tage? Da ist doch schon alles abgefressen. Onkel, was soll das? Willst du mich schikanieren? Wo sollen die auf *der* Wiese noch was zu fressen finden? Kein Rasenmäher könnte sie kürzer mähen, als es deine Schafe schon getan haben. Mähen werden sie jetzt auch, aber aus Hunger. Die trampeln mir nur über mein Stock-Stein-Zeichen. Zum Glück buddeln die nicht wie Hunde oder Füchse. Warum treibt er die jetzt auf diese öde Wiese? So kommen die doch nie gesund über den Winter. Die gehen dir doch ein, Onkel. Und soweit ich weiß, ist momentan weder Ramadan noch Fastenzeit. Warum tust du ihnen das also an, und vor allem mir?

Hast du gesehen, Yellow? Schon haben sie unser Zeichen zertrampelt. Ist doch klar bei diesen doofen Dingern.

Mann! Gut, dass ich den Stein in die Erde gedrückt habe, so haben wir zumindest noch ein halbes Zeichen. Ein Stein-Zeichen. Wenigstens etwas. Das war klar, dass das jetzt passieren musste. Jetzt kann ich die ganze Zeit auf den Berg starren, ist doch nicht zu fassen. Verflixt noch eins. Ich brauch jetzt erst mal einen Tee.

»Hallo, Siri, Timer auf zwei Minuten! Pronto bitte.«

Danke schön, High Taxi. Jetzt geht's wieder ein bisschen. Ja, ich weiß, mein ewiges Muster: bei Frust Belohnung. Ist mir grad egal. Abhängig sind wir doch alle, und sei es nur von Sauerstoff.

Warum lässt er nur die Schafe auf die abgegraste Wiese? Ich bin am Überlegen, ob wir schnell zu ihm hochgehen, Yellow. Ja, komm, das machen wir, dann hatten wir wenigstens auch mal wieder Bewegung an der frischen Luft.

»Hey, André, die übliche Runde?«

»Nein, nur 'ne kleine. Es wird ja schon wieder früh dunkel.«

»Ja, warte nur ab, in zwei Wochen werden die Uhren wieder eine Stunde zurückgestellt, dann brauchst du um fünf schon Licht. Für die Hühner muss ich am Morgen und am Abend schon extra beleuchten, die legen fast nichts mehr. Wenn das bei den Frauen nur auch helfen würde.«

»Onkel, kennst du den Unterschied zwischen Frauen und Hühnern?«

»Na, sag schon.«

»Die Hühner sitzen *ruhig* auf den Eiern.«

»Du und deine Witze. Solltest dich mal bei der Bildzeitung für die letzte Seite bewerben.«

»Der Posten ist bestimmt schon für mindestens zwei Leben okkupiert. Hattest du schon mal leere Eier?«

»Nein, hatte ich noch nie.«

»Ich habe neulich gehört, dass sich eine Frau beim Bauern beschwerte, bei dem sie für gewöhnlich ihre Eier kauft, und zwar weil alle Eier leer waren …«

»Gibt's doch gar nicht, hab ich noch nie gehört.«

»Doch. Anscheinend ist der Bauer danach wutentbrannt in den Stall gerannt und hat geschrien: ›Wer von euch nimmt die Pille?‹«

»Du wieder. Den muss ich mir merken. André, ich muss leider weitermachen, bevor es ganz dunkel wird. Ich habe die Schafe drüben auf der anderen Wiese, weil mir gestern auf der hier eines ausgebüxt ist. Der Zaun hat schon mehrere Löcher, und die Schafe finden zwar raus, aber nicht mehr rein. Ich glaube nicht, dass ich noch fertig werde, aber morgen treibe ich sie gleich wieder zurück. Für heute Abend müssen sie sich mit Brot und Nudeln begnügen.«

»Soll ich dir helfen?«

»Nein, nein, du machst dir nur deine weißen Klamotten dreckig. Sind die nicht unpraktisch? Man sieht doch jeden kleinen Spritzer darauf.«

»Kein Problem. Mit Chlor geht alles wieder raus.«

»Wie du meinst. Bis demnächst, André.«

»Ja, bis dann, und mach nicht mehr so lange.«

»Nein, nein.«

Der Onkel, immer beim Arbeiten. Aber dafür hat er ein privilegiertes Grundstück hier oben in der Natur. Alles hat halt seinen Preis.

Nun wissen wir wenigstens, dass spätestens morgen die Schafe von der Wiese wieder abgezogen werden. Und solange der Onkel den Zaun repariert, wird sich auch bestimmt niemand auf die Wiese mit den Schafen trauen, die würden sofort Alarm geben, das habe ich schon mal miterlebt, Yellow. Aber nachts, wenn kein Mensch mehr in der Nähe ist, interessiert sich ein Mafioso auf der Suche nach sechs Millionen Euro für das Blöken der Schafe vermutlich herzlich wenig. Kommt wahrscheinlich auf das Temperament an. Ein Durchgeknallter schneidet vielleicht allen die Kehle auf. Nein, jetzt hör auf zu fantasieren.

Jedenfalls haben wir, solange der Onkel am Zaun werkelt, Zeit für einen Spaziergang. Das tut gut. Mal wieder die Beine vertreten an der frischen Luft. Der Weinberg riecht stellenweise schon sehr vergoren, fast schon widerlich, für den wird es langsam Zeit. Wahrscheinlich versuchen sie, noch jedes Öchsle herauszukitzeln.

Die Sonne hatte heute keine Chance, den Nebel um den Hohentwiel aufzulösen. Wir hatten Glück, Yellow, dass er nicht bis zu unserem Versteck herunterdrückte. Sicher wird es nicht mehr lange dauern, bis dieses Jahr der Nebel an den Bäumen und Sträuchern weiß gefriert und der erste Frost die Hagebutten zum Verzehr freigibt. Die Blätter liegen schon braun und faulend auf dem Weg. Ein, zwei Tage Sonne, und es würde unter den Füßen rascheln, der Nebel von den Spinnweben tropfen und die Aura der roten Reben ließen ihr trübes, statisches Violett wieder lebendig leuchten. Hast du schon mal eine Aura oder ein Wesen der zusätzlichen Welt bei Nebel freundlich leuchten sehen, Yellow? Ich nicht. Alles scheint nur mit halb so viel Energie versorgt zu sein. Als ob ohne Sonnenlicht nichts und niemand einen Impuls zum Leben verspürt. Obwohl manche Gesichter das Gegenteil bezeugen, sagt ihre Aura etwas anderes, und ihre Energie reicht meist nicht weit. Alles ist irgendwie träge und auf das Minimum beschränkt, darf sich erholen, bis die Sonne wieder Leben in sie haucht. Mir gefällt das irgendwie, Yellow. Keine Energie vorhanden, die mich laut schreiend vom Sofa jagt, in Form von Gedanken wie: Mach etwas mit mir, tu was, los, die Sonne scheint, raus mit dir. Einfach nur daliegen und lesen oder so. Ohne Essen hat man schon genug Energie zur Verfügung, die verbraucht werden möchte, da bin ich einem trüben Himmel nicht böse. Ja, Yellow, der Tee hilft uns natürlich auch dabei, dass das Quecksilber unserer Energieanzeige nicht zum Himmel schießt. Ist aber auch nicht angenehm, ständig mit einem vollen Akku herumzulaufen, der einen nicht sitzen lässt, sondern entladen werden möchte. Da kann einer lange erzählen: Beobachte die Energie einfach. Wenn sie raus will, dann will sie raus. Allein vom Anschauen wird man sie nicht los, dazu benötigt man fast keine Energie, das funktioniert nicht. Was denken die Esotypen? Dass wir alle doof sind und nicht fähig zur Reflexion? Wir dürfen das sagen, Yellow, schwebten wir schließlich selbst einmal in diesem Dunstkreis.

Was mir auch schon aufgefallen ist: dass der Gedanke an so viel zur Verfügung stehender Energie auch schon wieder Energie abzieht. Offenbar reicht ein negativer Gedanke aus, um ein Loch in den Tank zu schlagen, aus dem dann innerhalb weniger Minuten die Vitalität entschwindet, und zwar so, dass es sich anschließend unangenehmer anfühlt als zuvor mit Überschuss. Was will man da machen. Manchmal habe ich den Eindruck, der Einzige ohne Balancestab zu sein. Und ohne zu sehen, dass dies tief in meinem Innern nicht den geringsten Nährboden findet, hätte es André schon längst aus den Latschen gehauen. Dieses Sehen – dass ich nicht das bin, was erscheint – verwirklicht sich durch mehrere Wahrnehmungszustände, und André ist eben nur einer davon.

Was ist los, Yellow? Nerven dich diese Gedankengänge wieder? Du siehst so schlapp aus, wie ich mich fühle. Ich glaube, es ist nicht mehr zu leugnen, dass zwischen dir und den Gedanken eine direkte Verbindung besteht, ich bin mir nur noch nicht sicher, ob es Gedanken grundsätzlich sind, die uns die Energie klauen, oder nur bestimmte. Ich habe da so einen Verdacht, mein Freund.

Es hat schon was, wenn es bei Nebel dämmert und die Lichter in das Grau leuchten. Das versetzt mich in eine angenehme Stimmung. Früher, das weiß ich noch genau, kuschelte ich mich in dieses wohlige Gefühl wie in ein frisch bezogenes Bett. Ja, ich badete geradezu darin, kostete es aus, bis die Nuancen in Eintönigkeit übergingen und sich Taubheit darüberzog. Heute nehme ich das Gefühl wahr, doch ich habe keine Lust, es auszukosten, sie schmecken alle gleich, mein Freund, und stellen sich nach einer Zeit als Mogelpackung heraus. Ich kann darin nicht mehr schwelgen, es fühlt sich nicht mehr an wie frisch gewaschen, kurzum, Yellow: Sie interessieren mich kein bisschen mehr. Na ja, einige mal kurz, aber es dauert nicht lange, bis sich ein fahler Geschmack darüberlegt. So verhält es sich natürlich auch bei negativen Emotionen, Yellow. Das ist meines

Erachtens ein Vorteil. Man gerät nicht in trübe Stimmung oder Depressionen. Für melancholische Gemütslagen bin ich ja anfällig, aber das ist einfach nur Energie, fast schon wieder angenehme.

Ich habe den Eindruck, dass mich Emotionen nicht mehr sättigen, und in mir auch keinen Appetit erzeugen. Dennoch erscheinen sie weiterhin, auch wenn sie keiner anrührt. Sie werden kalt und verschwinden wieder wie Pumuckl von der Bildfläche. Man könnte mir nun vorwerfen, dass ich emotional verhungere, aber das stimmt nicht, ich kann mich nur nicht mehr damit vollstopfen, und sehr wohl erscheinen noch Empathie und Antipathie, doch sie interessieren mich wie ein Vogel, der mir vors Auto fliegt: Ich bremse, hoffe, ihn nicht erwischt zu haben, und fahre unbekümmert weiter. Wenn es einem Menschen in meinem Umfeld gut geht, freue ich mich, und geht es ihm schlecht, spüre ich seinen Schmerz in meiner Brust, doch keiner steigert sich da hinein.

By the way, Yellow. Weißt du, was ich glaube? Ich glaube, dass ein spontan auftretendes Gefühl sich in der Mitte der Brust zeigt, und wenn es festgehalten wird, also ein Gefühl aus vergangenen Ereignissen ist, rutscht es in den Bauch. Das klingt doch plausibel, oder nicht? Ein Magengeschwür kommt nicht von ungefähr. Gefühle liegen dort wie Sand im Meer auf dem Grund. Und sobald du glaubst, jemand zu sein, der darin läuft, wirbelt er auf, und du bekommst ihn, also die festgehaltenen Gefühle, zu Gesicht. Wenn wir die Metapher noch weiter bemühen, Yellow, würde sie versagen, denn sobald man den Boden nicht mehr berührt und schwimmt, ergibt sie keinen Sinn mehr.

Verglichen mit den Gefühlen, die nicht losgelassen werden können, in denen man immer wieder schwelgt wie in dem frisch bezogenen Bett, würde dies bedeuten, dass das Laufen im Sand nur eine vorübergehende Notwendigkeit wäre, bis das Wasser tief genug ist, um zu schwimmen. Doch hier hinkt die Metapher wieder, denn irgendwann muss man wieder an Land, wir haben ja einen Körper. Und dann wäre man aufs Neue jemand, der in den Gefühlen wühlt, weil man beim Hinausgehen Sand aufwirbelt. Nur achtet man nicht mehr so auf den Sand – könnte man sagen, um die Metapher zu retten –, man kennt ihn schon, immer das Gleiche, er wirbelt nur auf.

Die Frauen am Strand hingegen ändern sich ständig. Die Metapher lässt mich einfach nicht in Ruhe, Yellow. Doch scheint es so zu sein, dass der Sand eine enorme Anziehungskraft besitzt, sodass manche Menschen absichtlich Sand aufwühlen und das Treiben am Strand sie nicht interessiert. Sand bleibt aber immer Sand, Geschehenes immer Geschehenes, und es gibt doch noch die Frauen am Strand, die allerdings auch wieder Sand in einem aufwirbeln können. Ach, blöde Metaphern.

Grand Pas de deux

- Ben -

»Bruder Ben«, rief Max, »komm, Mittagspause.«

»Danke«, sagte Ben.

Zu viert legten sie sich wieder nebeneinander in den Fluss. Der Meister hielt seine Flasche Bier im Wasser mit beiden Händen über dem Bauch, die anderen ließen ihre von der Strömung an das angewinkelte Bein treiben. Die Sonne blinkte grell zwischen den leichten Wellen. Enten standen mit bettelndem Blick in der Nähe. Ben Zen schob das letzte Stück Salamibrot in den Mund, lehnte den Kopf an eine freigeschwemmte Wurzel und genoss die kühlen Strömungen der Aach. Gedanklich schwamm er in Erinnerungen an den gestrigen Abend etwas weiter flussaufwärts bei Lydia. Sie fühlten sich irreal an, als sei alles vielleicht gar nicht geschehen, wie ein Traum in der Aufwachphase, den man fälschlicherweise für wirklich hält. Doch die Verbindung zur Realität war echt. Er hatte gestern seine

Mittagspause auf der gegenüberliegenden Seite der Aach verbracht, mit Lydia und ihrer Freundin, wo sie ihn zum Abendessen eingeladen hatte. Ein fünfzehnjähriges Mädchen hatte ihn, Ben Zen, einen Maurer, den sie doch kaum kannte, zu sich nach Hause zum Abendessen eingeladen. Sie hatte einem ehemaligen Mitschüler, den sie zufällig auf einer Baustelle mauern sah, anvertraut, dass sie seit ihrem zehnten Lebensjahr alleine wohnte. Entweder tat sie das öfters, oder sie vertraute ihm ganz und gar. Womöglich schätzte er ihr Alter aber falsch ein, vielleicht war sie ja schon sechzehn. Zwei Klassen unter ihm, hatte sie gesagt. Das würde hinkommen. Doch er war mit sieben eingeschult worden. Wenn Lydia also mit sechs die Schule begonnen hatte, dann war sie jetzt fünfzehn. Dieses blöde eine Jahr.

Ihr Zuhause war völlig von ihr durchtränkt. Jedes einzelne Staubkorn bis hin zum höchsten Baum strahlte ihr Wesen aus. Ben erinnerte sich, dass er sogar ihre Wörter benutzte und seinen Schritt ihrem anpasste, als sie durch das Gras streiften. Außerdem war er wie sonst nur beim Mauern verschwunden, nachdem er sie durch die Luft gewirbelt hatte, und überdies war er für heute wieder eingeladen, er durfte sie wiedersehen, sie schien ihm zu vertrauen, und das konnte sie auch. Nie könnte er so etwas Liebes verletzen. Im Gegenteil, er würde sie beschützen, und das – mochte es sich noch so klischeehaft anhören – sogar mit seinem eigenen Leben; ja, ein wildfremdes Mädchen.

»Hey, Ben. Was grinst du so?«, sagte Sven. »Denkst wohl an deine Mäusefäuste?«

Ben zog die Mundwinkel zur Seite und sagte: »Fast könnte man meinen, dass du neidisch bist.«

»So weit kommt's noch. Mit so kleinen Tittis kann ich nichts anfangen. Ich brauche Holz vor der Hütte, sonst komm ich nicht auf Temperatur«, sagte Sven und wippte dabei mit seinen breiten Handflächen vor der Brust. »Ich bin Maurer, verstehst du?«

»Ja, versteh schon.«

»Kommst du heute Abend auch zum Strandfest?«, unterbrach Max den Wortwechsel.

»Heute Abend kann ich nicht«, sagte Ben genierlich und trank vom kühlen Bier. Das Wasser tropfte vom Flaschenboden zurück in den Bach.

»Wo denkst du hin, Max?«, sagte Sven. »Der Herr geht doch auf keine Party mehr, für ihn wird jetzt gekocht.«

»Echt? Hat sie dich wieder eingeladen?«

Woher weiß der Idiot das nur, dachte Ben und bejahte.

»Wow, nicht schlecht. Und lief was, gestern Abend?«

»Wir haben gegessen … und …«

»Und sie haben sich geküsst«, sagte Sven mit kindlichem Timbre.

Wie konnte dieser Rohling nur mit solch einem weiblichen Instinkt ausgestattet sein, dachte Ben und sagte: »So sieht's aus.«

»Und?«, fragte Max.

»Na, nix und«, sagte Sven und drehte kichernd an seinen Brustwarzen.

»Na ja, vielleicht heute. Es ist ja Wochenende«, sagte Max.

»Ich glaube, ich habe mich in sie verliebt«, sagte Ben und

glaubte nicht, dass diese Worte soeben aus seinem Mund gekommen waren. Damit hatte er sich auf Lebzeiten den Stempel »Weichei« auf die Stirn gedrückt.

Niemand sagte etwas. Die drei Maurer und der Meister lagen nebeneinander im Fluss und sahen stumm dem fließenden Wasser zu. Ben nippte an der leeren Flasche und blickte auf die Uhr. Der Zeiger stand auf fünfundzwanzig. Wenn der Meister gnädig war, hatten sie noch zwanzig Minuten. Er konnte jetzt gut ein zweites Bier vertragen.

»Wer mag noch ein Bier?«, sagte er und stieg aus dem Wasser.

»Ich.«

»Ich auch.«

Der Meister nickte.

Ben kam mit vier kühlen Flaschen zurück und legte sich wieder in den Fluss.

»Es gibt sie doch noch«, sagte Sven theatralisch. »Die Liebe auf den ersten Blick.« Dabei malte er mit dem Zeigefinger ein Herz in die Luft und schrieb »L plus B« hinein. »L plus B. Fehlt nur noch ein S für Sex und ihr braucht 'nen Bausparvertrag«, sagte er und sang vergnüglich: »Auf diese Steine ...«

»Schwachkopf«, unterbrach ihn Max. »Bisschen jung ist die schon noch und sieht noch jünger aus, als sie wahrscheinlich ist.«

»Ist sie aber nicht. In manchen Dingen ist sie reifer als wir, außerdem: Bei einer Fünfunddreißigjährigen und einem Neununddreißigjährigen schert sich auch keiner drum«, sagte Ben und trank die Flasche zur Hälfte aus.

»Ja, nur ist eine Fünfunddreißigjährige reif, man könnte

fast schon sagen: Fallobst, doch dein Apfel hat noch Potenzial«, sagte Sven grinsend. »Strafrechtlich geschütztes Potenzial, falls dir das nicht bewusst ist.«

»Danke für deinen stillen Hinweis. Ist mir auch schon durch den Kopf gegangen.«

»Na, dann bin ich ja beruhigt. Musst halt noch ein bisschen warten. Aber wenn man sich liebt, ist das ja kein Problem«, sagte Sven schelmisch.

»Halt's Maul«, erwiderte Ben.

»Na, kein Grund, gleich zur Bausprache zu greifen. Du verträgst auch nichts mehr.«

»Wo die Liebe hinfällt. Der wird schon wissen, was er macht«, sagte Max.

»Bei unreifem Obst fällt bei mir gar nichts; ist mir zu sauer.«

»Weil du nur ans Ficken denkst«, sagte Max.

Kurz vor sieben wollte Ben auf den Klingelknopf drücken, sah dann aber, dass das Eingangstor schon offen stand. Als er seine Hand an den Knauf führte, erstarrte er mit einem Mal in der Bewegung. War das Blut auf dem Griff? Sein Herz klopfte hart an die Brust, und vor seinem inneren Auge erschienen die ersten Bilder. Vielleicht ein Einbrecher auf der Flucht, oder Lydia schleppte sich verletzt ins Krankenhaus. Ben schaute sich um und schlängelte sich, ohne das Tor zu berühren, hindurch. Alles war ruhig, nichts bewegte sich, und am Ende des Weges sah er die Haustüre offen stehen. Unauffällig tastete er an der Hosentasche nach seinem Taschenmesser. Nichts, er sah es auf seinem Schreibtisch liegen. Auf dem Kopfsteinpflaster bemerkte er weitere Blutstropfen. Er nahm einen losen Stein aus dem Weg heraus und schlich sich schnell zwischen den Bäumen ans Haus, damit er von drinnen nicht so leicht entdeckt werden konnte. Da er nichts Ungewöhnliches vernahm, tappte er die Eingangsstufen zu der schweren Haustüre hoch. Ein Blick durch den Türspalt zeigte nichts Beunruhigendes, daher machte er sich dünn und huschte hinein. Im Foyer dachte er einen Moment daran, die Schuhe auszuziehen, verwarf den Gedanken aber sogleich als absurd. Er rollte den Pflasterstein in seiner Hand in eine griffige Lage und hob ihn in die bestmögliche Abwurfposition. Die Türe zum Wohnraum stand offen. In ihr spiegelten sich Lydia und eine größere Person hinter ihr. Mit geöffnetem Mund verharrte er und überlegte, ob sie ihn auch sehen konnten. Nein, sie mussten genau neben dem Türrahmen links um die Ecke stehen. Hielt er sie fest? Er konnte es aus dem Glasprofil nicht erkennen. Schweißtropfen kullerten ihm aus den Achseln und perlten sich auf seiner Stirn. Auf jeden Fall hatten sie ihn kommen sehen, sonst würden sie nicht still dort lauern. Was wollte der Typ von Lydia? Hatte er eine Knarre? Ben konnte es nur vermuten und kam zu dem Ergebnis, dass es ein Einbrecher sein musste; und dass er sich in einer schlechten Ausgangsposition befand. Mit einem bloßen Stein und der nagenden Ungewissheit im Genick fühlte er sich schier hilflos. Wie sollte er damit den Einbrecher …

»Buh« schreiend sprangen die beiden um die Ecke auf ihn zu. Erschrocken ging er drei Schritte zurück, stolperte über den Schuhabstreifer und landete auf dem Hintern, was die beiden komisch fanden und lachten.

Nachdem Ben die Situation erfasst hatte, legte er den Arm mit dem Stein in der Hand auf das Knie und atmete einmal tief durch.

»Oh Mann, ihr habt gut lachen«, sagte er.

Lydia kniete sich zwischen seine Beine und verteilte schnelle Küsse über sein Gesicht.

»Entschuldigung, mein Maurer, tut mir leid. Ich wusste ja, dass mein Maurer pünktlich ist, deswegen habe ich immer wieder aus dem Fenster geschaut vor Aufregung, und als wir dich dann mit dem Stein zwischen den Bäumen hereinschleichen sahen, konnten wir nicht anders.«

»Aha.«

»Ja, wir haben es von der Küche aus gesehen. Ronny hatte sich an der Hand verletzt, ich musste ihn verarzten«, sagte Lydia mit theatralischem Tonfall.

»Ja, ja, Hauptsache, ihr hattet euren Spaß«, sagte Ben, bemüht, nicht die Opferrolle zu unterstreichen.

»Oh, mein Maurer«, sagte sie und küsste ihn zum Ausdruck ihres schlechten Gewissens auf Mund, Backe, Stirn, Auge, andere Backe.

Unfähig, ihr jetzt noch etwas übel zu nehmen, war er zwar betroffen, dass sie sich mit diesem Ronny gegen ihn zusammenschloss, versuchte aber, es sich nicht anmerken zu lassen. Und als er Lydias Blick fand, gelang es ihm auch. Deutlich bemerkte er, wie sich seine Muskeln entspannten, und über die Augen sagte er *mein Baby* zu ihr. Am liebsten hätte er sie an sich gedrückt, ihren zerbrechlichen Körper und ihr liebliches Wesen, doch die Anwesenheit von Ronny, den er nun tatsächlich aus der Schulzeit wiedererkannte, hinderte ihn daran, deshalb lächelte er ihr zu und stand auf.

Als er den anderen oberflächlich begrüßte, meinte Lydia, dass Ronny unbedingt noch zum Abendessen bleiben solle, sie habe genug für alle drei gekocht und keiner müsse hungern. Doch Ronny verneinte mehrmals, bevor Lydia klein beigab. Das kam Ben sehr entgegen. Den konnte er hier nun wirklich nicht gebrauchen. Der sollte lieber mal seine Blutspuren beseitigen und dann eben noch das Tor schließen; von der Straßenseite aus.

Ben war etwas verletzt, dass Lydia Ronnys Aufbruch bedauerte. Dabei fühlte er sich wie die zweite Wahl. Er beugte seinen Arm nach außen, um ihren zu berühren.

Doch als Ronny endlich gegangen war, hatte sie wieder nur Augen für ihn. Vor Aufregung habe sie immer wieder nach ihm Ausschau gehalten, hatte sie gesagt, das schmeichelte ihm.

Der Esstisch war schon gedeckt. Neben Besteck und Geschirr stand eine Antipastiplatte bereit, mit Schinken, verschiedenen Käsesorten, eingelegtem Gemüse und Honigmelonen in Scheiben. Daneben standen ein Schälchen Oliven und der Grauburgunder von gestern – ungeöffnet. Auf Wunsch von Lydia drehte er den Verschluss auf und füllte die beiden Gläser zu einem Drittel. Sie setzten sich und stießen an. Durch die hereinscheinende Abendsonne schimmerte der Wein und spiegelte sich in Lydias Augen wider. Ihr kupferfarbenes Haar war mit einer großen Klammer am Hinterkopf hochgesteckt, was ihren Hals freilegte und ihre Zierlichkeit noch betonte. Auch ihr Hauslook – das zu große ärmellose Shirt und die kurze Hose, wie sie die Fußballer in den Achtzigern trugen – unterstrich dies in jeglicher Hinsicht. Mit übereinandergeschlagenen Beinen steckte sie ihm ein Stück Weichkäse eingerollt in Serranoschinken in den Mund.

Ja, sie war wahrscheinlich fünfzehn, hinreißende fünfzehn, zarte fünfzehn, doch im Grunde hatte sie ihre Kindheit abgelegt. Das spürte er genau. Nur an der Oberfläche spielten noch die kindlichen Züge. Gott sei Dank, denn er liebte das Kindliche an ihr, das sie sich bewahrt hatte, obwohl sie schon lange auf sich alleine gestellt war. Raue Menschen hatte er genug um sich. Doch er konnte sie jetzt nicht nach ihrem Alter fragen, unmöglich.

»Der Wein ist gut. Ist das dein Lieblingswein?«, sagte sie.

»Ich liebe den. Die normalen Weißweine sind mir zu trocken oder zu süß und die Roten meistens zu schwer. Nicht aber mein Grauburgunder, der ist perfekt.«

»Dein Grauburgunder also, aha.«

»Ja, mein Grauburgunder ... aus Hagnau. Dem kann ich vertrauen«, sagte er und hob das Glas in die Abendröte. Lydia tat es ihm gleich. Dabei färbten die Farben des Sonnenuntergangs den Grauburgunder golden, sodass in Ben der Eindruck entstand, der Wein müsse sich dabei unweigerlich an den Platz zurückerinnern, an dem er einst wuchs.

»Erzähl mir was von dir«, sagte Lydia. »Ich kenne nur einen Maurer, der beim Mauern gelegentlich einschläft und der mich mit einem Stein bewaffnet von einem Einbrecher befreien wollte und nicht wie ein Weichei die Bullen ruft.« Sie pikste eine Olive auf und schob sie sich in den Mund.

An die Polizei hatte er gar nicht gedacht, doch ihm gefiel Lydias Auslegung.

»Ach, da ist nicht viel mehr, am besten wir sehen uns in

der nächsten Zeit öfters, dabei lernt man sich am einfachsten kennen«, sagte er schmunzelnd.

»Das ist mein Maurer«, sagte sie.

Ben Zen griff nach einer in Öl eingelegten angebratenen Zucchinischeibe, dabei berührte er Lydias Arm so lange, bis er es nach fünf Versuchen meisterte, die Zucchini auf die Gabel zu schieben.

»Sag schon. Was machst du nach der Arbeit?«

»Nichts Besonderes, stinklangweilig. Im Sommer fahren wir oft direkt von der Baustelle aus an den See.«

»Mit den dreckigen Klamotten?«

»Ja, man sollte es nicht meinen, aber die Mädels stehen drauf.«

»Kann ich mir nicht vorstellen.«

Ben lächelte.

»Erzähl weiter«, sagte Lydia.

»Ich komme mir ein bisschen blöd vor, wenn ich dir das erzähle.«

»Sag schon.«

»Ich weiß, es ist nichts Ungewöhnliches in meinem Alter, aber in deiner Gegenwart komme ich mir dabei wie ein Kind vor.«

»Jetzt mach es nicht schlimmer, als es ist.«

»Also, ich wohne noch bei meinen Eltern.«

»Schäm dich.«

Ben blickte rätselnd zu Lydia.

»Spaß, erzähl weiter«, sagte sie, was ihn wieder lächeln ließ.

»Geschwister habe ich keine und ein Auto auch nicht. Zwar besitze ich einen Führerschein, aber für ein Auto möchte ich meinen kleinen Lohn nicht ausgeben, außerdem geht es auch so ohne Probleme. Wenn man Zug und Bus einmal gewöhnt ist, vermisst man ein Auto nicht sonderlich«, sagte Ben, rollte zwei Scheiben Schinken auf die Gabel und steckte sie in den Mund.

»Wie sind deine Eltern?«, sagte Lydia.

Ben musste überlegen. Wie waren seine Eltern? Das wurde er noch nie gefragt und er hatte sich darüber auch noch keine Gedanken gemacht.

»Keine Ahnung. Ich würde sagen, sie sind einfach Eltern. Ich kann nichts Schlechtes über sie sagen … aber auch nichts nennenswert Gutes. Es sind einfach Eltern. Seltsame Frage.«

»Findest du?«

»Ja.«

»Aber du siehst sie doch täglich, oder?«

»Ja, so gut wie.«

»Und das schon ewig.«

»Ja. Worauf willst du hinaus?«

»Egal«, sagte Lydia, nippte an dem Wein und genoss ihn mit dem Weichkäse im Mund. »Warum hast du denn Maurer gelernt?«

»Mein Opa ist Maurer, meine drei Onkels sind Maurer, und mein Vater ist Zimmermann. Ich unterliege wohl sehr stark einem Generationenschicksal.« Beide lachten und nahmen den letzten Schluck aus dem Glas.

»Ich hole uns mal den Hauptgang«, sagte Lydia, stand auf und ging summend mit den leeren Tellern hinüber zur Küche.

Aus dem Mund einer Fünfzehnjährigen klang das für ihn irgendwie unwirklich. »Soll ich dir damit helfen?«

»Du kannst schon mal Wein nachschenken.«

»Okay«, sagte er. Dabei bemerkte er, dass sie kein bisschen angetrunken schien, auch gestern nicht. Streng genommen durfte man mit fünfzehn noch nicht einmal Alkohol konsumieren. Doch wer kümmerte sich da schon drum? Er hatte sein erstes Bier mit vierzehn auf der Baustelle seines Opas getrunken, in Anwesenheit seines Vaters und zwei seiner Onkels. An jenem Tag hatte sein Vater ihm abends einen Vortrag über Alkohol gehalten. Daran konnte er sich noch gut erinnern. Zwei Regeln gibt es, was Alkohol auf der Baustelle angeht, hatte er gemeint. Die eine: Trinke nie mehr als zwei Bier. Diese Regel hatte Ben schon einige Male überschritten. Und die andere: Wenn du fröhlicher wirst, hör auf, denn mit jedem weiteren Schluck wird es schwieriger. Auch gegen diese Baustellenregel hatte er schon verstoßen. Aber nur so konnte er doch wissen, wofür die Regel gut war. Es hielt sich doch niemand an eine Regel, die er nicht verstand. Auch sein Vater musste aus Erfahrung sprechen, sonst hätte er diese Regeln nicht aufgestellt. Eine Regel brauchte man ja nur, um etwas Schlechtes nicht mehr zu wiederholen. Für nichts anderes war eine Regel sinnvoll. Zumindest fiel ihm im Moment nichts dazu ein.

Er verteilte den restlichen Grauburgunder in die Gläser. Was hatte er nur für ein Glück, das Leben schien ihn gerade auf Händen zu tragen oder spazierte mit ihm den Strand entlang oder beobachtete mit ihm Rehe oder schubste für ihn die Hängematte an oder …

»Lecker, genau auf den Punkt«, sagte Lydia laut zu sich.

Er sah, dass es aus einer großen elektrischen Pfanne dampfte und sie Zitrone darüberträufelte.

»Was gibt's denn?«

»Wirst du gleich sehen«, sagte Lydia und sang mit ihrer hohen Stimme fast schon Sopran. Manchmal konnte sie wirklich patzig sein.

Mit ihrem übergroßen ärmellosen Shirt und der kurzen Hose kam sie ihm wie ein Basketballfan vor. Nur ihre Arme verdeckten den schlichten weißen BH. Ihre Haut war so gut wie nicht gebräunt.

»Ich brauch einen starken Maurer.«

»Bin schon da«, sagte Ben und sprang auf.

Sie zog den Stecker aus der Pfanne und sagte, er könne sie an den Tisch bringen. Ben stellte sie auf die Mitte des riesigen Möbelstücks und wartete, bis Lydia zu ihm kam. Als sie beide nebeneinander vor ihren Stühlen standen, berührte er mit seinem Ellenbogen so unauffällig wie möglich Lydias Schulter, auch als sie sich vorbeugte, um den Deckel der Pfanne zu heben, folgte er ihr.

»Tadaa, Paella mit Huhn, Muscheln und Garnelen.«

»Wow, nicht schlecht, ich bin sprachlos. Woher kannst du das alles nur?«

»Das ist nicht die Welt. Eines ergibt das andere.«

Lydia trug beiden mit einem hölzernen Pfannenwender auf, und nachdem sie auf das Essen angestoßen hatten, widmeten sie sich ihren Tellern.

»Schmeckt sehr gut. Hab ich noch nie gegessen.«

»Du hast noch nie Paella gegessen?«

»Nein. Wirklich lecker.«

137

»Eines der wenigen Gerichte, die ich nach Rezept koche.«

»Ein gutes Rezept und eine hervorragende Köchin, aber das schaffen wir niemals.«

»Wir essen so viel, wie wir mögen. Ich dachte, dass Ronny vielleicht noch mitessen würde.«

»Hattet ihr mal was miteinander?«

Lydia lachte laut auf. »Wie kommst du denn auf so was?«

»Na ja.«

»Na ja, was? Sag schon.«

»Ja, er macht dir den Garten, du bist hübsch, da …«

»Du bist süß. Er pflegt nur den Garten, und manchmal hilft er mir noch bei anderen Sachen. Weißt du, wie schwer es ist, jemanden zu finden, der einen nicht nach den Eltern ausfragt, sondern einfach das macht, für was er engagiert wurde?«, sagte Lydia ohne mitleiderregenden Tonfall.

»Ja, das kann ich mir schon vorstellen.«

»Ich bin so froh um ihn, auch dass ich mal mit jemand Vertrautem reden kann.«

Noch ein Eingeweihter, dachte Ben. Und was waren das für andere Sachen, die er noch erledigte?

»Arbeiter mögen es doch, wenn der Auftraggeber das Essen spendiert, oder?«

»Klar, und besonders von einer Auftraggeberin.«

Lydia setzte sich breitbeinig auf Bens Schoß und stellte die Füße auf die Rückenlehne.

»Du bist wirklich süß«, wiederholte Lydia und küsste ihn. »Es besteht ehrlich kein Grund zur Eifersucht. Ich hatte vor dir noch nie einen Freund«, sagte sie eindringlich.

»Wir sind zusammen?«, erwiderte Ben, fand seine Frage aber etwas kitschig, und es war ihm peinlich, doch seine Neugier auf die Antwort überdeckte seine Gefühlswallung.

»Etwa nicht?«, entgegnete Lydia.

»Doch, einverstanden.« Beide lachten und küssten sich innig.

Lydias zierlichen Körper festzuhalten und die Gewissheit, dass sie nun zu ihm gehörte, versetzte ihn in eine derartige Euphorie, dass er sie so fest umarmte, wie sie es eben noch aushielt.

»Wie wäre es eigentlich, wenn du bei mir einziehen würdest? Findest du das zu früh? Wenn du es für überstürzt hältst, kannst du es ruhig aussprechen«, sagte Lydia, nachdem Ben ihr wieder Luft zum Atmen ließ.

Ben überlegte. Gerne würde er so oft als möglich mit ihr zusammen sein, nur mit ihr. Doch was, wenn ihr Bauchgefühl mit einem Mal sagte: »Das war's, mein lieber Maurer, ich hab mich wohl von meinen Gefühlen leiten lassen, aber im Alltag funktioniert es einfach nicht«? Schließlich war er angeblich ihr erster Freund, sie konnte nicht wissen, ob ihr Verhalten überstürzt war und was womöglich daraus folgte. Abgesehen davon hatte auch er noch nie mit einer Freundin zusammengelebt, schon gar nicht nach zwei Tagen, an denen sie sich nur ein paar Stunden gesehen hatten. Mit manchen Freundinnen war es ihm oft schon nach einem Wochenende zu viel geworden. Doch auf keinen Fall wollte er Lydia enttäuschen, zumal er in ihrer Nähe rundum glücklich war, und in dem Haus fühlte er sich auch wohl.

»Ich glaube, du machst wieder einen Umweg über den Kopf«, sagte Lydia, als Ben nicht antwortete.

Sie hatte recht, abermals hatte sie recht. Er wägte seine Erfahrungen ab, kam aber zu keinem Entschluss. Dabei musste ja nicht alles wieder so geschehen wie in der Vergangenheit, darauf konnte er sich nicht verlassen. Also versuchte Ben es einmal mit Lydias Vorgehensweise. Was sagte ihm sein Bauchgefühl, worauf hatte er Lust?

Hier mit ihr für immer wohnen. Das war der Gedanke, der als einziger in seinem Bewusstsein stehen blieb, wie der Vollmond am nächtlichen Himmel. Ganz eindeutig. Ja, das wollte er. Was sollte schon schiefgehen?

»Ich möchte für immer mit dir hier wohnen. Keinen Tag mehr will ich ohne dich verbringen«, sagte Ben ihr geradewegs in die Augen. Dass er gerne tausend Kinder mit ihr haben wollte, behielt er lieber für sich.

Sie küssten sich lang und innig.

»Ich habe ein gutes Gefühl«, sagte Lydia, als sie ihre Augen wieder öffnete.

»Ich weiß nur, dass ich mit dir zusammen sein will«, entgegnete Ben.

»Und ich mit meinem Maurer.«

»Wenn uns jemand zuhören könnte, würde er uns sicher für naiv und kindisch halten.«

»Warum?«

»Na ja, wir hören uns an wie zwei Schauspieler in einer Schnulze«, sagte Ben lächelnd.

»Von irgendwoher müssen die es aber auch haben.«

»Ja, da hast du recht, mein Baby, da hast du völlig recht«, sagte Ben und küsste Lydias Schulter.

»Ich bin also dein Baby.« Sie sprach *Baby* mit englischem Akzent, langem »a« und »y« aus.

»Genau. Wenn ich dein Maurer bin, dann bist du mein Baby«, sagte Ben und imitierte Lydias Aussprache; er zog »a« und »y« übertrieben in die Länge.

»Das ist mein Maurer.«

DAS GEHEIMNIS DER WIESE UND DER TOTE PFARRER

»Ja?«

»Die Post, kommen Sie bitte runter?«

»Ja.« Der blöde neue Postbote, kommt nicht hoch, Yellow. Dann lassen wir ihn eben ein bisschen warten. Seine Vorgängerin war mir viel lieber, und im Gegensatz zu ihr bekommt er eben keinen Wein, keine Pralinchen, keine nette Aufmerksamkeit. Pech gehabt. Aber was er nicht weiß, das macht ihn auch nicht heiß.

»Würden Sie das von Herrn Schrauber auch …«

»Natürlich.«

»Dann bräuchte ich hier zwei Unterschriften.«

»Danke, Wiedersehen.«

»Schönen Tag noch.«

»Danke, gleichfalls.« Fauler Hund.

So, da bin ich mal gespannt, ob das Ding auch funktioniert. Mit dem Schreiben war ich eh fast fertig für heute.

Trotz unserer Schreibpause gestern bin ich doch noch gut reingekommen. Jetzt genehmigen wir uns erst einmal einen Gyokuro, bevor wir es auspacken. Ein kleines Päuschen nach dem Schreiben vertreibt Hektik und Treiben.

Schau, der Onkel hat die Schafe wieder von der Wiese genommen. Perfekt. Die neue Stellung der Äste kann ich mir noch nicht so gut merken, ich meine, es sieht noch so aus wie vorher. Ja, genau, der zerbrochene lag über sich selbst auf dem Stein. Seit gestern sind die ja zig Male darübergetrampelt, haben sich draufgesetzt und vermutlich auch geschissen.

»Hallo, Siri, Timer auf zwei Minuten.«

»Jump for my Love, jump in and feel my touch ...«

Wirklich kein schlechter Sender, dieses Radio Vorarlberg. Bei dem Lied schreit es doch in jedem von uns: ja, ja, ja. Vielleicht ein Lied für unseren Postboten, Yellow.

Pst, Nachrichten.

»Oynama sikidim sikidim. Oynama sikidim sikidim.«

»Heilandzack.«

Wieder wurde nichts erwähnt, dass irgendwo oder bei irgendwem sechs Millionen vermisst werden. Bis jetzt läuft alles für uns, Yellow. Jetzt bin ich schon einen ganzen Tag Millionär – Multimillionär ist man, glaube ich, erst ab zehn Millionen –, und keiner hat etwas dagegen.

Der erste Aufguss ist der Hammer, einfach unübertrefflich. Volles Umami. Es soll ja Leute geben, die den ersten grundsätzlich wegschütten. Das muss wohl ein längst überholtes Ritual sein, das einige der Zeremonie wegen zelebrieren. Anders kann ich das beim besten Willen nicht nachvollziehen.

So, jetzt packen wir das gute Stück mal aus. Stecker rein und ab dafür. Fürs Erste muss ein Fünfziger reichen. Das Gerät macht einen guten Eindruck, Yellow, findest du nicht? Kein Billigscheiß. Bei sechs Millionen kann man schon mal zweihundertfünfzig investieren.

Gut, MG für die Erkennung der magnetischen Farben aktivieren, UV für UV-Licht ebenso und IR für Infrarot natürlich auch. Währung ist logischerweise Euro. Der kann sogar bündeln, Yellow. Ja, das ist schon Qualität.

Okay, legen wir mal einen oben … oh, Scheiße, ist der schnell. Zack, zack, oben rein, unten raus. Fünfzig Euro zeigt er an. Komm, noch mal. Genial. Rechnen kann das gute Ding auch. Hundert Euro zeigt er an, Yellow. Bin schon gespannt, was das für ein Geräusch erzeugt, wenn hier bald die Fünfhunderter durchflattern. Laut Beschreibung nimmt das Eingabefach bis zu hundert alte Scheine und zweihundert neue auf. Angeblich soll das Gerät tausend Scheine in der Minute zählen. Bei zwölftausend sind das gerade mal zwölf Minuten. Durch das Nachlegen und Wegnehmen der Scheine kommt bestimmt noch einmal eine halbe Stunde hinzu, sodass ich für das Prüfen der sechs Millionen gerade mal eine knappe Stunde benötigen werde. Vorausgesetzt, dass es keine Blüten sind.

Aber das Gerät finde ich toll. Auch dass es in regelmäßigen Intervallen von den zentralen Banken strengen Tests unterzogen wird, bei denen mit den neusten echten und falschen Banknoten geprüft wird. Dadurch soll das Gerät nachweislich eine Sicherheit von hundert Prozent garantieren. Mit einer MicroSD-Karte kann dies regelmäßig upgedatet werden, so die Beschreibung. Eine enorme Hilfe für uns, dieses Gerät, Yellow. Es zählt für uns, und wenn es auf eine Blüte stößt, schlägt es Alarm. Da brauche ich meine Liste nur noch für ein paar Stichproben. Natürlich muss ich überprüfen, dass die Scheine auch nicht von den Banken markiert wurden, wie sie es beispielsweise bei einer Lösegeldübergabe tun, um den Täter wiederzufinden. Das zeigt dieses Gerät sicher nicht an. Meinst du, wir haben es hier mit Lösegeld zu tun, Yellow? Ob wir die Geschichte jemals erfahren werden, die hinter dem Geld steckt? Jedenfalls hat an dem Tag, als ich es fand, ein neues Kapitel begonnen, wenn nicht sogar ein neues Buch.

Oben rein, unten raus, hundertfünfzig Euro. Großartig, das Ding.

Du, Yellow, vielleicht kaufen wir uns doch ein Häuschen an einem ruhigen Strand von Hawaii und für ab und zu eine Hütte in den Bergen Kärntens. Ja, das fühlt sich gut an. Dann haben wir immer noch massig Geld zum Leben. Ich meine, was bräuchten wir sonst noch großartig? Gutes Wasser gibt es sowohl in Österreich als auch auf Hawaii. Haushaltungskosten, Kleidung, Tee, Bücher, Computer und so Kleinigkeiten fressen uns nicht die Haare vom Kopf. Da kommen wir gut zurecht. Meinen Staubsauger würde ich allerdings in den Bergen vermissen. Das Saugen mit dem Kobold ist mir so lieb geworden. Ich möchte es zwar nicht auf die gleiche Stufe mit dem Teetrinken stellen, aber eine darunter gebührt ihm gewiss, Yellow. Es ist einfach großartig, mit Qualität zu arbeiten. Da ist *arbeiten* sicher nicht die richtige Wortwahl. Es hat so eine negative Assoziation, als wäre es eine leidige Pflicht. Aber dem ist ganz und gar nicht so. Ich weiß nicht, wie ich mich verständlich machen soll, Yellow. Dieser bewegliche Fuß, der sich an die Möbel anschmiegt – und sicher bald kopiert wird –, der nichts vor sich herschiebt, alles aufsaugt, was ihm in den Weg kommt, und hinterher ist alles schön sauber … Ich liebe einfach Qualität, Punkt. Sicher bin ich dadurch bei Frauen heiß begehrt, jedoch nicht unbedingt als Liebhaber. Du, da fällt mir einer ein, Yellow. Ein typischer Männerwitz allerdings, ganz plump. Also, die Frau eines Mannes will auf eine längere Geschäftsreise fahren, hat aber ein wenig Bedenken bezüglich des Zurechtkommens ihres Ehegatten, weshalb sie ihn einem Test unterzieht. Sie fragt ihn unter anderem, ob er auch wisse, wie man Marmelade mache. »Klar«, meint dieser, »ich schäle einen Berliner.«

Ja, sagte ich doch. Plumper Männerwitz. Aber witzige Idee, finde ich, und du?

Nein, also, das ist wirklich ein gutes Gerät. Gut für Hawaii, doch in einer Berghütte nimmt man einen Besen, und ich will keine von diesen neuen Schickimicki-Hütten mit Dusche, Toilette und all so Kram. Wenn, dann muss es eine Hütte sein mit einem Herd, der noch mit Holz befeuert wird, so ein gusseiserner mit Wasserschiff an der Seite, der beim Kochen auch gleich das Wasser für den Abwasch erwärmt, das man natürlich zuvor von der Quelle geholt hat. Ein paar Solarzellen für Wasserkocher, E-Reader und Licht sollten Luxus genug sein.

Was für ein cooles Ding, Yellow. Oben rein, unten raus. Gezählt und kontrolliert in einem Bruchteil einer Sekunde. Innerhalb eines Augenzwinkerns. Ein Rennwagen wäre keine Wagenlänge vom Fleck gekommen. Um alle Sicherheitsmerkmale, die ich mir notiert habe, zu kontrollieren, bräuchte ich – selbst wenn ich geübt darin wäre – bestimmt zehn Sekunden.

»Da ist einer.« Yellow, dort oben ist einer. Wo ist das Fernglas? Ich brauche mein Fernglas. »Oh, Scheiße.« Der gute Tee, und alles in die Schublade, klar. Ich brauche Küchenpapier. Wo ist das Küchenpapier?

Das ist doch der Sohn vom Onkel. Was macht der denn da? Ist der nicht vor paar Jahren nach Italien ausgewandert? Was sucht der denn? Wischt mit seinen Füßen im Gras herum. Wirst sehen, Yellow, der kickt gleich unser Geknickter-Stock-Stein-Zeichen die Wiese hinunter. Ja, gesagt, getan. Du bist doch ein Depp. Hast du nichts Besseres zu tun, als in Schafscheiße herumzuwischen und geheime Zeichen zunichtezumachen? Offensichtlich nicht. Bei uns wachsen keine Trüffel, Mafioso. Apropos Mafioso. Meinst du, der hat etwas mit dem Geld zu tun, Yellow? Nein, der doch nicht, das wäre schon ein romanverdächtiger Zufall. Mensch, daran habe ich gar nicht gedacht, ich Idiot. Wenn die Mafia das Geld orten würde, wen würden sie wohl als Erstes als Ganoven verdächtigen? Ja, genau: meinen Onkel. Ich habe ihn in eine gefährliche Lage gebracht. Anstatt mich, würden sie meinen Onkel ausquetschen. Außer sein Sohn gehört auch dazu. Doch wenn nicht, dann werden sie ihn zum Reden bringen wollen. Wir müssen noch genauer den Berg beobachten, er soll nicht in diese Angelegenheit verwickelt werden.

Was sucht der nur? Ist das ein Smartphone in seiner Hand? Ja, das ist definitiv eines. Die Taschenlampenfunktion hat er nicht an, ist ja noch nicht dunkel. Trotzdem richtet er es so auf den Boden, als ob er dadurch besser sehen kann. Nein, dieser romanverdächtige Zufall wird sich jetzt doch nicht verwirklichen, Yellow. Meinst du, die haben ihn geschickt? So auf die Art: »Tedesco, bei deine Papa muss irgendwo unsere sechs Spaghetti liegen. Kümmere dich darum. Regle das, dai, dai.«

Oh, Mann, was einem alles für Ideen erscheinen. Sieht so ein Mafioso aus? Im Fernseher jedenfalls nicht.

Er marschiert schnurstracks von einer Richtung zur anderen und daneben wieder zurück, als ob er minutiös die ganze Wiese abzuscannen im Sinn hat. Definitiv sucht er was. Nur was? Bis zu unserem Versteck braucht er noch ein Weilchen. Weil er den von den Schafen zertretenen Ast die Wiese hinuntergekickt hat, kann ich es von hier aus nicht mehr eindeutig ausmachen. Doch ungefähr weiß ich es noch. Leicht links, einen Meter vom Baum entfernt.

Er wird angerufen, Yellow. Ein kurzer Wortaustausch. Er sucht weiter, nur doppelt so schnell. Was machen wir, wenn er tatsächlich unser Geld … Jetzt sag ich schon *unser Geld* … ja, Yellow, was, wenn er es aushebt? Wahrscheinlich würden wir es ihm wieder abnehmen, oder? Die Idee hat sich schon so in das Bewusstsein gebrannt, dass es anders nicht mehr real wirken würde. Wir haben uns schon so daran gewöhnt, dass wir es nicht mehr ohne Weiteres hergeben würden, stimmt's? Natürlich erhoffen wir uns dadurch nicht mehr Glück oder so was, Yellow, das weißt du, der Zug ist abgefahren. Wir stecken da einfach schon zu sehr drin; reine Intuition. Die sechs Mille gehören einfach schon dazu. Ein Wendepunkt zeichnet sich ab, nachdem der gesamte Kontext ein anderer sein wird. Oft genug

erlebt, Yellow. So hat es sich immer angefühlt. Kein Bauchgefühl aus der Vergangenheit, es ist schwer zu beschreiben
oder einer Körperregion zuzuordnen. Vielleicht ist es eine
Intuition aus dem Moment heraus. Nein, die sechs Mille
sind unser.

Jetzt hat er angehalten. Etwa einen Meter rechts neben
unserem Versteck. Er bückt sich und reist Gras heraus.
Was suchst du? Aus seiner Gesäßtasche hat er eine kleine
Umtopfschaufel gezogen und sticht damit kraftvoll in den
harten Boden. Ein Quadrat sticht er aus, etwa vierzig auf
vierzig. Tatsächlich gräbt unser Mafioso ein Loch, er gräbt
etwas aus, das dort versteckt liegt, denn sonst hätte er etwas zum Eingraben dabei, und für etwas aus der Hosentasche ist das Loch zu groß. Zudem hätte er vorab nicht die
halbe Wiese wie ein Pokémon Player abgescannt. Heute
wird uns mal etwas geboten, mein Leuchtturm. Das ist
ja richtig spannend hier. Allerdings geht es ganz schön
auf die Augen, die ganze Zeit über durch das Fernglas zu
schauen, und schwindlig wird mir davon auch.

Er muss jetzt bestimmt schon zwanzig Zentimeter tief
sein. Der Aushub liegt zwischen seinem und unserem Versteck, Yellow. Ich bin schon gespannt, was der herauszieht.
Wie heißt er denn noch gleich? Ich komme nicht drauf.

Er schaut sich um. Vermutlich hat er ein Geräusch gehört. Er gräbt weiter. War wohl nichts Bedrohliches. Wie
soll er auch ahnen, dass die Gefahr etwa fünfhundert Meter Luftlinie entfernt hinter einem Fernstecher lauert. Das
zieht man vielleicht einmal in Betracht, aber verwirft es
doch direkt wieder als zu weit hergeholtes Hirngespinst.

Gut möglich, dass ich beim Vergraben auch beobachtet

wurde. Doch wenn schon. Hat ja niemand den Inhalt gesehen, und außer den Schafen und meinem Mafiosocousin war seither keine Menschenseele dort oben.

Jetzt scheint er auf etwas gestoßen zu sein. Er hält kurz inne und kratzt nun vorsichtig in seinem kleinen Loch. Wieder schaut er um sich, ob er auch nicht beobachtet wird. Für den Bruchteil einer Sekunde hat er in unsere Gläser geschaut, Yellow. Er sah aus wie eine Amsel, die in der Wiese nach einem Wurm pickt und dabei ihren Kopf ängstlich und ruckartig in alle Richtungen dreht. Witzig, er glaubt wirklich, allein zu sein.

Mafiosocousin zieht einen Stoffbeutel aus dem Loch, Yellow. Er löst einen Knoten und öffnet ihn. Im Beutel scheint er noch einmal dasselbe zu tun. Jetzt hat er es. Ich glaube, sein Interesse ist am Ziel angelangt. Er blickt abermals wie eine nervöse Amsel um sich. Wenn ich es richtig sehe, Yellow, ist in dem Stoffbeutel eine Plastiktüte, die er jetzt umstülpt. Ne, oder? Siehst du das, Yellow? Das ist doch ein Bündel Scheine. Doch nicht etwa unseres? Ich kann die Farbe nicht erkennen, dennoch glaube ich, es sind keine Fünfhunderter. Unsere – und da bin ich mir ziemlich sicher – liegen einen Meter weiter links, und einen Stoffbeutel haben wir auch nicht verwendet.

Ja, sag mal, was ist denn hier los? Ist das gang und gäbe, dass man sein Geld vergräbt? Vertraut wohl keiner mehr den Banken. Klar, für Zinsen braucht man es denen nicht zur Verfügung zu stellen, nur ist es eben immer noch am praktischsten, es allerorts aus den Automaten zu ziehen oder direkt die Karte hinzustrecken.

Gut möglich, dass mein Mafiosocousin auch kein sauberes Geld dort oben lagert. Ich möchte nicht wissen, wie viel Schotter noch in der Wiese vergraben liegt. Jedenfalls bin ich nicht der Einzige und Erste, der hier ein Depot eröffnet hat. Und auch nicht der Professionellste. Offensichtlich gibt es schon spezifische Apps, mit denen man sein Geld sicher wiederfinden kann. Die Technik dahinter würde mich interessieren. Peilsender, GPS, womöglich auch irgendeine Scanfunktion.

Leider kann ich die Farbe der Scheine nicht recht erkennen. Sie könnten braun sein, aber sicher bin ich mir da überhaupt nicht. Ich schätze mal, der Beutel ist halb so groß wie unserer. Also auch 'ne Menge Schotter, Yellow. Eine Banderole Fünfziger sind auch schon fünftausend Euro. Und lass mal dreißig Bündel in seinem Beutel sein, dann wären das … na ja, gerade mal hundertfünfzigtausend. Nicht die Welt, aber hat man auch nicht eben so herumliegen.

Mein Cousin holt noch ein Bündel heraus, taxiert es, spielt sich damit einmal ein Daumenkino vor und drückt es kurz an die Wange, bevor er es wieder in die Tüte verstaut.

Erneut schaut er sich um. Mein Mafiosocousin scheint sich zu freuen, Yellow. Wenn der wüsste, dass einen Meter von ihm entfernt, auf neun Uhr, sechs Mille liegen, einfach so zum Mitnehmen bereit, ich glaube, dann würde unser kleines Amselchen vor Schreck tot umfallen. Wahrscheinlich würde ihm der Anblick der sechs Millionen so absurd vorkommen, so irreal, dass ihm gleich die ganze Welt als traumhaft enthüllt vor Augen läge. Fifty-fifty, dass sein Organismus mit der plötzlichen Konfrontation der Wahrheit durchbrennt. Ohne Vorbereitung, ohne wenigstens schon mal davon gehört zu haben, dass diese Welt einem Traum gleicht, ist die Wahrscheinlichkeit, dass der Verstand durchdreht, vergleichbar mit einem Vogel, der zu früh aus dem Nest geschubst wird und den Sturz in die gähnende Tiefe heil überlebt.

Vielleicht sieht er es aber auch als etwas völlig Normales an, dass ein paar Fünfhunderter auf einmal neben seinen liegen, klemmt sie sich unter den Arm und tapst heiteren Fußes davon. Wer weiß das schon, Yellow.

Anstelle des Beutels legt mein Cousin Steine in das Loch und schüttet es mit der ausgegrabenen Erde wieder zu. Jetzt tritt er darauf herum. Bestimmt hat er auch geschwitzt, als die Schafe auf die Wiese getrieben wurden. Das hätte ihm die Suche sicherlich erschwert. Schafe sind nicht zimperlich. Nein, sie pfeifen auf das Klischee, sie besäßen Pflichtbewusstsein. Ich habe einmal gesehen, wie sie meinen Onkel angegangen sind, die nährende Hand also. Nein, sie sind grobmotorisch, unwirsch und haben Schlitzpupillen.

Jetzt rennt er weg. Zurück bleibt die Wiese, die schweigsame Wiese, die vertrauensvolle, seriöse Wiese, die alles für sich behält.

Hast du seine angstdurchtränkte Aura gesehen, Yellow? Ganz dunkelrot und trüb, wie Magenta bei Nacht. Wenn er die nicht loswird, werden sich um ihn bald die M-Schnecken tummeln, falls nicht schon welche bei ihm zu Hause herumschleimen.

Mein Mafiosocousin hatte Geld vergraben, genau neben meinem. Verrückt. Ich kann mich gar nicht mehr an ihn erinnern. Wer er war, was er gemacht hat. Fußball, Schule,

Arbeit? Keine Ahnung, hat mich höchstwahrscheinlich nie interessiert. Habe ich ihn mal mit einer Freundin gesehen? Ich könnte es dir nicht sagen, nicht einmal, wie meine Gefühle für ihn waren. Mochte ich ihn oder nicht oder nur oberflächlich? Keine Ahnung.

Entschuldigung, Yellow. Ich sehe schon, wie blass du wirst. Nutzlose Kopfgeschichten. Sie geben einem tatsächlich immer wieder das Gefühl, ein eigenständiges Individuum zu sein. Können sie meinetwegen auch. Doch ihre Wurzeln werden keinen Boden finden. Gerade habe ich das matte Gefühl gespürt, das dann immer erscheint. Dieses unangenehme Gefühl, das einen überkommt, wenn man sich an einem Ort, in einer Runde richtig unwohl fühlt, das so stark werden kann, dass man patzig und unhöflich wird.

Entschuldigung, mein Leuchtturm. Die Gewohnheit wurzelt tief wie Freilandtomaten. Die überleben auch ohne Beachtung oder gerade dann.

Mein Verdacht bei dir scheint sich zu bestätigen. Immer wenn du so schmutzig leuchtest, tummeln sich viele unnütze Gedanken herum. Das benötigt eine Unmenge an Energie, was uns beide schlapp werden lässt. Das spüren sogar Lichtköstler … was für ein blödes Wort … die halt wie ich aufgehört haben, physische Nahrung zu sich zu nehmen. Ich bin mir gar nicht sicher, Yellow, ob das den meisten Menschen bewusst ist. Also, mir war das früher überhaupt nicht klar, dass etwas nicht Greifbares, wie Gedanken, ein so starker Energieräuber sein kann. Vielmehr war ich der Ansicht, dass ein Mensch ohne Trinken und Essen schwach wird, aber dass dies in gleicher Weise auch für unheilvolle Informationen zutrifft, kam mir nicht ansatzweise in den Sinn. Das wundert mich selbst gerade.

Neunzehn Uhr. Es wird mal wieder Zeit für die Nachrichten.

»Radio Voraaarlbeeerg.«

Ich mag das Intro.

»Gestern, gegen siebzehn Uhr, wurde unweit der Talstation Lünersee im Brandnertal der Leichnam eines Schweizer Pfarrers aus dem Kanton Graubünden von einer Klettergruppe gefunden. Nach Angaben seiner Pfarrhaushälterin hatte der Priester aus der Gemeinde Frauental, Kreis Luzein, einen Spaziergang zum Lünersee geplant. Es wird vermutet, dass er auf dem Weg zur Talstation Lünersee – genannt: der böse Tritt – in den Mittagsstunden abstürzte.«

Was er dort wohl wollte, Yellow?

»Von Suizid oder Mord geht die Polizei nicht aus. Vermisst wird sein gelber Rucksack, den er, den Informationen seiner Pfarrhaushälterin zufolge, mit einer von ihr zubereiteten Jause und Tee beim Aufbruch bei sich trug. Die Ermittlungen laufen. Und nun zum ...«

Damit hätte ich jetzt nicht gerechnet, Yellow. Dass in den Nachrichten doch noch etwas berichtet wird. Ich dachte, ich werde nie erfahren, was es mit dem Geld auf sich hat. Das wäre mir auch lieber gewesen. Jetzt bin ich aber aufgeregt. Schau mal, wie meine Hände flattern.

Ein Pfarrer also. Mit einer Jause und Tee im Gepäck. Schön am Lünersee auf einer Bank den Tag genießen. Heuchler! Oder, wie würde Jesus sagen: Schlangenbrut und Otternzucht. Der wollte doch das Geld nach Deutschland schmuggeln. Es getarnt durch sein Gottesgewand in einem

Schließfach deponieren oder einem weiteren Geistlichen überreichen. Mit den besten Grüßen der Schweizer Nachbarn. Gesegnet sei Gott der Herr. So sieht es doch aus, Yellow. Doch da hat sein Chef wohl dazwischengefunkt und mich ins Spiel gebracht. Jetzt werden damit eine Berghütte in Kärnten und ein Strandhaus auf Hawaii gekauft. Etwas ohne ideologisches Ziel. Einfach nur, um das Leben so angenehm wie möglich zu gestalten. Aber wir werden sehen, was im Drehbuch des Lebens geschrieben steht. Ich glaube, dass es ein Grundbedürfnis eines jeden Menschen ist, sich das Leben so angenehm wie möglich zu gestalten. Auch wenn schon jedes Kapitel geschrieben steht, hat man ja dennoch den Eindruck, handeln zu können. Für manche mag das ein eindeutiger Widerspruch sein, Yellow, dass alles schon vorherbestimmt ist und man trotzdem den Eindruck hat, tun zu können, was man möchte, das weiß ich, und solange jemand meint, jemand zu sein, wird das auch immer ein Paradoxon bleiben. Mit diesem Jemand steht und fällt alles.

Ob die Polizei dranbleibt an dem gelben Rucksack? Der Pfarrer könnte ihn ja überall vergessen oder verloren haben. Ich glaube nicht, dass so etwas selten geschieht. Über den Inhalt wissen die ja nichts. Sonst wäre das natürlich sofort ein Indiz für Mord. Doch davon wissen nur wir, der Pfarrer und sein Abnehmer. Falls der Pfarrer und sein Abnehmer nur Übermittler sind, fehlt das Geld aber mächtigen Personen, die Mittel und Beziehungen haben. Dann stecken wir in Schwierigkeiten, mein Freund. Dann werden die nächsten Kapitel – um die Metapher von vorhin noch einmal zu bedienen – nicht so angenehm wie gedacht.

Ach, ist das ein Scheiß. Aber was nicht durch Anstrengung erreicht wird, erzeugt auch keine Wertschätzung. Das ist einfach so. Und sechs Millionen bekommt man nicht einfach so.

Fakt ist: Das Geld wird jemand vermissen. Was wird dieser Unbekannte tun, Yellow? Zur Polizei kann er nicht. Doch wer mit so viel Geld hantiert, benutzt andere Wege, hat spezielle Leute mit einem guten Spürsinn, die wissen, wo sie suchen müssen. So viel steht fest. Auch wenn die Kirche selbst dahintersteckt. Vor allem könnte ich mir gut vorstellen, dass der gute Mann nicht zum ersten Mal für ein Pausenbrot zum Lünersee spaziert ist. So einer ist doch die beste Tarnung.

Ein bisschen beruhigt es mich allerdings, Yellow, dass die Kirche und nicht der Clan meine sechs Millionen vermisst, falls man da unterscheiden kann. Die sind vielleicht nicht so besessen darauf, es wiederzubekommen. Natürlich wird die das auch schmerzen, keine Frage, aber vermutlich nicht so wie eine Mafiafamilie.

Am Abend haben sie den Pfarrer erst gefunden. Kein Wort von Kameras ist gefallen. Nur das Übliche: Die Ermittlungen laufen. Sie halten sich noch bedeckt mit den Informationen, oder vielleicht haben sie auch keine. Nur das mit dem Rucksack haben sie preisgegeben. Möglicherweise hoffen sie, dass Wanderer ihn auftreiben. Ohne den Rucksack haben die keine Spur, das vermute *ich*.

Wir jedoch wissen sicher, dass er nicht ermordet wurde, sonst wäre ja der Rucksack nicht mehr dort gelegen. Entweder der Mann ist gestürzt, oder das Gewissen plagte ihn so stark, das er sprang. Auf jeden Fall ist er weg vom Fenster. Schon lustig: Ein Geistlicher stürzt am *bösen Tritt* zu Tode.

Nein, die Polizei hat nicht die geringste Spur, das konnte ich aus der Pressemitteilung heraushören. Sie haben bewusst die Informationen mitgeteilt: gelber Rucksack, irgendwo zwischen Frauental und böser Tritt. Taucht der Rucksack aber nicht auf, können sie nicht weiterermitteln. Es fehlt ihnen die Richtung, etwas, woraus eine Spur entsteht. Ohne einen Hinweis, einen Anhaltspunkt wird der Fall wie die Flamme eines Teelichts, die nur noch einen kleinen hellblauen Lichtpunkt hergibt, gelöscht und entsorgt. Und du weißt so gut wie ich, Yellow, dass den *Hello Yellow* niemand mehr finden kann. Er liegt undefinierbar als kleines graues Polyesterkügelchen, von einer zerschmolzenen Plastikflasche nicht zu unterscheiden, zwischen verglimmter Glut und Erde auf dem Grillplatz. Aus die Maus. Die Ermittlungen werden eingestellt, die Akte wird geschlossen. Ich kann nur hoffen, dass der Pfarrer kein dummer war, dass er keine Spuren hinterlassen hat und die Ermittler bei ihm nichts Auffälliges finden werden.

Der Schweizer, Yellow, da war doch noch der Schweizer. Wir trafen ihn auf dem Rückweg und unten an der Talstation. Er hat uns nach einem Mann mit gelbem Rucksack gefragt. Wie konnte ich den vergessen? War das sein Komplize, sein Abnehmer? Ein Mörder kann er nicht gewesen sein, sonst hätte er doch nicht nach einem Mann mit Rucksack gefragt. Das war sein Komplize, garantiert. Wie ein typischer Mafioso oder Geistlicher sah er allerdings nicht aus. Auch nicht wie ein Polizeibeamter. Die werden dem Pfarrer doch nicht auf die Schliche gekommen sein und ihm einen verdeckten Ermittler an die Fersen gehängt haben? Werden wir schon beobachtet? Nein, das darf doch wohl nicht wahr sein. Ist der uns gefolgt, Yellow? Okay, ruhig bleiben, nichts zusammenreimen, sachlich bleiben.

Also, vor dem Haus steht niemand – kein Auto, keine Person. Und wäre ich vom Lünersee aus verfolgt worden, hätten sie mich beim Vergraben längst verhaftet. Ich denke, die Polizei können wir ausschließen. Es muss sein Komplize gewesen sein. Etwas anderes kann ich mir nicht vorstellen. Aber er hat uns nicht für Diebe oder gar für Mörder gehalten, das wäre mir in seiner Aura aufgefallen. Der Schweizer zog zwar ein skeptisches Gesicht, doch den Verdacht hat er wieder verworfen. Er fragte uns, woher wir kommen, und wir antworteten: aus dem Allgäu. Zum Glück haben wir das Auto weiter unten stehen lassen, das Kennzeichen hätte jemanden mit Verbindungen direkt hierher gelenkt.

Ich denke, wir können davon ausgehen, dass der Schweizer der Komplize des Pfarrers war und er uns nicht verdächtigt. Wie ein Profi kam er mir auch nicht vor. Es hat fast schon den Anschein, dass die zwei ebensolche Amateure sind oder waren wie wir. Mit dem entscheidenden Unterschied, dass wir von ihnen wissen, sie aber nicht von uns. Das nützt uns zwar nichts, aber es schadet auch nicht, den besseren Überblick zu haben. Es gibt keine Verbindung. Wir haben uns nicht wie jemand verhalten, der gerade im Lotto gewonnen hat, ganz und gar nicht, sondern wie ein ganz gewöhnlicher Wanderer. Ich glaube, das können wir so verbuchen.

Siehst du, Yellow, was für ein Risiko wir eingehen. Die

nächste Unachtsamkeit könnte uns schon in den Knast befördern.

Aber das liegt einfach nicht in unserer Hand. Im Moment sieht es gar nicht schlecht aus, mein Freund. Wenn das Geld nicht mehr verwanzt, verchipt oder markiert ist, wenn ich nichts davon mitgeschleppt habe – und alles spricht im Moment dafür –, schaut es wirklich nicht so schlecht aus.

Puh, ein bisschen Ruhe würde uns jetzt guttun, Yellow. Ist ganz schön was los gewesen. Das Notenprüfgerät, mein Cousin, die Pressemitteilung und dann noch der Schweizer. So viel Information auf einmal bin ich nicht gewohnt. Ein kleines bisschen die Augen schließen, nur für ein paar Minuten. Mit offenen Augen unmöglich; zu viel Bewegung vor der Balkontüre. Zehn Minuten würden schon genügen, und wir wären wieder halbwegs aufnahmefähig. Niemand könnte in dieser kurzen Zeit die sechs Mille heben und verrichteter Dinge verschwinden. Es täte so gut, Yellow. Aber wir müssen uns jetzt zusammenreißen. Es könnte eine Kleinigkeit geschehen, etwas Unvorhergesehenes und Entscheidendes, das alles in eine ungewollte Richtung verlaufen lässt, und das wegen zehn Minuten. Nein, wir müssen uns zusammennehmen, ausruhen können wir hernach noch lange genug.

Noch gut einen Tag, dann ist unsere Wache beendet. Es ist wirklich ungemütlich, den ganzen Tag hier vor der Scheibe zu verbringen, findest du nicht auch, Yellow? Ich fühle mich wie auf einer zwei Quadratmeter kleinen Insel auf dem Ozean; ringsherum nur langweiliges Wasser. Aber morgen Abend schon kommt unser weißes Schiff nach

Hongkong vorbei, auf dem die Menschen uns zurufen: »André, komm an Bord, die drei Tage sind vorbei.« Und wir gehen an Bord und flüstern dem Kapitän ins Ohr: »Eine Viertelmillion, wenn du Hawaii ansteuerst.« Der Kapitän wird kurz überlegen: Eine Viertelmillion würde reichen, um mich dort zur Ruhe zu setzen und das Leben bis zum Ende meiner Tage zu genießen, den Menschen an Bord wird nichts geschehen, und um die Kündigung bräuchte ich mich auch nicht mehr kümmern. »Hand drauf.«

Doch am Montag fahren wir zuerst noch nach Ulm, Yellow, ich muss mir das Armutszeugnis ansehen. Natürlich interessiert es mich auch, ob die Hübsche noch dort oben ist, was ich eher nicht glaube, denn sie und ihre Familie wollten das Kloster ja verlassen, sobald sich ein Nachfolger für das Agrarwesen gefunden hat. Zumindest mochten sie mit dem landwirtschaftlichen Betrieb nichts mehr zu tun haben. Das kann ich gut nachvollziehen. Da hast du aufgehört zu essen und sollst aber weiterhin den ganzen Tag lang Nahrung kultivieren, allen voran der Mann der Hübschen (Franz von der Alm), sie hielt ja die Seminare, solange ich dort war.

Ehrlich gesagt habe ich keine große Hoffnung, ihr dort oben noch zu begegnen. Der Russe wird alles niedermähen und das Kloster in eine Zockerbude umfunktionieren, da ist kein Platz für die zwei und ihre zwei Kinder.

Als ich die Hübsche zum ersten Mal sah, mit ihrer graziösen Ausstrahlung und wie sanft und eloquent sie sprach, ja, so, wie sie vollends auf mich wirkte, hatte sie mich augenblicklich verzaubert. Ich meine sogar, ihr von Anbeginn verfallen gewesen zu sein, Yellow. Als sie dann aber mit ihrem Wischiwaschimischimaschi anfing, in Bezug auf das, was wir in Wahrheit sind, kam es mir vor, als würde die Loreley mit bestialischem Mundgeruch auf mich zukommen, sodass jedes hinreißende Lächeln und alle zauberhafte Ausstrahlung für alle Ewigkeit verschleiert wurden. Doch diese Mundfäulnis verschwand in dem Moment, als ich keinen Deut mehr auf ihr Gesagtes gab, sondern nur noch Augen für die Intension hatte, aus der ihre Worte kamen. So wie es mir eigentlich bei allen Menschen geht, mit denen ich mich länger unterhalten muss, oder die mich schon nach Kurzem langweilen. Die Wahrnehmung schwenkt vom Inhalt auf das, was zwischen den Worten mitschwingt.

So wurde die Hübsche zu meiner Hübschen. Wen interessiert schon, was sie den lieben langen Tag erzählt? Wenn ich alle Gedanken aussprechen würde, die in meiner Wahrnehmung herumschwirren, würde auch das Kopfschütteln seine Zelte um mich her aufschlagen.

Auf jeden Fall würde ich sie fragen, was es denn mit dem Loch in meinem Bauch auf sich hat, in dem ein leuchtendes gelbes Wesen schwebt, und ob es noch mehr Menschen gibt, die so umhergeistern. Ja, das wäre das Erste, was ich sie fragen würde, wenn ich sie wiedersehen könnte. Sie weiß bestimmt, was es mit dir auf sich hat. Und natürlich, ob mein Traum von ihr, in dem wir es miteinander taten oder besser gesagt sie es mir besorgte, um meinen Solarplexus zu heilen, ob dieser nächtliche Traum Einfluss auf den Tagtraum hatte. Ob er einfach nur eine Art Vorahnung war, wie der Wind vor einem Gewitter, oder ob sich das Ganze schon in dem, was wir Leben nennen, ereignete. Dabei fühlte es sich ganz und gar wie ein nächtlicher Traum an, doch wie lässt es sich erklären, dass die Heilung, die im nächtlichen Traum stattfand, in den Tagtraum übergriff? Das ist doch ein Gesetz dieser Welt – wie die Schwerkraft oder das Wasser abwärtsfließt –, dass so etwas nicht funktioniert.

Oh, einundzwanzig Uhr durch. Die Nachrichten, Mensch.

»... eine von ihr gerichtete Jause und Tee beim Aufbruch mit sich trug. Die Ermittlungen laufen.«

Nichts Neues, vermutlich. Das wird sich auch nicht ändern. Sie werden diese Information stündlich wiederholen, wahrscheinlich einen Tag lang, und dann hörst du nie wieder was davon. Kein: »Wir haben keine Spur, leider konnten wir den Fall nicht aufklären, die Ermittlungen versiegten.« Informationen über den Verlauf des Geschehens erhält man nur, wenn sie selbst Informationen benötigen, dann werfen sie einem ein paar Happen zu, oder wenn sie den Fall gelöst haben. Ansonsten bekommt man nie wieder etwas davon mit.

Noch sehen wir unser Geknickter-Stock-Stein-Zeichen gut, Yellow, der Mond kommt wieder rechts hinter dem Berg hervor. Gleich schimmert die Wiese wieder in einem anderen Licht, ein Licht, das sie unwirklich erscheinen lässt. Sie hat dann eher den Charme eines Postkartenmotivs. Als ob der silberne Schimmer des falschen Sonnenlichts, das von ihm ausgeht, alles erstarren lässt; wie der Blick der Medusa. Weil er etwas vorgibt, das er nicht ist.

Wow, schöner Satz, Yellow, den muss ich mir merken.

163

Vielleicht lässt er sich in meiner aktuellen Geschichte unterbringen.

Ich glaube, ich hätte Lust auf einen Tee. Ja, ein Tee aus Langeweile. Ein Makaibari SF. Genau, mal schauen, ob ich das subtile Verhältnis von Menge und Ziehzeit hinbekomme, um die zarte Pfirsichnote herauszukitzeln.

»Hallo, Siri, Timer auf zwei Minuten zehn.«

Ach, ich liebe meinen Fünfundfünfzigeinser. Ungelogen, Yellow, ich werde nicht müde, mich an der Bedienung des Touchdisplays zu erfreuen und daran, dass beim Ausschank kein Tropfen am Gerät herunterkullert. Gute Wahl.

»Oynama sikidim sikidim ...«

»Jetzt reicht's.« Der Ton muss augenblicklich geändert werden. Lass mal sehen, welchen wir noch eingespeichert haben.

»Je t'aime mon amour ...«

Ja, komm, alles ist besser.

Der Mond ist nicht mehr zu sehen. Er müsste jetzt irgendwo an den Südfenstern hereinscheinen. Mit ihm ist auch unser Zeichen erneut in die Nacht entschwunden. Wir müssen jetzt verstärkt die Wiese beobachten. Doch im Moment geschieht wieder überhaupt nichts dort oben. Rein gar nichts. Es weht auch kein Wind, die Bäume stehen still, und in den Häusern sind die letzten Lichter schon vor einigen Stunden erloschen. Das Einzige, was sich bewegt, Yellow, was von Leben, von Veränderung zeugt, ist mein Körper. Ich tue nichts, höre aber, wie monoton Luft durch die Nasenlöcher in den Körper strömt, und sehe, wie sich dabei der Brustkorb hebt und senkt, wie eine einmal in

Gang gesetzte Maschine, die durch ein Vakuum anfängt zu atmen, der nie *mehr* Luft zur Verfügung stehen wird, als sich in der für sie vorhergesehenen Tüte befindet. Was meinst du, mein Freund: Ist es das Herz oder die Lunge, was den Körper am Laufen hält?

Doch der Lidschlag kommt offenbar nicht mehr zurück. Schon seit einem Jahr blinzeln meine Augen nicht mehr. Wenn ich möchte, kann ich sie natürlich schließen, Yellow, doch von alleine zwinkern sie nicht mehr. Warum blinzeln die Augen überhaupt? Klar, offensichtlich verteilen sie den Tränenfilm, damit die Augen nicht austrocknen. Doch auf meinen Augen herrscht keine Wüste, nein, das Milieu ist tropisch. Auch blinzeln sie nicht aus Gewohnheit einfach weiter. Irgendwann letzten Winter habe ich es zum ersten Mal bemerkt. Ich weiß noch genau, wie ich mich vor den Spiegel stellte, um zu prüfen, ob sie noch zwinkern. Doch sie schlossen sich einfach nicht. Als würde das Bewusstsein mit einem toten Körper in den Spiegel schauen.

Warst du zu dem Zeitpunkt schon da? Ich weiß es gar nicht. Ist auch egal. Wir wollen nicht in der Vergangenheit herumgraben. Jedoch ist mir zu dieser Zeit auch der magentafarbene Film, der unmittelbar auf meiner Haut leuchtet, aufgefallen. Ich schaue ihn mir gerne an, Yellow. Es ist eine angenehme oder besser gesagt brusterweiternde Farbe und mit der auf dem Papier überhaupt nicht zu vergleichen. Auch das ist offenbar ein Phänomen des Nicht-mehr-Essens, die Folge eines sauberen Körpers, denn nirgends sonst habe ich das bisher gesehen. Auch nicht bei Babys. Aber wie auch, wenn sie bei den Müttern schon nicht scheint. Ich bin fest davon überzeugt, dass die

Hübsche sie hat, nur konnte ich damals solche Dinge nicht sehen.

Immer noch küsse ich meine Haut gerne. Mit dem Magentafilm mehr denn je. Vielleicht hatte ich ihn zu den Rohkostzeiten auch schon, wer weiß.

Oh, entschuldige, mein Leuchtturm. Ich schwelge. Es schwelgt. Was für ein Witz, das alles. Der Verstand spukt immer weiter fort. Mit einem kleinen, aber entscheidenden Unterschied, dass sich niemand mit ihm identifiziert. Ein Geist bleibt ein Geist. Und auch wenn er als solcher entlarvt wurde, spukt er immer weiter herum. Doch einem entlarvten Geist fehlt die Power. Stell dir vor, Yellow, du würdest täglich demselben Geist begegnen. Einem Geist, von dem du zuvor dachtest, du wärst er (ich weiß, Yellow, das ist vermutlich nicht ganz einfach), du würdest ihm doch nicht mehr auf den Leim gehen, wenn du einmal erkannt hast, dass es sich um einen Geist handelt. Er würde nach und nach dein Interesse verlieren, nicht wahr? Ehrlich gesagt, kann ich mir nicht mehr vorstellen, wie ich es jemals konnte, Yellow, zu glauben, ich sei dieser Körper, den man mit André ruft. Völlig verrückt. Doch sich selbst zu hypnotisieren, ist für das Bewusstsein, für das Eine, ein Klacks, Yellow.

Geist ist in dem Zusammenhang eine missliche Formulierung, ich weiß, mein Lieber, vermutlich trifft es Fata Morgana besser. Bestimmt hat jeder Autor so sein Dilemma mit Metaphern. Einerseits sind sie in einem Roman unabdingbar und hilfreich, um etwas zu verdeutlichen, andererseits sind sie immer schlecht, immer ist das Ende nicht rund, immer kann einem ein Strick daraus gedreht werden. Sie sind wirklich wie Wasser an der Oberfläche. Für einen gewissen Abschnitt waagerecht und nivellierend, aber mit einer ganzheitlichen Sicht gewölbt und zwecklos, um ein Bild gerade aufzuhängen.

Mir fehlt meine Stunde Schlaf. Eindeutig. Wenn der Verstand nichts Produktives zu tun hat, plätschert er immer so dahin. Aber wir müssen beobachten, ob sich dort oben auf der Wiese etwas bewegt.

Hey, Yellow, meinst du, die Frau dort drüben im Dachgeschoss bereitet sich gleich wieder ihren Kaffee zu? So wie die letzten beiden Tage? Es ist viertel vor fünf, das Licht müsste bald aufleuchten. Das würde bedeuten, dass sie sonntags auch arbeitet. Möglich wär's, doch wohl eher nicht. Ich werde das Fenster im Auge behalten, und danach schreiben wir. Gestern sind wir ja nicht mehr dazugekommen. Der Millionenfund hat unseren Zeitrhythmus völlig auf den Kopf gestellt. Normalerweise wären wir jetzt mittendrin. Aber daran soll es nicht scheitern. Wir werden hier an dem Eck der Küchenarbeitsplatte schreiben, um die Wiese im Auge zu behalten und das Fenster der Kaffeefrau. Ich schaue ihr gerne beim Zubereiten des Kaffees zu und dabei, wie schon ein Schluck davon genügt, um alle Last von ihren Schultern fallen zu lassen, und wie alle Sorgen mit einem Seufzer tief aus der Magengegend mitsamt dem Kaffee verdampfen, zumindest für ein paar Minuten. Da geht mein Herz auf, mein Lieber. Sicher ist ihr Melancholie nicht fremd. Ich mag solche Menschen, wenn sie nicht gerade vor Selbstmitleid triefen.

Nein, heute schläft sie, glaube ich, aus. Da tut sich nichts.

Noch ein paar Stunden, einen Tag ohne Nacht, dann ist unsere Zeit gekommen, Yellow. Ein letztes Mal den Tagesanbruch und das Einbrechen der Dunkelheit aus dieser Perspektive. Dann reicht es mir aber auch.

So gegen dreiundzwanzig Uhr dürfte dort oben nichts mehr los sein. Kein Onkel, keine Spaziergänger, und die Hunde müssen ihre Notdurft bis zum nächsten Morgen zurückhalten.

Wir holen uns die sechs Mille. Es gibt kein Zurück mehr. Jeder, der es bis jetzt nicht geortet hat, wird es nicht mehr tun. Immerhin sind es sechs Mille. Stattdessen werden wir uns ihrer annehmen. Mal sehen, wohin es uns verschlägt und wie lange ich noch zur Arbeit gehe oder ob überhaupt noch. Yellow, wir stehen an einem Punkt, an dem sich um uns alles verändern wird, das spüre ich genau. Instinkt.

Grand Pas de deux
- Codetta -

»Guten Morgen, mein Maurer«, sagte Lydia und streifte mit ihren Fingern durch Ben Zens Brusthaare.

»Morgen, Baby«, erwiderte er schläfrig.

Lydia kroch mit unter Bens Decke, legte sich auf ihn und lauschte in seine Brust. Sie sahen beide aus den bodentiefen Fenstern zu den Hegaubergen hinüber. Von diesem Blickwinkel aus konnten sie den Hohentwiel, den Hohenkrähen, Mägdeberg und etwas weiter dahinter sogar noch den Hohenstoffel sehen. Die Berge ragten in das frische Blau des vorhersehbaren heißen Sommertages.

In Ben Zens altem Zimmer bei seinen Eltern in der Innenstadt stand nur noch leeres Mobiliar, dessen Inhalt sich nach und nach mit Lydias in dem Haus in der Nordstadt vermischte. Für seine Kleidung hatte sie eigens zwei neue Schränke liefern lassen. Einen für ihn und einen für sie.

Den alten ließ sie bei derselben Aktion abbauen und entsorgen. Eines Abends, als Ben von der Arbeit kam und aus den Kartons, in denen er seine Garderobe verstaut hatte, ein frisches Shirt holen wollte, fand er alles akkurat in einem der nach neuen Möbeln duftenden Schränke vor.

Seine Schuhe standen neben Lydias, Rasierapparat und Zahnbürste hatten Platz neben ihren Sachen. Bens Bilder schmückten zwischen ihren das Sideboard auf dem Flur zu den Zimmern.

Innerhalb kurzer Zeit vermengten sich Ben Zens Utensilien mit Lydias, als wären sie schon immer hier gewesen. Er blätterte gelegentlich in den Wohneinrichtungsmagazinen, und Lydia warf mitunter einen Blick in das *Geo* oder die *Bild* und manchmal sogar in die Fernsehzeitschrift.

Ihm fiel es zwar nicht auf, aber sie meinte einmal zu ihm, dass das Haus anders roch, seit er eingezogen war. Aber gut anders, fügte sie hinzu, was ihn sehr beruhigte, denn er fühlte sich bei Lydia so wohl wie noch nie in seinem Leben. Ihr Haus hatte ihn gut aufgenommen, er fand sich in ihm geborgen. Lydias Bauchgefühl hatte sie offensichtlich nicht getäuscht.

Wenn Ben Zen von der Arbeit kam, aßen sie zusammen. Frühmorgens stand sie sogar mit ihm auf und richtete Kaffee und Brote, während sie vor sich hin sang. Lydia meinte, sie könne sich ja noch den ganzen Tag über hinlegen.

Die Wochenenden verbrachten sie ausschließlich miteinander. Bei schönem Wetter gingen sie an den See oder lagen faul im Garten herum.

Es wurde ihnen zur Gewohnheit, samstags und sonntags vor dem Frühstück über das Grundstück zu joggen.

Lydia hatte ihn gefragt, ob er an den Wochenenden mit ihr laufen wolle, was er direkt bejahte. Als sie kurz darauf nackt vor ihm stand, ohne Schuhe, ohne Stirnband, nur sie selbst, war er für einen kleinen Augenblick schockiert, dann durchströmte ihn die Erregung.

»Ich sagte doch, dass ich nackt jogge. Hast du mir das etwa nicht geglaubt?«

»Hatte ich ganz vergessen«, sagte Ben.

»Du kannst ruhig angezogen bleiben, wenn du willst.«

»Bin gleich wieder da«, sagte er und verschwand im Schlafzimmer, wo er sich entkleidete und versuchte, nicht an ihren wunderhübschen Körper zu denken. Natürlich gelang ihm dies nicht, wo sie ihn doch schon in ihrem sommerlichen Schlafanzug bis aufs Äußerste reizte.

Ben nahm ein kleines Handtuch mit, das er für seinen Schweiß bräuchte, meinte er, doch vor allem benötigte er es, um seinen leicht erigierten Penis zu bemänteln. Das Joggen machte es nicht einfacher, aber weil sowieso alles ungehalten herumbaumelte, fiel es nicht direkt auf, so redete Ben es sich zumindest ein. Während des Laufens sahen sie einander öfters an und lachten. Lydia wegen Ben und Ben wegen Ben.

Ben Zen spürte, dass er seine Libido nicht mehr lange unterdrücken konnte. All die Tage, seitdem er bei ihr wohnte, war er imstande gewesen, sich zu kontrollieren, indem er sich ihr Alter und ihr kindliches Wesen vor Augen führte. Doch das, was er nun zu Gesicht bekam, war so ganz und gar nicht kindlich.

Ben schaffte es, sich halbwegs abzulenken, indem er sich den Lernstoff der Berufsschule vergegenwärtigte. Unter

anderem dachte er während des Joggens an einen Kreuzverband oder einen Kreuz-Läuferverband. Er stellte sich
das Sichtmauerwerk bildlich vor und ging dabei sehr ins
Detail. Drei Schichten Läuferverband, dann zehn Kreuzverband und wieder drei im Läufer. Sechzehn Schichten
mal zwölf Komma fünf für Stein und Mörtel, das waren … zwei Meter genau. Ununterbrochen rannte er so
neben Lydia um das Anwesen. Immer zehn Runden. Am
Sonntag wieder dasselbe.

Ben fühlte sich innerlich zerrissen. Ja, vermutlich war
sie noch minderjährig, dachte er, mehr noch, sie verhielt
sich gelegentlich wie eine Dreizehnjährige mit ihrer unbeschwerten Art. Allerdings ging von ihr auch schon der
Duft einer Frau aus, die bereit dafür war, mit ihm zu schlafen. Der Duft war für ihn unverwechselbar, und Ben gehörte sicher nicht zu den Falschen für dieses einmalige Ereignis, da gäbe es andere Rohlinge, dachte er, die die Gunst
der Stunde ausnützen würden.

Wenn sie ihn beim Joggen ansah und ihm zulachte,
nahm er den Duft ganz deutlich wahr. Unbeschwert lief
sie mit ihm eine Runde nach der anderen nackt ums Haus,
als wäre es das Normalste der Welt, als joggten sie in Lauf-
bekleidung an einem Fluss in der Großstadt entlang.

Die ganze Woche über rumorte dieses Unbehagen in
seinem Bauch und Kopf, obgleich er jeden Tag mit ihr
über alles genoss. Sie küssten sich minutenlang und schliefen miteinander Schenkel über Schenkel ein. Allein das bedeutete Ben mehr als jeder Sex, den er bisher mit einem
Mädchen erfahren hatte. Er berührte Lydias zierlichen
Körper so gerne und umarmte sie gerade so oft, dass es

172

nicht übertrieben wirkte. Oft konnte er sein Glück nicht fassen und ihm sickerten die Tränen aus den Augen. Wenn Lydia es bemerkte, fragte sie nicht nach dem Grund, sondern vergoss ebenfalls Tränen der Freude.

Die Tage vergingen im Nu, und das Wochenende nahte. Am Samstagmorgen, als sich ihre Blicke fanden, küssten sie sich ausgiebig und innig, bevor sie sich auszogen, um ihre zehn Runden vor dem Frühstück zu laufen. Zwischen den Bäumen hindurch, entlang der Aach zur Sauna und wieder nach oben in Richtung Tor. Inmitten von Läufer- und Kreuzverband wagte er hier und da einen verstohlenen Blick auf ihre kleinen Brüste. Alles andere als Mäusefäuste, dachte er, und sowie Bens Fantasie seine Lippen an ihre Brüste zauberte, rechnete er rasch, wie viele Schichten Fünfer-, Siebener- oder Zwölfersteine er für eine zwei Meter hohe Wand benötigen würde.

Er bemerkte, dass Lydia etwas bedrückte. Sie lief nicht so heiter und lachte auch nicht wie sonst. Ihr kindliches Herz schien, als sei es mit Kummer vernebelt, sodass sich ihre Gesichtsmuskeln schwertaten, ein Lachen zu erzeugen. Sie erweckte fast den Eindruck, als würde sie grübeln, was er von ihr nicht kannte. Doch er fragte nicht nach dem Grund, etwas in seinem Innern hielt ihn davon ab.

Sie liefen gerade wieder aus dem schattigen Tau in das von der Sonne erwärmte Gras unten an der Aach, als Lydia ihn so heftig rempelte, das er bäuchlings in die Wiese flog. Mit wutentbranntem Gesicht sah sie auf ihn herab. Ben wusste nicht, wie ihm geschah, sein Kopf war leer, so aufgebracht hatte er sie noch nie gesehen. Verdutzt sah er zu ihr auf.

»Guck nicht so dumm. Auf was wartest du? Auf bessere Zeiten?«, schimpfte sie.

Ben war immer noch sprachlos. Er versuchte, seinen angeblich dummen Gesichtsausdruck loszuwerden, doch es wollte ihm nicht gelingen, lediglich den Mund brachte er zu.

Lydia setzte sich auf Ben.

»Ich bin dir wohl zu jung. Wenn du glaubst«, sie nahm seine Hände und drückte sie auf ihre Brüste, »die werden noch größer, dann hast du dich getäuscht. Du wirst dir doch nicht wegen dem halben Jahr, bis ich sechzehn bin, in die Hosen machen? Denn wenn das so ist, dann bin ich eben schon sechzehn, ja, gestern bin ich sechzehn geworden. Und wie sieht es jetzt aus?«

Ben Zen hielt wie versteinert Lydias Brüste. *Das* machte sie also so wütend. Er spürte, wie sein Penis unter ihr erigierte. Gerade wollte er sich rechtfertigen, doch sie kam ihm zuvor.

»Sag bloß, ich bin dir zu kindlich. Ich lebe seit meinem zehnten Lebensjahr alleine in diesem Haus«, sie richtete beide Arme nach oben zum Haus, »und kümmere mich um mich selbst. Du glaubst doch nicht allen Ernstes, dass ich nicht Bescheid weiß. Nenn mir jemanden in meinem Alter, der erwachsener ist als ich. Nenn mir nur eine Person«, sagte sie und boxte ihn hart gegen die Brust.

Ben war von ihrer genauen Einschätzung seiner Gedanken wieder einmal überrascht. Dasselbe sagte er sich ja auch die ganze Zeit, und nun meinte sie noch, sie sei schon sechzehn. Ob das stimmte oder nicht, jetzt wo sie es behauptete, schwanden seine Gewissensbisse. Das Eis war gebrochen, als hätte er nur ihre Erlaubnis abgewartet. Er gewahrte die Wärme ihrer Brüste unter seinen kalten Händen. Sein Glied zwischen Lydias Beinen pochte gegen ihre Vagina. Er fragte sich, ob sie es in ihrer Rage registrierte.

»Du machst deinem Namen alle Ehre. Was überlegst du denn immer? Warum machst du immer diesen Umweg? Was sagt dein Bauch?«

Ben war völlig überfordert von dieser Flut an Fragen. Sie überschwemmten seine Gedanken, jegliche Information ersoff unter ihr, sein Kopf war leer wie eine Wohnung vor dem Einzug. Er nahm ihr zartes Gesicht in seine Hände. Es fühlte sich befremdlich an. Nicht Lydias Gesicht, sondern seine Aktion. Als wäre er mit einem Mal voller Selbstvertrauen und ohne Furcht. Als wäre jede Handlung genau richtig, so wie sie geschah, ohne jeglichen Zweifel. Ben führte Lydias Gesicht vor seines. Er fühlte sich so wohl in seinem Körper, dass er dessen Grenzen nicht mehr spürte, als wäre er zum ersten mal er selbst.

»Du bist die *hübscheste*, *liebste und geilste* Erwachsene, die ich kenne«, sagte er langsam Wort für Wort und verdeutlichte den Wahrheitsgehalt seiner Äußerung, indem er ihr dabei in die Augen schaute. Sie küssten sich. Zuerst zärtlich, dann zunehmend verschlingender. Er strich ihr mit seinen rauen Händen über den Rücken und kniff ihr in die kalten Pobacken. Lydia bewegte ihre Hüfte auf seinem Glied vor und zurück. Ihre Wollust befeuchtete Bens Penis, und ihr in Form gehaltenes Schamhaar erregte ihn aufs Höchste. Sie löste sich von seinen Lippen, was er so lange wie möglich zu verhindern versuchte. Lydia richtete *sich* auf *und* Bens Penis, ohne dabei den Blickkontakt zu verlieren. Mit halb geöffnetem Mund, durchströmt von Erregung, ließen sie sich in den Moment fallen.

Vorsichtig führte sie sein Glied in ihre intimste Stelle. Einen Moment später hielt sie inne, es wurde still um sie beide, und ihre Blicke intensivierten sich. Ben streichelte ihre Oberschenkel. Sachte drückte Lydia ein paar Mal gegen die Blockade in ihrem Innern. Bens Bauchmuskeln verhärteten sich vor Aufregung. Wohingegen Lydia jeglichen Muskel in ihrem Hüftbereich entspannte, sich entschieden auf Bens Glied setzte und wieder innehielt. In seinem Gesichtsausdruck las sie Besorgnis und Erleichterung zugleich. Sie lächelte ihm beruhigend zu und schwang ihre Hüfte prüfend auf und ab. Es fühlte sich leicht in ihrem Unterleib an, der Widerstand war durchbrochen, nun konnten sie ganz und gar eins sein.

Lydia und auch Ben hatten in den letzten Tagen gespürt, dass sich etwas zwischen sie schob, etwas, das ihr Einssein kurzzeitig an die maximale Grenze der Belastbarkeit zog, wie bei einem Gummiband, das kurz vor dem Zerreißen stand. Wäre es entzweit, stünde immer ein Knoten zwischen ihnen, der beiden wie ein Exempel stets ihre Zweiheit vor Augen hielte. Doch sie hatten es in letzter Sekunde geschafft, ihr unsichtbares Band zu bewahren. Nun konnten sie weiter offen, vertraut und ohne Hemmungen eins sein. Jeder, der sie sah, konnte dies bezeugen. Sogar noch mehr als zuvor. Sie waren in den innersten Bereich der physisch möglichen Einheit vorgedrungen. So empfand es Lydia in diesem Moment. Sie spürte ihre Erregtheit bis dicht unter der Haut, als Ben sie festhielt und sagte:

»Wir sollten verhüten.«

»Was? Jetzt?«

Ben lächelte liebevoll. »Hast du Gummis?«

»Nein.«

»Aber ich.«

»Echt?«, sagte Lydia verblüfft.

»Ja, in der Nachttischschublade.«

»Das ist mein Maurer«, sagte sie freudig und erleichtert zugleich und küsste ihn.

Augenblicklich standen sie auf und eilten Hand in Hand, ohne ihre Runde zu beenden, durch den Keller ins Haus. Verschwitzt schliefen sie im frisch bezogenen Bett miteinander.

Auch am folgenden Tag liefen sie ums Haus, und immer wenn sie sich dabei ansahen, lachten sie, doch nicht wie sonst, denn sie wussten, was gleich geschehen würde. Ben trug von nun an anstelle des Handtuchs ein Kondom mit sich. Es wurde ihnen zur Gewohnheit, sich in der achten Runde, nahe der Aach in der Wiese, zu verschmelzen. Im klammen Gras, mit Perlen aus Regentropfen auf der Haut oder mit denen des Schweißes, des sommerlichen Morgens schubste Lydia Ben in der achten Runde auf die Wiese, wo sie miteinander schliefen. Und sowie Ben Zen das schlechte Gewissen beschlich, erschienen ihm Lydias Worte: »Nenn mir jemanden in meinem Alter, der erwachsener ist als ich. Du wirst dir doch nicht wegen dem halben Jahr, bis ich sechzehn bin, in die Hosen machen? Denn wenn das so ist, dann bin ich eben schon sechzehn, ja gestern bin ich sechzehn geworden.« Sie hatte völlig recht, dachte er. Sie war schon längst eine erwachsene Frau.

Er bewunderte ihre ehrliche und direkte Art, die den

meisten Erwachsenen schon abhandengekommen war; auch ihm. Es war leichter, zu einer Lüge zu greifen, um sein Ansehen zu wahren, oder einem Problem aus dem Weg zu gehen. Doch bei Lydia entdeckte er keine Scham. Als sei es das Natürlichste der Welt begegnete sie Situationen so, als würde sie ein neues Gericht kochen: Kühlschrank auf, schauen, was vorhanden ist, und dann auf das Bauchgefühl hören.

Nie wurden sie ihrer gemeinsamen Gewohnheit überdrüssig. Wie sie es im Winter praktizieren wollten, darüber machten sie sich noch keinen Kopf. Hatte der Regen die Luft einmal so abgekühlt, dass sie nach der achten Runde etwas froren, verbrachten sie den Nachmittag in der Sauna, bereiteten sich im Wechsel Aufgüsse zu, bei denen sie einander in lustigen Posen die ätherisch aufgesogene Luft zufächerten. Besonders mochten sie den Honigaufguss in zwei Runden, bei dem sie sich – nach zehnminütigem Schwitzen – vor der Sauna mit dem Honig von den Bienen am Waldrand, die der Freund des Vaters dort platziert hatte, einrieben. Gleich darauf nahmen sie ein erneutes Saunabad, gossen mit einem Orangenduft auf und ließen den Honig in die geöffneten Poren sickern.

Lydia wurde nie müde, Ben zu bekochen, in ein Restaurant gingen sie nie. Oftmals wehte ihm der Westwind schon am Eingangstor den Duft von Gebratenem oder Gekochtem entgegen. Nie fehlte ihm die Freude auf sein neues Zuhause. Der Kontakt zu seinen Freunden beschränkte sich auf Arbeit und Schule, und er fehlte ihm auch nicht, war er doch rundherum glücklich. Wenn er mit Lydia an den See fuhr, mied er den Platz, an dem er früher mit seinen Freunden die Zeit verbracht hatte. Irgendwie fand er, dass sie dort nicht hingehörte. Viel lieber wollte er die Freizeit mit ihr alleine genießen, ohne dumme Sprüche über Verliebte über sich ergehen zu lassen, und sie fragte auch nicht danach. Im Gegenteil. Sie meinte sogar, sie sei schon immer eine Eigenbrötlerin gewesen oder vielleicht auch durch die Umstände so geworden. Aber das störte sie nicht. Sie genügte sich selbst voll und ganz und konnte nur wenige Menschen um sich ertragen. Doch bei ihm wusste sie von Anfang an, dass es etwas Besonderes war. Schon in der Schule musste sie sich eingestehen, dass sie auf die Religionslehrerin eifersüchtig war. Als Ben das hörte, blieben ihm die carbonaraähnlich zubereiteten Spaghetti im Hals hängen. Nur mit mehrmaligem kräftigem Schlucken und dem Grauburgunder machten sich die einstmals aufgedrehten Nudeln weiter auf den Weg zu den Verdauungsorganen.

»Du warst damals schon in mich verliebt?«, fragte er.

»Na, sagen wir mal, verknallt.«

»Wie egoistisch von mir.«

»Ja, jetzt übertreib mal nicht. Männer haben eben keine Augen für so was. Außerdem warst du ja in die Religionslehrerin verliebt.«

»Na, sagen wir mal, verknallt.« Beide lachten. Doch Lydia tat Ben leid. »Das muss ja so um die drei, vier Jahre gegangen sein«, sagte er nachdenklich.

»Ja, kommt hin«, sagte Lydia und rieb frischen Parmesan über die Pasta.

»Es tut mir leid, dass du wegen mir so lange Kummer hattest. Es tut mir wirklich leid«, sagte er.

»Jetzt drück mal nicht auf die Tränendrüse. Ende gut, alles gut. Es soll ja Menschen geben, die niemals jemanden zum Lieben finden. Das stell ich mir schlimmer vor.«

Ben überlegte kurz. »So gesehen hast du recht. Wirklich eine Horrorvorstellung. Aber was ist besser? Nicht zu lieben oder lieben und leiden?«

Lydia kaute ohne Eile, und nachdem sie hinuntergeschluckt hatte, antwortete sie.

»Ich glaube, dass du da keine Wahl hast; also beim Lieben. Und wenn du liebst, geht es nie ohne Leiden. Eigentlich ist Leiden *auch* Lieben.«

Ben sah sie verdutzt an.

»Leiden ist Lieben? Das habe ich ja noch nie gehört.«

»Dann ist es jetzt eben das erste Mal.«

»Dass Lieben nicht ohne Leiden geht, das verstehe ich noch, aber dass beides dasselbe sein soll?«

»Nicht dasselbe, Dummerchen. Lieben ist nicht Leiden, aber Leiden Lieben.«

»Das ist mir zu hoch. Wahrscheinlich wieder so ein Männerding.«

Lydia küsste ihn auf den vollen Mund.

Gemeinsam wurde es Lydia und Ben nie langweilig. Sie führten tiefsinnige Gespräche ebenso, wie sie über eine versehentlich entflohene Flatulenz lachen konnten. Wenn sie zusammen waren, fehlte es ihnen an nichts. Beide waren rundum zufrieden, erfüllt und genossen jeden Augenblick. Nie wurde es ihnen zu eintönig. Sie lasen, schauten Filme, gingen auf dem Anwesen spazieren, oder es fielen ihnen dumme Ideen ein. Zum Beispiel als Ben zum Frisör wollte und Lydia meinte, dass sie ihm doch ebenso die Haare schneiden könnte. An den Seiten mit der Maschine, oben über den Fingern mit der Schere abschneiden und anschließend den Übergang angleichen, das konnte kein Hexenwerk sein.

»Stimmt«, meinte er, »warum eigentlich nicht?«

»Okay. Zieh dich aus und setz dich in die Badewanne«, sagte Lydia.

Bens Gesichtsausdruck schwang sich zu einem Fragezeichen.

»Willi verträgt keine Haare, davon bekommt er Verstopfung, und so einen Frisörumhang haben wir auch nicht.«

»Wer ist Willi?«

»Hat er sich dir noch nicht vorgestellt? Ja, das denke ich mir. Männer mögen Willis nicht besonders und sind auch gar nicht eifersüchtig, wenn die Frauen mit ihm alleine an der Leine durch die Wohnung tanzen.«

»Ich verstehe nur Bahnhof.«

»Der Staubsauger, Dummerchen. Los, in die Wanne mit dir.«

»Schon wieder bin ich das Dummerchen.«

Lydia ließ sich von Bens aufgesetzter Trotzigkeit nicht beeindrucken.

»Ja, und Dummerchens müssen nackt in die leere Wanne, los.«

»Aber du passt auf, ja? Wenn du mir jetzt einen Dummerchenschnitt verpasst, dann fällt es auch noch auf.«

»Keine Sorge. Ich mache dir den besten Maurerschnitt aller Zeiten.«

»Oh, das hört sich vielversprechend an, aber mulmig ist mir schon.«

»Keine Angst, hat der Papa mir gesagt. Keine Angst, hat die Mama mir gesagt …«, sang Lydia, bis Ben sie unterbrach und weitersang.

»… doch wenn das die Luise sagt, ganz leis' zu mir im Bett, dann hat das nicht die Folgen, die Luise gerne hätt'.«

Sie lachten beide.

»Kennst du's weiter?«, fragte Ben.

»Meine Kumpels in der Straße konnten's überhaupt nicht fassen, was sie sahen, hielten sie für sonderbar«, sang Lydia.

»Und mir ging es ganz genauso, denn wenn ich diese Frau so in den Armen hielt, wusst' ich nicht, was geschah«, konterte Ben.

»Wie kam bloß dieser Stephan an diese große schöne Frau ran? Dachte sicherlich jeder, der uns sah«, sang Lydia und machte sich so groß, wie sie konnte.

»Doch Luise lächelte leise, denn sie weiß auf ihre Weise, was sie will, und macht es irgendwie auch wahr«, sang Ben wieder zurück.

Sie lachten beide wie über eine gemeinsame Peinlichkeit.

»Warum merkt man sich so was?«, fragte Ben.

»Weil's lustig ist und gut.«

»Okay, konzentrier dich bitte. Ich habe keine Lust, dass sie mich auf der Baustelle auslachen«, sagte Ben und bereute mittlerweile, dass er sich darauf eingelassen hatte.

»Keine Sorge. Ich will doch einen hübschen Maurer«, entgegnete Lydia und summte das Lied weiter vor sich hin, während sie ihm mit der Maschine an den Seiten durchs Haar fuhr.

Ben Zen musste sich immer wieder auf Anordnung von Lydia in der Wanne drehen. Gelegentlich stieg sie auch mit einem Bein hinzu, sodass er ihre Shorts auf Augenhöhe hatte. Er kam sich ein wenig vor wie ein kleiner Junge, dem der Kopf in der Badewanne schamponiert wurde. Die Haare rieselten über seinen Körper in den Schoß, in die Wanne und auf Lydias kleine Zehen. Und wider Erwarten war er mit ihrem Werk sehr zufrieden.

Am darauffolgenden Tag fragte Max ihn, ob er das nicht ein bisschen übertrieben finde, und wenn Sven das gleich sehen werde, sei eine Demütigung unausweichlich.

Ben sah seinen Freund verwundert an und fragte, was er denn meine.

»Na das ›L‹, das auf deinen Hinterkopf rasiert ist«, sagte Max.

Ben strich sich mit der Hand über die Haare. Tatsächlich. Es fühlte sich an wie ein ›L‹.

»Oh, scheiße. Das ist doch nicht ihr Ernst«, brach es aus Ben heraus.

»Deine Kleine war das?«

»Na, ich komme da ja schlecht hin.«

»Schon klar. Ich dachte, du wüsstest es.«

»Nein, ganz bestimmt nicht. Scheiße, Baby.«

Dass er zum Gespött wurde, war unausweichlich, aber das würde eine Revanche geben, so viel war sicher.

Bis zum Freitagabend hatte Ben Zen sich etwas überlegt. Er ging mit Max, dessen Freundin angehende Maskenbildnerin war, nach Hause und ließ sich von ihr ein lädiertes Gesicht gestalten, mit blauem Auge, Klaffwunde, Blut und so weiter. Nach einer Stunde sah er dann tatsächlich aus wie frisch vermöbelt, sodass nur, wer es wusste, die Fälschung erkannte. Wer noch nie ein verschlagenes Gesicht gesehen hatte, der konnte an seiner Echtheit im Schock nicht zweifeln. Man musste schon sehr genau hinsehen. Max' Freundin hatte zweifellos ein talentiertes Händchen, dachte Ben.

Als sie fertig waren, stießen die drei mit einem Bier an und bestaunten das Ergebnis, bevor Max Ben zwei Häuser vor dem Anwesen absetzte. Als die Luft rein war, stieg er aus, ging zum Tor, schloss es auf und lief gekrümmt den langen Weg zum Haus. Er sah Lydia wartend auf der Eingangstreppe sitzen. Als sie ihn erblickte und mit schockierter Miene auf ihn zugelaufen kam, freute er sich dermaßen, dass es funktionierte, dass er in sich hineinkicherte, doch gleich darauf ermahnte er sich, ernsthaft zu bleiben.

»Oh, mein Gott, Ben, was ist denn mit dir passiert?«, fragte sie ihn. In ihren Augen sammelten sich schon die Tränen.

Gebrochen, mit dicker Lippe sagte er: »Baby, wie konntest du mir das nur antun?«

Schon flossen Lydias Augen über. »Warum, was habe ich gemacht?«

Ben holte ein paar Mal imitiert schwer Luft und sagte: »Weißt du nicht, dass es in Singen zwei zerstrittene Banden gibt? Die Leftside und die Rightside.« Dabei hielt er den Kopf leicht gesenkt, falls ihr doch etwas auffallen würde.

Lydia war außer sich und wusste nicht, was sie mit ihren Händen anfangen sollte. Wie konnte sie helfen, ohne ihm wehzutun.

»Nein, was hat das zu bedeuten?«, sagte sie aufgelöst.

»Du hast mir ein ›L‹ hinten einrasiert. ›L‹ für Leftside, und eine Gruppe von der Rightside hat das gesehen«, sagte Ben, hustete und spuckte auf das Kopfsteinpflaster.

»Oh, mein Gott, Ben, es tut mir leid, ich wusste das doch nicht, was machen wir denn jetzt?«, sagte sie hilflos und wischte sich grob die Tränen von den Wimpern, um klar sehen zu können.

Ben wusste, dass seine nächste Behauptung sitzen würde, weshalb sein aufkeimendes Mitgefühl ihn kurz zögern ließ. Doch sie hatte eine kleine Retourkutsche verdient.

»Ist schon gut, Baby, halb so wild, aber ich glaube, wir müssen ins Krankenhaus. In meinem Bauch sticht etwas. Vielleicht ist eine Rippe gebrochen.«

Ben musste sich stark zusammennehmen, dass ihm das Lachen nicht hervorbrach. Doch einen wollte er noch bringen, dann war es genug.

Lydia wusste nicht, wo ihr Maurer überall Verletzungen aufwies, deshalb legte sie ihre Hand nur sachte auf seinen Oberarm.

»Es tut mir so leid, es tut mir so leid«, sagte sie verzweifelt.

»Du musst mir die Stufen hochhelfen, Baby, ich sehe mit dem rechten Auge so gut wie nichts«, stöhnte Ben, doch als ihm der lädierte Rocky vor seinem inneren Auge erschien, konnte er es nicht länger zurückhalten. Er hielt sich immer noch den Bauch und fing, zuerst leise, dann mehr und mehr an zu lachen.

»Was ist los?«, fragte Lydia. Doch Ben lachte nur und ließ sich auf die Stufen nieder. »Du hast einen Schock, beruhige dich.«

Ben zog, während er immerfort lachte, die aufgeklebte Oberlippe ab und auch die juckenden Blutklumpen.

»Jetzt sind wir quitt, mein Baby.«

»Du Mistkerl«, sagte sie und schaute halb skeptisch, halb bewundernd auf Bens modelliertes Gesicht.

So vergingen die Monate, während sie sich liebten und neckten. Und als es so kalt wurde, dass sie der Tau in der achten Runde nicht mehr erregte, sondern beeinträchtigte, beschlossen sie, ihren Liebesakt, bis der Frühling Einzug hielte, in die beheizte Sauna zu verlegen, wo sie sich nach Vollendung der zehn Runden und dem Frühstück Aufgüsse in komischen Posen zuwedelten.

Als Ben sein Glück einmal wieder kaum fassen konnte, fragte er Lydia: »Meinst du, unser Verliebtsein wird irgendwann abklingen und zur Gewohnheit werden?«

Worauf Lydia lapidar antwortete: »Unsere Liebe ist doch keine Wurst.«

Es wäre uns zu wünschen, dachte Ben Zen, möglich ist alles.

Verwunderlich fand er auch, dass ihre Eltern nicht einmal nach dem Rechten sahen, denn Lydia hatte sie ja darüber informiert, dass sie nun einen Freund hatte, der in das Haus eingezogen war. Lydia meinte, über die Jahre hinweg sei zwischen ihr und ihren Eltern ein Band des Vertrauens entstanden, das sie niemals in die Nähe einer Schere bringen würde. Deshalb brauchte es auch keine Kontrolle zwischen ihnen. Sie sagte, es sei einfach zu angenehm, dieses Vertrauen, als dass man es leichtfertig für irgendetwas aufs Spiel setzen würde.

Tage, Wochen, Monate flogen dahin. Das Jahr neigte sich Weihnachten zu. Die beiden suchten sich im Wald eine schöne Tanne aus, bedankten sich gemeinsam bei ihr und sägten sie ab. Sie platzierten den Baum in die Ecke des Esszimmers, vor den großen Esstisch. Lydia sagte, dass er, schon als ihre Eltern noch hier wohnten, immer an dieser Stelle seinen Platz hatte und dass er mit seinem Spiegelbild in der Panoramascheibe wunderbar leuchte. Am Vormittag des Heiligen Abends schmückten sie ihn dezent mit silbernen und goldenen Kugeln und befestigten eine Lichterkette an den Spitzen seiner Zweige, während sie ausnahmsweise schon um diese Tageszeit eine Flasche Grauburgunder schlürften und immer wieder den leicht fallenden Schnee vor der Scheibe beäugten. Dabei sang Lydia Weihnachtslieder in ihrer gewohnt hohen Intonation. Anschließend spazierten sie in die Stadt. Sie kauften nichts und probierten auch nichts an. Die beiden genossen den weihnachtlichen Zauber mit seinen Lichtern, Tannenbäumen und der Weihnachtsmusik in den Kaufhäusern und Straßen. An einem Stand tranken sie Glühwein und teilten sich eine Tüte lauwarme Maronen. Auf dem Nachhauseweg besuchten sie noch die zweite Hälfte eines Kirchenkonzerts, bei dem sie zum Schluss alle gemeinsam »Stille Nacht« sangen, bevor sich Lydia freudig an die Zubereitung des Weihnachtsessens machte. Es gab Fischsuppe vorneweg, Rollschinken mit Kartoffelsalat als Hauptgericht und in Zimtzucker gewälzte Apfelringe mit heißem Kakao zum Dessert. Bescherung gab es keine. Nach dem Abendessen saßen sie Arm in Arm auf der Couch mit den Füßen auf dem Tisch und sahen den Flammen im offenen Kamin zu; dabei lief dezente Weihnachtsmusik.

»Schön, dass es dich gibt.«

»Das finde ich auch«, sagte Ben, wofür er einen Hieb in den Bauch erhielt.

Ben Zen war den Winter über oft zu Hause. Für manche Arbeiten war es zu kalt geworden. Während dieser Zeit hatten sie nie das Gefühl, dem anderen zu viel oder unbequem zu sein, noch zankten sie sich. Er suchte einmal absichtlich nach einem banalen Grund, weil es ihm suspekt vorkam und er es von seinen vorherigen Beziehungen nicht kannte, dass man sich nicht einmal im Monat wenigstens leicht stritt, doch ohne Erfolg. Er hatte einfach nichts an seiner Lieben und dem Drumherum zu bemängeln.

Lydia fragte ihn, ob er nicht einfach den Job hinschmeißen wolle, sie vermisse ihn tagsüber so sehr. Er könne auch Ronnys Arbeit übernehmen, wenn es ihm zu langweilig würde, der habe sowieso viel zu viel um die Ohren. Zudem wäre er dann nicht mehr dem Wetter ausgesetzt, und Geld hatten sie ja genug.

Ben fand Lydias Vorschlag nicht schlecht. Die Lehre hatte er bereits abgeschlossen, und notfalls würde er überall wieder Arbeit finden. Mit seinen Fähigkeiten wäre das kein Problem. Doch von dem Geld anderer zu leben und darauf angewiesen zu sein, kam ihm nicht richtig vor. Aber er werde ihren Vorschlag im Hinterkopf behalten, sagte er.

Der Winter war schneereich. Sie fuhren gemeinsam mit dem Schlitten die Hegauberge hinunter, wälzten sich im Schnee und bewarfen sich damit. Sie kochten, grillten und backten im Erdgrill bei Schneetreiben und spazierten abends gemeinsam an der Aach entlang, während sie sich über alles Mögliche unterhielten. Ben kannte Lydias Sorgen und Lydia Bens. Keine großen unlösbaren Dinge und meistens Befürchtungen hypothetischer Art, doch solange sie zusammen waren, hatten die Sorgen kaum Gewicht. Das, was sie füreinander empfanden, die Nähe des anderen, dieses wohlige Gefühl in der Brust, das so stark war, dass sie ein Bein dafür hergegeben hätten, stellte alles andere in den Schatten. Es bekam einfach nicht die nötige Aufmerksamkeit, um sich auszubreiten. Ein Leben ohne die andere Hälfte war für sie zu etwas Unvorstellbarem geworden. Sie waren voneinander so abhängig wie von ihrem pumpenden Herzen oder der Luft zum Atmen. Dass sie zuvor ohne den anderen existieren konnten, kam ihnen so irreal vor wie das Leben des Protagonisten in einem vor langer Zeit gesehenen Film. Kurzum: Ein Leben ohne den anderen wäre undenkbar und käme einem Versagen aller Organe zur selben Zeit gleich.

Ben zwickte sich gelegentlich, auch wenn dies kein Beweis für die Realität war, einfach des Sprichworts wegen, er konnte es einfach nicht glauben, irgendwann musste doch die Glückssträhne abreißen. Aber es geschah nicht. Jeden Tag, wenn er von der Arbeit kam, freute er sich aufs Neue, weil er wusste, dass ihm sein Baby gleich wieder zur Begrüßung auf die Hüfte springen und ihn mit Armen und Beinen umklammern würde. Ähnlich wie sich Hunde täglich wiederkehrend freuen, wenn ihr Herrchen eintrifft.

Einmal kam es ihm sogar so vor, als sehnte er sich geradezu nach einem Ende seines Glücks. Nach dem Pendelschlag in die andere Richtung. War er etwa des Glücks überdrüssig, abgestumpft oder gar gesättigt? Nein, dachte er, so etwas wäre doch krank. Jeder Mensch wollte doch glücklich sein.

An einem klammen matschigen Wintertag lud Ben Lydia in eine Saunalandschaft direkt am See ein. Entspannt genossen sie es, dass nun einmal für sie beide gemeinsam Aufgüsse verschiedenster Art zubereitet wurden. In einer der Saunen lagen sie sich so gegenüber, dass sich ihre Füße berührten, und es wurden unterschiedlich große Klangschalen angeschlagen, deren Schwingung sie durchfuhr, als wären ihre Körper ein einziger.

In einer anderen Sauna lagen sie von einer Stufe getrennt nebeneinander und blickten zur Decke, wo, während sie mit sanften Walgesängen beschallt wurden, Lichter weich ihre Farben wechselten.

Am wohlsten fühlten sie sich jedoch in der Rauchsauna. Einer Schwitzhütte, die man mit einem Holzofen ohne Kamin für sie aufheizte. Während der Rauch über Luken im Dach entwich, schöpfte der Saunameister mehrere Kellen mit Tannenöl angereichertes Wasser über die heißen Steine. Sie sogen den Dampf und den Rauch tief in ihre Lungen und schwitzten ordentlich. Und wie zu Hause durften sie sich mit Honig oder auch mit Salz vor der Türe einreiben, bevor erneut für sie aufgegossen wurde.

Eine Stunde später in derselben Hütte mussten sie ihren Oberkörper auf die Oberschenkel beugen, damit man ihnen mit Birkenzweigen leicht oder auch kräftiger den Rücken auspeitschen konnte. Mit dem Kopf zwischen den

Beinen schielten sie einander an und kicherten über diese seltsamen Umstände.

Zwischen den Saunagängen ließen sie jeweils eine Stunde vergehen, in der sie sich ausruhten, lasen, schliefen, zu Mittag aßen oder wie zwei Clarktaucher in einem Pas de deux den Bodensee hinauskraulten.

Im Gegensatz zu Ben empfand Lydia ihren ewig anhaltenden Glücksrausch als selbstverständlich und vernünftig, obgleich sie natürlich in den wenigen Beziehungen, die sie kannte, das Gegenteil zu Gesicht bekam. Aber solch eine Partnerschaft hätte sie sich nie für sich selbst vorstellen können. Entweder man hatte seine passende Hälfte gefunden und war glücklich oder eben nicht.

Die beiden machten auch nie einen Unterschied zwischen Frauen- und Männerarbeit. Lydia schmiss zwar den Haushalt weiterhin wie bisher, während Ben Zen noch arbeitete, doch war er sich nie zu männlich, ihr beim Wäscheaufhängen behilflich zu sein oder mit ihr Betty auszuräumen. Und auch Lydia half mit, das Holz für den Kamin zu stapeln, das Ben spaltete. Jedoch taten sie dies vor allem, weil sie ohne einander nicht sein wollten, weil sie aneinanderklebten wie Teerpappe an Beton. So wie eineiige Zwillinge nicht lange ohne den anderen sein können, so war ihr Band nach Bens Arbeitstag ausstrapaziert.

Und um zu Hause nicht auch noch von ihr getrennt zu sein, baute er einen Liegestuhl für zwei Personen. Das lästige Gestell zwischen ihnen störte ihn so, dass er mit einem Mal aus dem Gartenmöbel aufsprang, in den Baumarkt fuhr und einen großen gemeinsamen anfertigte.

Er berührte sie immer noch gerne, einfach nur so. Und oft erregte es ihn derart, über ihren wunderhübschen, mit Schweißperlen benetzten Körper zu streicheln, dass sie ihre warmen Körper aneinanderrieben und sich sinnlich bis ans Äußerste liebten.

Wann Lydia sechzehn wurde, erfuhr Ben erst an ihrem sechzehnten Geburtstag. Aus Angst, sie könne ihm die Wahrheit sagen, hatte er sie zuvor nie danach gefragt, was nun stimmte. An jenem Tag bemerkte er, wie in seinem Innern etwas losließ. Es fühlte sich an wie eine überdimensionale transparente Hand, deren Existenz er erst an jenem Tag registrierte, die sich mit einem Mal gänzlich auflöste. Eine unbemerkte, vielleicht verdrängte Last fiel von ihm ab. Sie war nun sechzehn und durfte laut Gesetz Geschlechtsverkehr haben, so viel sie wollte. Zum Glück war er diese Gewissensbisse los, auch wenn sie dank Lydia kaum noch an ihm nagten. Vorher hatte er sich gefragt, nicht häufig, aber das ein oder andere Mal, was mit ihm passieren würde, wenn Lydia mit fünfzehn auf einmal schwanger wäre. Nahm man dem Kind den Vater? Würde er eingesperrt? Wäre er vorbestraft und käme auf Bewährung mit Arbeitsstunden frei? Mit dem Verschwinden der Hand verschwanden auch diese Fragen.

Kurz vor seinem Urlaub kam Ben auf die Idee, mit Lydia etwas Besonderes zu unternehmen. Etwa ans Meer zu fliegen, ihre Eltern zu besuchen oder vielleicht eine Mittelmeerkreuzfahrt zu buchen. Lydia meinte, dass sie mit ihrem Leben, so wie es jetzt war, völlig zufrieden sei. Ben empfand ebenso. Er hatte nur den Eindruck, dass sie das Leben eines lange verheirateten Ehepaars lebten, natürlich mit dem entscheidenden Unterschied, dass sie sich genauso wohlfühlten und sich liebten wie am ersten Tag. Er dachte eben, dass sie noch jung waren und von der großen Welt nichts kannten, doch so wichtig war es nun auch nicht, solange sie sich hatten.

Und es fühlte sich für beide immer frisch an, immer lebendig. Bis auf ein paar feste Rituale, wie Arbeit, Essen, Joggen und die achte Runde (seit Mitte Mai wieder auf dem Rasen an der Aach) stellten sich keine blinden Gewohnheiten ein. Immer noch spielten sie einander Streiche. Einmal rieb Lydia beim Honigaufguss Ben Hagebuttenkerne mit auf die Haut, oder Ben pikste sie mit einer Tannennadel von unten durch den Liegestuhl. Aber gelegentlich ließen sich die beiden auch einen außergewöhnlichen Streich einfallen. Etwa Ben. Er lieh sich von Max' Freundin Slip und Büstenhalter, und sowie Lydia eine Stunde aus dem Haus war, rief er Max an und sagte ihm, dass er nun wie vereinbart Lydia anrufen könne. Zuvor war Ben mit ihm einige Sätze durchgegangen. So sollte Max zum Beispiel behaupten, dass seine Freundin heimlich mit Ben verabredet sei. Er habe zufällig eine Nachricht gelesen, dass sie sich bei ihr zu Hause treffen würden, und ob er vorbeikommen könne.

Anschließend zog Ben seine Kleidung nach und nach vom Hauseingang zum Schlafzimmer aus und legte die Dessous der Maskenbildnerin dazwischen. Zuletzt prüfte er die CD mit dem aufgenommenen Gestöhne und Sexvokabular von ihm und Max' Freundin. Gespannt wartete er am Küchenfenster auf Lydias Eintreffen, die wie erhofft von ihrer Verabredung vorzeitig zurückkam; ohne Max.

Sie rannte den langen Weg auf das Haus zu, sodass er sich beeilen musste, um noch rechtzeitig den Player im Schlafzimmer zu starten. Danach setzte er sich nackt, wie er war, auf den Küchentresen und schlug die Beine übereinander. Von dort aus konnte er sehen, wie sie mit beiden Händen das Gesicht haltend der Kleiderspur folgte. Wie immer bei einem solchen Streich wechselten sich in Ben Amüsement und Mitgefühl ab. Lydia standen Verzweiflung und Fassungslosigkeit ins Gesicht geschrieben. Gerade als sie den Spalt zum Schlafzimmer öffnen wollte, rief er ihr zu:

»Baby, suchst du mich?«

Aus ihrer Emotion heraus nannte sie ihn etwas, von dem Mozart schon behauptete, dass es dort finster sei.

Drei Tage später meinte er, nun die Retourkutsche dafür zu erhalten, als sein Schlüssel nicht mehr in das Schloss der Haustüre passte. Vielleicht steckte ja Lydias von der Innenseite, dachte er, und sie überhörte extra sein Klingeln. Deshalb ging er ums Haus, spähte in alle Fenster und rechnete jeden Moment mit einer erschreckenden Auflösung von Lydias Streich. Alle Türen und Fenster waren verschlossen, und auf dem Anwesen war sie nirgends zu sehen. Ratlos setzte er sich auf die Eingangsstufen zur Villa und wartete, ob etwas geschehen würde. Ein dumpfes Gefühl machte sich in Bens Magen breit.

DAS EI IST AUSGEBRÜTET

»Das waren die Nachrichten. Das Wetter, im Radio Vorarlberg ...«

Puh. Zweiundzwanzig Uhr durch. Jetzt bin ich aber froh, dass die drei Tage gleich vorbei sind, Yellow. Der Körper fühlt sich an wie ein Fahrrad, das ein Jahr bewegungslos dem Wetter ausgesetzt war. Ich vermisse es, spazieren zu gehen, mein Stretching und das Schreiben habe ich auch vernachlässigt, jetzt, wo es so spannend ist. Ich bin schon neugierig, ob die Glückssträhne der beiden nun endlich reißt. Sicher fangen ein paar LeserInnen schon an, sich zu langweilen. Das muss ich in Kauf nehmen. Sie sollen dasselbe empfinden wie Ben, der unbewusst schon eine Pause seines Hochgefühls herbeisehnt. Doch zu langweilig darf es auch nicht werden. Da fische ich ein bisschen im Trüben, Yellow, denn »die LeserInnen« sind ja kein Individuum. Es sind viele, und jeder langweilt sich zu einem anderen Zeitpunkt, ist doch klar. Schauen wir mal, wie es sich beim letzten Durchgang liest.

Ab morgen oder vielleicht heute Nacht, wenn es die Zeit erlaubt, bekomme ich endlich meine Stunde Schlaf wieder. Gestern Nacht war das erste Mal, seit ziemlich genau einem Jahr, dass ich ihn ausgesetzt habe, und ich bin erstaunt über die Kraft, die dieses eine Stündchen doch gibt. Na, jetzt haben wir es ja bald.

Auch heute ist es wieder eine sternenklare Nacht, Yellow. Durch das Mondlicht entstehen lange und kurze Schatten – wie durch die Sonne.

Eineinhalb Stunden werde ich vermutlich brauchen. Halbe hoch, halbe runter und eine halbe, um die sechs Millionen zu heben. Ich merke schon, ich bin ganz aufgeregt, am liebsten würde ich gleich loslegen, aber wir machen es so wie gesagt. Um dreiundzwanzig Uhr heben wir den Schatz und nehmen ihn an uns. Wir werden sozusagen vom Besitzer zum Eigentümer.

Das wirkt alles noch so unrealistisch. Ich kann mir gar nicht vorstellen, irgendwo auf Hawaii in Badeshorts am Strand entlangzuflanieren. Das ist so weit weg, Yellow. Wenn wir uns erst einmal ein paar Objekte angesehen haben, wird sich das sicher schnell ändern, und ich werde Hawaiihemden tragen. Ganz sicher.

Das mit der Berghütte steht auf jeden Fall, da freue ich mich auch darauf. In der warmen Stube sitzen, lesen, draußen schneit es, und der Holzherd erwärmt mein Teewasser. Zum Beispiel, Yellow. Vorsichtshalber nehmen wir unseren Fünfundfünfzigeinser mit.

In den Bergen habe ich immer gerne gekocht, immer

mit Holz und wann immer möglich unter freiem Himmel. Das hat einen großen Teil des Tages eingenommen. Mal schauen, wie sich der füllen wird, denn wer nichts mehr isst, braucht auch kein Feuer mehr machen, um zu kochen. Logisch, oder? Das Kochen und die Wanderung waren die Highlights des Tages dort oben. Das wird mir bestimmt fehlen.

Ich fände es schön, wenn die Hübsche dabei wäre. Ja, Yellow, kann sein, dass sich meine Gefühle ihr gegenüber intensivieren. Doch wahrscheinlich ist sie mit ihrem Franz von der Alm schon längst über alle Berge. Außerdem waren da ja noch ihre zwei Töchter. Wo finden die ihren Platz in meiner Vorstellung?

Oh, sorry, Yellow, ich schwelge.

Reicht es noch für einen Tee? Ein Makaibari geht noch; um die Zeit totzuschlagen.

»Hallo, Siri, Timer auf zwei Minuten zehn.«

Bis jetzt sind wir auf einem guten Weg, Yellow. Wir scheinen keine Spur hinterlassen zu haben. An unserem Versteck läuft nicht einmal ein Reh vorbei, lediglich der Mond bewegt den Schatten des Baumes über unsere sechs Millionen. In den Nachrichten erwähnten sie den Pfarrer gerade sechs Mal. Vermutlich werden sie zu dem Schluss gelangen, dass er gestürzt ist, der Rucksack mit der Jause irgendwo liegen blieb, und ein Wanderer ihn für nützlich befand und mitnahm. Akte geschlossen. Die Kirche verbucht die sechs Millionen als gestohlen und trauert ihnen nicht allzu sehr nach. Der Herr gibt es, und der Herr nimmt es. Amen. André bekommt zwei neue Wohnsitze: Hawaii und Österreich. Ende gut, alles gut. Bedanke mich recht herzlich.

»Je t'aime mon amour …«

Ah, schon viel besser.

»Oh ja, ich liebe es auch, meinen geliebten Tee, zum Zeitvertreib.«

Würde ich noch essen, wäre eine Hütte in der Provence auch ganz nett. So mit Käse, Salami und Wein. Wie tief doch solche Konditionierungen wurzeln, Yellow.

Was würde wohl passieren, wenn ich mich dazu entschlösse, wieder zu essen? Würde ich es noch vertragen? Hätte ich es nach einer Weile wieder satt? Würden das Loch in meinem Bauch und du wieder verschwinden? Ganz bestimmt käme mir die Sicht auf die zusätzliche Welt wieder abhanden. Mit Sicherheit auch das angenehm leichte und saubere Körpergefühl, einschließlich des Magentafilms, der gewiss Ausdruck dieses reinen Körpers ist. Ich müsste wieder täglich aufs Klo, Häufchen machen, und es würde stinken. Überall aus meinen Poren würde ein übler Geruch ausströmen. Bäh. Brauner Schleim von den schwarzen M-Schnecken würde an mir kleben, ohne dass ich es bemerkte, schauderhaft. Keine liebenswürdigen Magentakugeln mehr. All die bunten Farben der zusätzlichen Welt würden wieder ins Nichts entschwinden, und unter den Achseln würde sich wieder das alte stinkige Milieu ansiedeln. Wieder täglich duschen …

Kopfkino. Entschuldige, Yellow, du bist schon ganz blass. Ich versuche, besser aufzupassen, tut mir wirklich leid, mein Lieber. »Würde, würde« führt auf keinen grünen Zweig.

Wie viel Uhr ist es eigentlich? Oh, drei vor elf. Los geht's. Unsere Wache ist vorbei. Das Ei ist ausgebrütet. Drei Tage und zwei Nächte vor dieser Scheibe. Was für eine Folter. Ein Hahn ist eben kein Huhn. Doch das ist jetzt vorbei, nun beginnt das nächste Kapitel. Wir nehmen das Geld an uns. Dabei müssen wir wirklich höchst wachsam sein. All unsere Sinne müssen voll aktiv sein. Denn wenn uns jemand nachstellt, müssen wir … Ja, was müssen wir dann? Aber mal ehrlich, Yellow. Könnte wer das Geld orten, hätte er es doch längst getan. Es wäre das Einfachste der Welt für ihn. Er gräbt es einfach aus und könnte, ohne einen umzubringen, von dannen ziehen. Aber es geht hier um sechs Millionen, und Umbruchzeiten verlaufen selten reibungslos. Egal jetzt, komm. Zwei Tüten, meine Umtopfschaufel und ab dafür.

Hab ich alles? Ja, denke schon. Noch ein letzter Blick auf die Wiese. Nichts. Okay, los geht's.

Die meisten schlafen schon, Yellow. Siehst du? Kaum irgendwo scheint Licht durch die Rollllädenschlitze. Sie brauchen alle ihren Acht-Stunden-Schlaf. Das ganze Essen zwingt sie dazu. Nein, Yellow, das wäre nichts mehr für mich. Ich weiß noch, wie ich selbst nach acht Stunden Schlaf dumpf und antriebslos erwachte.

Der Mond nimmt ab, er hat die Rundung wie das kleine »a«, ist aber noch ziemlich voll. Jeder, der aus dem Fenster schaut, kann uns sehen. In seinem Licht wirkt wieder alles künstlich, wie wenn man nachts alleine durch ein großes leeres Parkhaus läuft.

Der Onkel schläft schon, das Haus ist dunkel und still. Seine Schafe sind aber noch wach, ich höre, wie sie hinter dem Gebüsch Gras rupfen. Wie viel Schlaf brauchen eigentlich Schafe? Bestimmt nicht viel, bei dem ganzen frischen Grün, das sie zu sich nehmen.

So, da sind wir, Yellow. Alles ruhig. Unsere Balkontüre liegt im Dunkeln, der leere Stuhl ist nicht zu sehen. Wollen wir mal hoffen, dass es uns nicht wie meinem Cousin geht und wir beobachtet werden.

Der Stein liegt noch unberührt und satt an der Stelle, wo ich ihn mit dem Aushub hingedrückt habe. Gestern mein Cousin, heute ich. Das reinste Panama hier oben. Schau, da kommt die Tüte schon zum Vorschein. Alles noch an Ort und Stelle. Warum kleben an Geld eigentlich keine Wesen der zusätzlichen Welt? Irgendwas Dreckiges wie die M-Schnecken. Wobei, Geld steht ja nicht für etwas Schlechtes. Die sechs Millionen hier werden zum Beispiel gut verwendet. Meinst du nicht auch, Yellow? Vermutlich weiß keines der Wesen, wer sich darauf niederlassen darf, oder das Geld kommt ganz frisch aus der Druckerei, ohne Vorgeschichte, alles kann noch mit ihm verwirklicht werden. Ja, so wird es sein, Yellow.

Gut, dass es die Tage nicht geregnet hat. Es ist alles trocken, auch kein Kondenswasser in der Tüte. Der Anblick von sechs Millionen Euro ist schon atemberaubend. Magentakugeln würden gut darauf aussehen. Fühlt sich noch ungewohnt und bedeutungslos an, als wäre es für die Altpapiertonne. Hätte mir vor ein paar Jahren jemand gesagt, dass eines Tages meine Hände in so viel Geld wühlen würden, ich hätte ihn sicher belächelt. Ich meine, wer kann sich so was schon greifbar vorstellen, Yellow?

So, alle Scheine in die sauberen Tüten und nichts wie weg hier. Alles gut festtreten und wieder angleichen. Vielleicht bis zum nächsten Mal. Pst ... Was war das, Yellow? Onkels Hühner schrecken auf. Gleich wird der Onkel antreten. Irgendjemand ist dort. Sie flattern durch die Luft und gegen den Zaun, hörst du, Yellow? Doch nicht etwa der Schweizer? Kannst du jemanden sehen? Was ist denn das für ein Vollidiot? Pst, die Lichter gehen an. Schnell hinter den Baum. Und die Tüten? Die Tüten, die Tüten, die Tüten! Auf den Baum damit; genau, perfekt.

»Wer ist da? Komm raus, du Sau.«

Der Onkel. Sie haben aufgehört zu flattern, gackern nur noch unruhig. Der Maschendrahtzaun rattert, es kommt jemand hergerannt. Wenn er hier ist, hau ich ihm die kleine Schaufel auf den Kehlkopf. Nein, lieber ganz fest auf den Kopf. Es hört sich fast so an, als wären es zwei. Meinst du nicht auch? Oah, hast du das geseh'n? Oh, verdammt, mein Herz. Hoho, hast du das gesehen, Yellow? Wie im Film …

»Du verfluchter Hund. Ich krieg dich noch, und dann zieh ich dir das Fell über die Ohren und lass deine Seele in meinem Kühlraum erfrieren, elender Bastard.«

Oah, verdammt, war das ein Luftgewehr? Beruhig dich, Onkel, der ist schon längst in seinem Fuchsbau. Bleib da oben, wo du bist, hier ist niemand mehr; niemand, der dir schaden will.

»Verfluchter elender Bastard. Im Hals soll sie dir stecken bleiben. Mistsau, elende.«

Hoho. So aufgebracht hab ich den noch nie erlebt, Yellow. War das der Onkel, den ich kenne?

Wahnsinn. Läuft da tatsächlich ein Fuchs mit einer Henne im Maul an mir vorbei. Ich glaub es nicht. Was alles abgeht hier oben. Skurril. Ich bin mir sicher, die Wiese hätte einiges zu erzählen. Das Blöde ist nur: Am Haus des

Onkels kann ich nicht mehr vorbei. Das ist zu riskant. Ich muss den Umweg über die Weinberge nehmen.

Alles wieder still in unserer Mondscheinnacht. Nur die trockenen Blätter am Baum über uns rascheln im lauen Wind. Wie angenehm, nicht? Es eilt uns nicht. Von irgendwoher findet er noch warme Luft, mit der er mir sanft das Gesicht streichelt. Er kehrt die Reste des Sommers zusammen und wedelt sie mir unter die Nase. Die Blattunterseiten der Linde schimmern silbern, wenn sie zum Mondlicht gewedelt werden. Vermutlich wegen der schräg stehenden Härchen. Schade, dass du das nicht kennst, mein Freund.

Ich merke, wie solche Gedanken immer häufiger werden, Yellow. Solche wohlformulierten Beschreibungen und Beobachtungen. Das geht bestimmt jedem so, der täglich Geschichten schreibt. Irgendwann denkt er, wie er schreibt. Der Verstand greift Nützliches auf, artikuliert es halbwegs literarisch und steckt es in Schubladen, die dann, am Schreibtisch, gelegentlich wieder aufgezogen werden. Angeblich geht es Personen, die sich längere Zeit im Ausland aufhalten, ähnlich. Sie sollen mit der Zeit anfangen, in der jeweiligen Sprache zu denken.

So, Yellow, ich würde sagen, die Luft ist rein. Wir bringen unseren Fund nun in Sicherheit.

Ist das nicht irre? Spaziert einer mitten in der Nacht mit zwei Tüten durch den Weinberg, gefüllt mit jeweils drei Millionen Euro. Man weiß eben nie, was die Menschen, an denen man vorbeigeht, in den Taschen haben. Vielleicht Gold, vielleicht eine eben verstorbene Katze, eine Bombe oder eine Box mit gesammelten Nasenpopeln, wie ein damaliger Klassenkamerad, und womöglich sechs Millionen. Das fühlt sich echt gut an, Yellow. Lalalalala. Links Hawaii, rechts Berge. Die Menschen schlafen friedlich in ihren Betten. Morgen beginnt für sie ein neuer Arbeitstag. Für mich erst einmal nicht. Lalalalala. Warum nicht gleich kündigen? Besonders scharf bin ich auf den Job auch nicht. Doch besser, wir warten noch, bis wir sicher sind, dass man mit dem Geld auch bezahlen kann. Und dann stellt sich die Frage, was wir statt der acht Stunden Arbeit anstellen. Solange uns nichts Besseres einfällt, machen wir weiter wie bisher. Lalalalala.

So, Yellow, gleich sind wir daheim. Kaum ein Licht brennt noch im Dorf. Unser Haus schläft tief und fest. In ein paar Minuten nicht mehr. Wir lassen gleich eine Maschine bei vierzig Grad laufen, damit es noch trocknen kann, bis wir nach Ulm fahren. Ich muss mir noch überlegen, ob ich das Geld mitnehmen oder hier lassen soll. Wo ist es sicherer, Yellow? Ich weiß es nicht. Beides birgt Risiken.

Das wäre geschafft. Jetzt wie im Film, alles auf den Tisch leeren. Nein, zu viel Erde. Wir nehmen die Badewanne. Alles rein damit. Für ein High five habe ich auch niemand. Muss dafür aber auch nicht teilen.

Mann, sieht das irre aus. Sechs Millionen in lilafarbenen Scheinen. Ja, Magentakugeln würden gut zu dem Geld passen. Fehlt nur noch, dass im Radio »Die Wanne ist voll« gespielt wird. »Uh, uh, uh.«

Was für ein beeindruckendes Bild. Rein theoretisch könnte ich doch die Wanne einfach volllaufen lassen, anstatt sie in der Waschmaschine … ach ja, natürlich. Wir brauchen den Schleudergang, damit es schneller trocknet. Komm, wir werfen erst einmal zwei Scheine in die Maschine und warten das Ergebnis ab. So, vierzig Grad, Kurzprogramm, Start und los geht's.

Was meinst du, Yellow, sind wir die Einzigen, die Geld in der Maschine waschen? Sind wir diesbezüglich etwas zu penibel und übervorsichtig, oder ist das bei Räubern Alltag? Von denen wir uns aber ganz klar abgrenzen möchten. Wir haben es ja schließlich nicht geklaut oder gewaltsam erworben. Nein, ganz im Gegenteil. Es wurde uns fast schon vor die Füße gelegt. Jedenfalls müssen wir das so umsetzen, um nicht von den zweifelnden Gedanken aufgefressen zu werden. Sie würden uns noch dazu bringen, das Geld wegzuschmeißen.

Aber weißt du, auf was ich jetzt gespannt bin, mein gelber Leuchtturm? Auf das Urteil des Geldscheinprüfgeräts. Wenn es die Fünfhunderter als Blüten kennzeichnet, war alles für die Katz, all das Herumsitzen … Doch wir wollen nicht wieder ins Hypothetische abschweifen, Yellow. Nein, keine Angst, ich pass auf dich auf.

Komm, wir nehmen ein paar Scheine mit ins Wohnzimmer, dann werden wir schon sehen, was unser Blütenentlarver meint.

Ui, die Rollläden. Die schließen wir heute besser.

So, jetzt zeig, was du kannst. Wie Lydia das Gerät wohl genannt hätte? Baron? Von Blütenbaron. Berti, wegen Dagobert, oder einfach Schorschi, aus dem Bauch heraus?

Ich hatte zwar noch nie Fünfhunderter in der Hand, trotzdem fühlt der Schein sich durchaus echt an. Der magnetische Code hat nichts Auffallendes an sich. Wasserzeichen und bedruckten Sicherheitsfaden sehe ich auch.

Die Wasserzeichen der zweiten Serie, der sogenannten Europaserie, zeigen auf allen Scheinen ja die Europa, doch die Fünfhunderter sind davon nicht betroffen, Yellow, die werden abgeschafft, hab ich gelesen. Angeblich leisten sie illegalen Aktivitäten Vorschub.

Schau, im Neunuhrstern ist gut der Plattencode zu erkennen, der uns sagt, aus welcher Druckerei der Schein stammt. Und das Hologramm im Folienelement wechselt das Bildmotiv beim Kippen des Scheines. Es zeigt im Wechsel die Wertezahl und die fiktionale Architektur, die vorne abgebildet und auch im Wasserzeichen dargestellt ist. Dabei wandern konzentrisch Regenbogenfarben nach innen beziehungsweise nach außen. Also, wenn du mich fragst, sind die Scheine echt. Ich meine, wer kann so etwas schon fälschen, außer die, die es erfunden haben? Doch dann könnten es auch andere. Ach, ist das ein Hin und Her.

Schau mal. Auch die Wertezahl auf der Rückseite rechts unten wechselt je nach Betrachtungswinkel zwischen Purpurrot und Olivgrün. Außerdem ist, wie im Internet beschrieben, an manchen Stellen eindeutig ein Relief zu spüren, besonders bei der großen Fünfhundert vorne. Sogar ein Blinder könnte ihn so ertasten. Auch die Fragmente der Wertezahl vorne links oben ergänzen sich mit denen hinten rechts oben, wenn ich den Schein ins Licht halte. Was für eine brillante Arbeit, Yellow. Sei es von Fachleuten oder Fälschern erzeugt worden. Das ist definitiv Qualität.

Es ist die Unterschrift von Jean-Claude Trichet abgebildet. Er war von 2003 bis 2011 Präsident der Europäischen Zentralbank. Eigenartig ist, dass auf dem Schein 2002 eingeprägt ist. Das war vor seiner Zeit. Warum wechselt man die Unterschrift, aber nicht die Jahreszahl? Das behalte ich mal im Hinterkopf. Jetzt geben wir erst einmal einen durch das Gerät. Ich glaube, Lydia würde es Berti nennen. Ab sofort heißt du Berti. Heute gibt es gut was zu futtern, Berti. Das reicht dir bis an dein Lebensende.

Meine Güte, ich hatte vergessen, wie schnell der ist. Aber, Yellow, ich weiß nicht, ob du es bemerkt hast? Es zeigt keine Beanstandung an, kein Piepsen, keine Blüte, kein unangenehmes Aufstoßen von Berti. Es zeigt lediglich fünfhundert Euro an. Oben rein, unten raus. Tausend. Zack, zack. Tausendfünfhundert. Unglaublich. Yellow, wir sind gemachte Leute. Ich freue mich. Ja, ich weiß: Freude und Leid sind in einem Sack. Heute ist es Freude, und morgen schon kann es sich als Beginn des schlimmsten Leids entpuppen. Tja, Yellow, wenn du die Kehrseite kennst, wird die Freude nie riesengroß, aber das Leid auch nicht. Jedenfalls gehe ich mal davon aus, dass Freude nie ganz verschwinden wird. Das gehört doch zum Menschsein. Qualität wird mich immer begeistern und Pfusch abstoßen, so funktioniert André nun mal.

Entschuldige, Yellow, wieder schweife ich ab. Aber warum bist du nicht blass? Sag bloß, du findest mit einmal Gedanken toll. Oder bist du etwa schon abgehärtet? Für Geschichtenschreiber sind solche Gedanken eben nicht ganz abzuweisen, nicht wahr? Es sind produktive, die zu gegebener Zeit das Papier finden.

Hey, Susi ist schon fertig. Hoffentlich haben es die zwei Scheine unversehrt überstanden und sind nicht zu nass.

Ja, ich glaube, sie haben es ausgehalten, zumindest kann

ich nichts Ungewöhnliches erkennen, außer dass sie in diesem Zustand leicht reißen könnten. Nein, das täuschte. Das wäre was, wenn wir sechs Millionen kaputt waschen würden. Ohne dass es jemand wüsste, wären wir die dümmsten Geldwäscher der Welt.

In der Waschtischschublade liegt noch der alte Föhn von Nicole. Der zweiten Nicole, Yellow, die vor einem Jahr gegangen ist, nachdem ich sie von einer M-Schnecke befreit hatte. Verständlich. Wer diese zusätzliche Welt nicht sieht, muss unweigerlich glauben, ich wäre durchgeknallt. So wie ich damals bei der Hübschen, obgleich sie in puncto Wahrheit wirklich Mist erzählte. Einerlei, ich föhne die zwei Scheine schnell trocken, und wenn Berti nichts zu beanstanden gedenkt, bekommt Susi den Rest.

Ich glaube, 'ne knappe Stunde sagten wir, Yellow, oder? Eine knappe Stunde zum Zählen und Prüfen der Scheine. Würde ich jetzt damit beginnen, wäre ich um zwei Uhr fertig. Aber Susi benötigt noch zwanzig Minuten, trocknen muss es so zwei, drei Stunden, und wenn möglich, möchte ich meine Stunde Schlaf heute nicht versäumen. Ja, ich denke, bis sieben Uhr sind wir locker fertig. Dann sind wir um spätestens zehn in Ulm. Das passt gut. Und die Kohle nehmen wir mit. Es ist mir lieber, ich habe sie dabei. Zwar wurde noch nie in meine Wohnung eingebrochen, doch somit haben wir die Gefahr wenigstens etwas unter Kontrolle. Und so auf die Schnelle bekommen wir kein Bankschließfach. Das wäre natürlich das Beste. Doch um diese Zeit, ausgeschlossen. Nein, wir nehmen das Geld mit, fahren vorsichtig und kontrollieren dreimal, ob wir das Auto auch wirklich abgeschlossen haben, so wie das manche Kollegen auf dem Werksparkplatz tun.

Zack, zack. Zweitausend. Zack, zack. Zweitausendfünfhundert. Zack, zack. Dreitausend. Zack, zack. Dreitausendfünfhundert. Du bist der Beste, Berti.

Weil wir die Scheine blindlings in den Rucksack gesteckt haben, sind sie etwas zerknittert, ansonsten sehen sie völlig normal aus. Dennoch ist es besser, wenn wir sie waschen, Yellow. Jedes denkbare Risiko muss ausgeschlossen werden. Nicht dass sie von den Pfarrern mit irgendwas markiert wurden. Klar gibt es wasserfeste Stifte, deren Schrift nur mit speziellem Licht zu sehen ist. Das bekomme ich nicht weg. Doch das soll uns nicht stören, solange das Geld nicht von den Banken markiert wurde.

Die Maschine wird voll. Zwölftausend Scheine wären es bei sechs Millionen. Ein Schein soll genau 1,12 Gramm wiegen. Das wären dann gute 1,3 Kilo. Susi schafft sechs.

Vierzig grad, Start. Mann, so einen Waschgang sieht man auch nicht alle Tage, nicht wahr, Yellow? Pass mir gut auf, Susi. Langsam höre ich mich an wie Lydia. Sie ist mir aber auch sehr ans Herz gewachsen, die Kleine. Ich werde sie vermissen.

Weißt du, was wir machen, Yellow? Wir drehen im Badezimmer und im Flur die Fußbodenheizung auf die höchste Stufe. Dort sind Fliesen verlegt, die schnell warm werden, sodass die Scheine im Handumdrehen trocken sind. Genau. Genialer Einfall.

Ja, das mit Lydia ist wirklich schade, natürlich auch für Ben, insbesondere Ben, ich würde die Geschichte viel lieber anders ausgehen lassen. Bestimmt werde ich das ein oder andere Tränchen vergießen, wie immer, wenn ich so etwas schreibe. Doch um klar zu vermitteln, dass der eigentliche Grand Pas de deux das Leben selbst ist, dass er sich ereignet, sobald die Welt wahrgenommen wird, muss die Geschichte so ausgehen. Die Leserinnen und Leser sollen durch Ben Zen erkennen, dass auch während der sogenannten schlechten Zeiten der Tanz der Liebe stattfindet. Dass die Liebe immer lieben muss, weil es einfach ihre Natur ist, auch wenn der Kontext sich unangenehm anfühlt.

Ich könnte das Ganze auch Lydia geschehen lassen, doch da Ben über die gesamte Geschichte den Tanz führte, ergibt es so natürlich mehr Sinn. Aber mal schauen, oft entwickelt sich die Geschichte während des Schreibens ganz anders als zuvor im Groben erdacht. Das ist dann wie Schokolade, Yellow, wenn die Geschichte ihre Eigendynamik bekommt. Also, ich könnte mir nicht vorstellen, einen kompletten Plot, fix und fertig, nach einer Vorlage bis ins letzte Detail sauber konzipiert niederzuschreiben. Das hat bestimmt seine Vorteile, und für Krimiautoren ist das sicher unerlässlich, doch für mich wäre das nichts. Mein Schreibstil lässt sich gut mit diesen Armkettchen vergleichen, die bei Frauen aktuell angesagt sind. Weißt du, welche? Die, die anfangs ganz schlicht daherkommen und nach und nach individuell nach Geschmack der Trägerin oder nach Gunst des Sponsors bestückt werden, bis kein Platz mehr vorhanden ist. Dann wird eine neue angefangen. Nicole hatte fünf davon. Ich kann mich erinnern, dass sie zwei der Kugeln zum Eindrehen ganz besonders mochte, weshalb sie diese an jedem Band hatte. Vielleicht erscheint ja Lydia ebenso in einer anderen Geschichte wieder. Aber ein Nachteil dieser Schreibweise ist natürlich der immense Zeitaufwand, den man für das Redigieren aufbringen muss.

Oh, Susi ist fertig, Yellow. Die kleben ganz schön aneinander. Jetzt erst einmal alles in den Wäschekorb, und dann fang ich hier im Bad an, sie auszulegen. Einen Schein nach dem anderen. Einen schmalen Streifen zur Toilette lasse ich frei.

Boa, ist mir warm. Ich muss mich erst einmal ausziehen. Zwölftausend Scheine. Das dauert ja ewig. Ich komme mir vor wie Arbeiterinnen, die nackt Koks in Tütchen abwiegen.

Was für ein schöner Teppich. Und zudem wertvoller als das gesamte Haus; vermutlich sogar mit Inhalt.

Ohne es zu wollen, von einer Sekunde auf die andere, wurde André zu einem … ja, zu was? Ich habe das Geld einfach gefunden. Bei der Menge geht man gleich davon aus, ein Verbrecher zu sein. Oh, ich vergaß. In Deutschland *ist* man ja einer, wenn ein Fund nicht gemeldet und abgegeben wird. Ja, dann ist es halt so. Wen interessiert's? Ja, dich, Yellow, entschuldige noch einmal, wie soll das Kopfkino auch von heute auf morgen enden? Lass dich also nicht immer gleich so hängen, denn wie du weißt, überträgt sich das unweigerlich auf mich.

Nie im Leben bieten Bad- und Flurboden Platz für die ganzen Scheine. Hundertsechzig mal zweiundachtzig Millimeter hat ein Schein. Das sind grob … ach, keine Ahnung. Wer muss denn so etwas schon wissen. Das sieht doch jedes Kind, dass dafür die gesamten fünfundneunzig Quadratmeter Wohnfläche nicht ausreichen würden. Das Doppelte wäre nötig. Die Fußbodenheizung dauert außerdem zu lange, bis sie durch das Parkett in den anderen Räumen dringt. So viel Zeit haben wir nicht. Verfluchter Mist. Ich möchte heute aber unbedingt auf den Liebfrauenberg fahren. Ich muss mir etwas anderes ausdenken, Yellow. Irgendetwas muss mir einfallen. Schönes Bild jedenfalls; Millionenteppich.

Ich habe doch noch das Heizgebläse, das ich gekauft hatte, als die Heizung für eine Woche ausfiel. Das würde aber das Geld in der gesamten Wohnung herumwirbeln. Das Bad wäre der kleinste Raum. Was meinst du, Yellow? Geld rein, Gebläse an? Nein, das ist nichts Gescheites, nicht wahr? Aber eine abgefahrene Szene wäre es allemal. Ich sitze auf der Toilette, und mir fliegen die Millionen um die Ohren. Nein, ich bräuchte einen großen Sack, den ich davorspannen könnte. Ein großer Sack oder eine Folie. Genau, Yellow, die Abdeckung der Gartengarnitur. Die ist geradezu prädestiniert dafür. Die hat doch eine Schnur im Saum, mit der können wir die Plane auch noch zuziehen. Ha, perfekt. So machen wir es. Zwar war die letzte halbe Stunde für die Katz, doch so sind wir viel schneller. Also, holen wir unsere Ausrüstung.

So, das Gebläse noch in die Abdeckung, Stufe eins einschalten und zuziehen. Geschafft. Stecker rein und … wow, wie ein Heißluftballon. Wahrlich, eine MacGyver-Konstruktion. Hört sich an wie in einem Taubenschlag. Ich schätze mal, dass es so in einer halben Stunde trocken sein wird. Genau die richtige Zeit für einen Grüntee. Meinen geliebten Gyokuro Shibushi Organic. Zur Feier des Tages, auch wenn er uns den Magen reizen wird.

Wie viel … kurz nach zwei Uhr. Normal meine Schlafenszeit. Durch den Einfall gerade eben sparen wir uns gut eine Stunde, das heißt: In einer halben Stunde, wenn das Geld trocken ist, bewilligt uns das Schicksal, dem Himmel sei Dank, endlich wieder unsere Stunde Schlaf. Endlich mal wieder eine Pause. Endlich mal wieder nichts.

»Hallo, Siri, Timer auf zwei Minuten.«

»Je t'aime mon amour …«

»La, la, lalalala, la, lalala.«

Mmmm, das ist mein Shibushi.

Ein bisschen fühle ich mich wie Leonardo DiCaprio in *Catch Me If You Can*. Scheine neben einem Prüfgerät, ein paar noch auf dem Boden neben dem Klo und welche in einem eigens zur Geldtrocknung angefertigten Trockner. Außergewöhnliche Situationen benötigen außergewöhnliche Gerätschaften. Und ein neues Gerät benötigt einen Namen. Ein Fall für Lydia. Wie würde sie vorgehen? Jemand, der etwas trocknet, ist ein …? Lydia wüsste es sofort. Die Sonne … Feuer … Heizkörper. Heizkörper? Der Körper von Heiz? Der Körper von Heinz. Ja, genau. Ich taufe dich auf Heinz, Heinz von Trockenschein. Danke, Lydia. Du bist die Beste.

So, viertel vor drei. Lass mich mal sehen, Heinz.

Etwas Kondensat am Boden, aber das meiste scheint durch die Lüftungslöcher entwichen zu sein. Die Scheine sind furztrocken. Furz? Zum Glück ist das Lydia bei der Namensgebung nicht eingefallen. Gute Arbeit, Heinz von Trockenschein.

In was waren die sechs Millionen nicht schon überall drinnen, seit wir sie entdeckt haben, Yellow? Da war zuerst der Rucksack des Pfarrers, der *Hello Yellow*, dann der Autoreifensack, zwei Einkaufstüten, Badewanne, Waschmaschine, Wäschekorb und nun die Abdeckplane der Gartengarnitur. Wobei ich die Badewanne am eindrucksvollsten fand. Der Wechsel kommt dem der Zustellungsfahrzeuge eines Pakets gleich, wenn nicht sogar den Taschentüchern einer verschnupften Person. Nein, Yellow, das ist natürlich übertrieben. Ich würde sagen, wir legen uns jetzt aufs Ohr. Nur noch schnell die Plane ausleeren, damit eventuelle Restfeuchte verdampfen kann.

Hello, Yellow. Vier Uhr. Genau eine Stunde, wie immer. Obgleich wir letzte Nacht nicht geschlafen haben. Eine gefestigte Konditionierung.

Auf an die Arbeit. Es gibt viel zu tun. Schreiben und Stretching müssen wieder ausfallen. Flexibilität ist angesagt. Ich hasse Flexibelsein.

Gut, Berti, du bist wieder dran. Zack, zack, zack, zack. Es ist echtes Geld, Yellow. Berti hat nichts zu beanstanden. Wir haben tatsächlich echtes Geld gefunden. Und so wie es im Moment ausschaut, heißt das: neues Umfeld, keine Arbeit mehr im angestellten Sinne, sondern eine Beschäftigung, die auch einigermaßen angenehm ist. Ich bin mal gespannt, was sich da ergibt. Ja, Yellow, auch als Privatier muss man seine Zeit so gut als möglich mit angenehmen Dingen füllen. Sonst geht man vor die Hunde.

Eine halbe Million hat er schon. Ja, man erkennt auf den ersten Blick die Qualität des Geräts. Kein dünnes Plastik oder weiche, klebrige Silikontasten. Zack, zack, zack, zack, zack, zack. So schnell komme ich mit dem Einlegen und Wegnehmen gar nicht hinterher.

Ergibt das überhaupt noch Sinn, Yellow? Nach einer Million hat Berti nicht einen Schein bemängelt. Eigentlich würde es genügen, jeden zehnten Schein stichprobenartig zu kontrollieren. Alles andere ist doch unnötig.

Nein, nein, wir prüfen jeden Schein. Hast du gesehen, wie schnell sich Nachlässigkeit einschleicht; nur aus Bequemlichkeit? Solche Gedanken kenne ich zur Genüge. Ich glaube, *jeder* Mensch; mehr oder weniger. Wir haben es eben lieber gemütlich. Aber nicht jetzt. Nein, nein, wir prüfen jeden Schein, dann kommen wir auch nicht ins Gefängnis rein, sondern sitzen auf Hawaii mit Schirmchen im Cocktail im Sonnenschein, und im Sommer zieht es uns in die Berge rein, zu unserm Hüttelein, genießen dort ebenfalls Sonnenschein und Quellwasser so fein, zum Springrein, deshalb aufpassen mit solchen verführerischen Gedankelein.

Oben rein, unten raus. Oben rein, unten raus. Ich verliere langsam die Konzentration, werde behäbig, und es kommt mir vor, als verengten mir zu den Seiten Scheuklappen die Sicht. Oben rein oder unten rein, oben raus, unten rein? Berti wird immer flinker. Zack, zack … »Piep.« Was, piep? Fast fünf Millionen, Yellow. Wegen des Eselsohrs? Ja. Ein Glück. Mann, Berti, hast du mir einen Schrecken eingejagt. »Puh.«

Eine Million noch, dann sind wir durch. Vielleicht wundert sich die Kaffeefrau über meine untypischerweise geschlossenen Rollläden, wenn sie gleich aufsteht. Heute werden wir ihren alles entspannenden ersten Schluck definitiv verpassen.

Ja, Yellow, alles verändert sich momentan. Kein Stein bleibt auf dem anderen. Immer stärker drängt sich mir dieser Eindruck auf, verbunden mit einem mulmigen Gefühl in der Magengegend. Es wird noch ein wenig so wirr weiterlaufen, bis alles neu sortiert ist und sich die Gewohnheit wieder eingenistet hat. Wieder einmal befinden wir uns im Wandel, Yellow. Ist es das erste Mal für dich? Wie sagt Lydia so schön? Keine Angst, hat der Papa mir gesagt, keine Angst ... Man kennt die Zeichen mittlerweile und ist darauf vorbereitet. Und wenn man darauf vorbereitet ist und es laufen lässt, ist ein Umbruch halb so wild, Yellow. Du schwimmst mit der Strömung, oder besser formuliert: Lässt dich von ihr treiben, schaust lediglich, wohin es geht. Das ist alles. Ja, mit der Zeit vertraust du der Strömung und versuchst, nicht ständig zurückzuschwimmen an das alte Ufer.

So, aufgepasst, Yellow, das letzte Bündel. Sechs Millionen. »Sechs Millionen Euro, Yellow.« Auf den Schein genau. Keine Blüten, keine Fälschungen, alles ganz saubere echte Banknoten. Oh, mein Gott. Ich kann es immer noch nicht fassen. Es ist eine so unrealistische Menge, Yellow, dass es sich einfach nicht als wahr in mein System einnisten möchte. Aber es sind echte Scheine, aus Baumwollpapier, mit Hologramm, mit Sicherheitsfaden und dem ganzen Zeugs versehen. Und auch Berti, mit dem neusten

Update on Board, hat sie als echt bestätigt. Ein Zwicken in den Oberarm wäre nicht nur kein Garant für Realität, sondern zudem völlig überflüssig. Mein Organismus benötigt einfach nur ein bisschen länger, um es bis zur letzten Zelle als wahr zu transportieren.

Meine Güte, Yellow, schau dir das an. Da liegen sie lieblos wie ein Haufen Altpapier auf dem Parkett, wie beim Kartoffelschälen angefallener Abfall. Warum machen wir uns auch so einen Stress? Wir könnten doch ebenso gut morgen zum Kloster fahren und uns von Berti alles schön bündelweise herausgeben lassen.

Nein, könnten wir nicht. Ich will da nachher hin. Genießen können wir es auch noch heute Abend, wenn wir zurück sind. Doch etwas glätten müssen wir es schon noch, bevor wir losfahren. Ich dachte mir, wir stapeln die Scheine so, dass der Couchtisch umgedreht darauf passt, und dann beschweren wir das Ganze noch. So machen wir das.

Wären die Scheine noch etwas feucht, würde dies den Vorgang bestimmt begünstigen. Nun, jetzt sind sie eben trocken, dank Heinz von Trockenschein. Mann, das gibt einen beachtlichen Stapel. Wir benötigen noch etwas für den Transport; eine Box wäre gut oder der Hartschalenkoffer. Doch den hat ja Nicole mitgenommen. Ach, wir finden schon etwas. Jetzt erst einmal runter mit dem Gerümpel vom Tisch. Nur keine Luft aufwirbeln. Perfekt. Gutes Augenmaß. So, im Keller haben wir noch zwei volle Wasserballons, die stellen wir zum Beschweren darauf. Zwei mal zwanzig Liter, das sind gute vierzig Kilo, das dürfte genügen.

»Et voilà.« Fertig ist unsere Geldscheinpresse. Für den einmaligen Gebrauch durchaus ausreichend.

Kurz nach fünf, jetzt haben wir wirklich die Kaffeefrau verpasst. Schade.

Eine Stunde wird wohl reichen, um die Falten aus den Scheinen zu pressen. Anschließend packen wir es in die Weihnachtsdeko-Box, die wir im Keller entdeckt haben, und fahren los. Genießen und realisieren können wir heute Abend.

Ach ja, wir wollten doch noch unsere Checkliste durchgehen. Nicht dass es etwas gibt, das Berti nicht auslesen kann. Nichts gegen Berti, Yellow, das Gerät war uns sehr hilfreich, aber lieber zweimal kontrollieren.

Haptik? Okay. Sicherheitsfaden, teilweise geriffelt und so, ist gegeben.

Akustik? Okay.

Und nun die optischen Merkmale: Antikopierraster? Das könnte ich nachher noch schnell prüfen, wenn ich am Computer die genaue Adresse des Klosters heraussuche. Durchsichtsregister? Okay. Fluoreszierende Farben? Hat Berti kontrolliert. Melierfasern und rot leuchtende Sterne? Hat alles Berti geprüft. Folienelemente und Hologramm? Okay. Mikroschrift? Mache ich gleich noch. Optisch variable Druckfarbe? Eindeutig Oliv zu Violett. Sicherheitsfaden? Hatten wir schon. Wasserzeichen? Auch okay. Magnetische Elemente? Hat Berti überprüft. »Mensch, Yellow«, aber nachgerechnet hat er die magnetische Codenummer bestimmt nicht. An die hatte ich überhaupt nicht mehr gedacht, wo ich es mir doch extra angeeignet habe, sie zu entschlüsseln. Ansonsten haben wir alles.

217

Gut, also: Kopierschutz, Mikroschrift und die Code-nummer prüfen. Eins nach dem andern. Erst kommt eins, dann zwei. Wir ziehen drei Scheine aus der Presse und ko-pieren sie drüben im Computerzimmer.

Tatsächlich, Yellow, schau her. Drei Viertel der Scheine erscheinen doppelt, die Codenummer sogar vierfach. Es ist tatsächlich so, dass durch die EURion-Konstellation die Druckersoftware getäuscht wird. Genial. Nicht schlecht, Yellow, findest du nicht? Was denen alles einfällt, und wie das im Großen und Ganzen nicht an die Öffentlichkeit gelangt. Hier steht: Obwohl angeblich mindestens eine Software im Netz frei zum Download erhältlich ist, die die Algorithmen der Konstellation umgeht, haben sich die namhaften Druckerhersteller und Bildbearbeitungspro-gramme an die Geheimhaltung der Algorithmen gehalten und wahrscheinlich gar nicht erst probiert, sie zu entzif-fern. Nicht schlecht, nicht schlecht.

EURion. Ein Kofferwort, das sich aus den beiden Wör-tern »Euro« und »Orion« zusammensetzt, der Währung und dem Sternbild. Und tatsächlich ist dieses Sternbild in Form von kleinen gelben Kreisen auf dem Schein zu er-kennen, doch gewiss nur, wenn man es weiß. Ungeach-tet dessen finde ich Kofferwörter schrecklich. Sie klingen abgehackt und ohne Schwung und Melodie; fürchterlich. Stell dir mal vor, Yellow, eine Haselnuss würde nicht mehr Haselnuss heißen, sondern HasNu. Wie hört sich denn das an? Und vor allem zwingt es einen, sich die eigentliche Bedeutung – in unserem Fall die Nuss einer Hasel – zu-sammenzureimen. Auch weiß jeder gleich, was verallge-meinernd zu Süßgebäck zählt. Würde es mit einmal Lasüß genannt werden, wäre man am Rätseln, und ein fließender Gesprächsaustausch undenkbar. Zugegeben, Yellow, ein wirklich schlechter Vergleich, zumal Lasüß nicht zwei zusammengefügte Wörter darstellt, sondern eher ein Patchwort zweier Sprachen anstatt ein Kofferwort. Hey, Yellow, hast du gehört? Patchwort. Das hat das Potenzial zum Wort des Jahres oder für eine Metapher in einer unserer Geschichten; mal überlegen.

Was ist los, Yellow? Für gewöhnlich wirst du bei solchen Gedanken immer blass. Findest du etwa Gefallen daran? Das würde meine Theorie untermauern, dass dir produktive Gedanken nichts anhaben können. Und nichts anderes war das gerade eben. Gedanken, Ideen für eine Geschichte. Ich glaube, langsam bildet sich mir deine Mission ab. Mal sehen.

Unsere Scheine werden immer echter, Yellow. Das bestätigt unser Lupentest. Im Stern auf der Vorderseite des Scheins und in dem EYPΩ-Schriftzug sowie auf der Rückseite des Scheins in der Brücke und dem 500-Euro-Schriftzug ist sie mit der Lupe zwar schwer, aber doch ersichtlich.

Gut, dass wir vorhin noch auf den Artikel mit der Jahreszahl gestoßen sind. Wenn man danach sucht, findet man es nicht so leicht. Da musst du auch erst einmal draufkommen, dass sich die Jahreszahl 2002 nicht auf das Druckdatum bezieht, sondern auf das Jahr, in dem die Serie herauskam. Also die erste, denn in der zweiten Serie wird es ja keine Fünfhunderter mehr geben. Somit ist die Unterschrift des Herrn Trichet gerechtfertigt, und wir sind auch diesbezüglich in trockenen Tüchern, mein Freund.

Eigentlich unnötig, nun auch noch die Codenummer zu überprüfen. Ich meine, wie viele Beweise wollen wir noch? Die Scheine sind echt, daran ist doch nicht mehr zu rütteln.

Ja, du hast recht. Unser zweifelnder Verstand wird uns damit garantiert ständig auf die Nerven gehen, also ziehen wir das noch durch, dann sind wir auf der sicheren Seite und haben es uns nicht umsonst angeeignet.

Also, zwei Scheine überprüfen wir. X07585543865. X bedeutet: deutsche Druckerei. Wir tauschen dieses X durch 24, denn es steht im Alphabet an der 24sten Position. Die letzte Ziffer, die 5, ist die Prüfziffer, die lassen wir weg. Wir addieren also 240758554386. Das macht 57. Diese teilen wir durch 9. Das ergibt 6,3. Hier interessiert uns nur der Rest, der wird von 8 abgezogen. 8 minus 3 sind 5. »Bingo.«

Okay, noch einen Schein. S14557762996. S bedeutet, dass er in Italien gedruckt wurde, und steht im Alphabet an 19ter Stelle. Wir tauschen also wieder das S durch die 19. Die 6 ist die Prüfziffer. Die Quersumme ergibt demzufolge 65, dividiert mit 9 macht 7,2. 2 subtrahiert von 8 sind 6. »Bingo.«

Das genügt jetzt aber. Echter können die Scheine nun wirklich nicht mehr werden. Ehrlich gesagt habe ich daran nie ernsthaft gezweifelt. Doch so ist der Verstand nun auch zufrieden; fürs Erste. Meine Bedenken sind eher, dass sie von der Behörde markiert wurden oder ein Mikrochip den ursprünglichen Besitzer zu uns führt. Letzteres aber nicht mehr so. Die wären schon längst bei uns auf der Matte gestanden. Außerdem sind die doch bestimmt von der Waschmaschine in die Kanalisation geschwemmt worden. Jedoch, dass sie markiert sein könnten, lässt mich noch nicht in Ruhe. Allerdings kann ich keine Anzeichen für dergleichen finden. Egal wie oft ich die Scheine drehe und wende oder gegen das Licht halte, fällt mir nichts Ungewöhnliches auf.

Komm, Yellow, der Computer ist noch an. »Markierte Scheine erkennen«. Hier schreibt einer, dass sie gar nicht markiert sind, sondern über die Codenummer registriert. Mensch, da hätten wir aber auch selber draufkommen können. Wie sollten die sonst auch wissen, um welche Angelegenheit es sich handelt. Die Datenbank nimmt sie als Fall soundso auf, und wenn sie eingezahlt werden, schlägt es vermutlich Alarm, und die Security verbiegt dir die Arme hinter dem Rücken. Puh. Unser Konto können wir damit schon mal nicht bestücken. Zwölftausend Scheine lassen sich aber auch nicht so einfach durch kleine Einkäufe waschen, und selbst wenn, jemand, der mit einem Fünfhunderter zahlt, wird schon mal genauer beäugt, und überall hängen doch heutzutage Kameras. Tankstellen, Bahnhof, Supermarkt, Metzgereien, ja, sogar der kleine Imbiss in der Südstadt hat eine aus Sicherheitsgründen, wie er meinte. Autos sind damit versehen, Lastwagenfahrer sowieso, und mittlerweile laufen mehr Handys als Personen in den Städten herum. Es wird fotografiert, gevloggt, ein Filmchen gedreht und weiß der Geier was alles damit festgehalten. Ich möchte nicht wissen, auf wie vielen Videos oder Fotos ich mit zum Hintergrund gehöre. Was ich damit sagen will, Yellow: Wenn die Scheine registriert sind, haben wir es salopp gesagt verschissen.

Jetzt ist guter Rat teuer. Zahlen könnten wir ihn ja.

Grand Pas de deux
- Coda -

Doch es geschah nichts. Rein gar nichts. Weder hier an der Eingangstreppe noch über das Handy. Lydia war wie vom Erdboden verschluckt. Wenn das Ganze ein Streich sein sollte, dann möge er bitte jetzt aufgelöst werden, dachte Ben Zen. Und was sollte es auch anderes sein als eine Revanche für seine neulich inszenierte Alberei? Seit ihrem zehnten Lebensjahr war sie auf sich alleine gestellt und noch nie war ihr etwas zugestoßen. Was sollte ihr schon passiert sein? Und überhaupt, dann wären nicht überall die Schlösser ausgetauscht. Genau. Mensch, er konnte ja schon gar nicht mehr klar denken.

»Es reicht jetzt«, schrie er aus dem Nichts heraus die Eingangstüre an. »Ich halte das nicht mehr länger aus.«

Doch nichts rührte sich daraufhin. Nicht einmal die Vögel unterbrachen ihr letztes großes Zwitschern des Tages. Die Bienen summten weiter auf ihrem Flug vom Waldrand zur Blüte und von der Blüte zum Waldrand. Sogar zwei Eichhörnchen krallten sich kreisend einen Kiefernstamm empor. Weder stoppte der Verkehrslärm in der Ferne noch verharrten die Ameisen eine Stufe unterhalb seiner Füße. Es kam ihm so vor, als nehme niemand Notiz von ihm und von Lydias Abwesenheit. Erst als es zu dämmern begann und still wurde, meinte er zu vernehmen, dass es nun auch seinem Umfeld dämmerte, dass hier die Hauptperson fehlte.

Gedanken beschwerten seinen in den Händen liegenden Kopf. Die Frage, wo er schlafen sollte, ob bei seinen Eltern oder in der Sauna, ließ ihn seufzend aufspringen. Er lief an den Waldrand unweit der Bienenkästen, um sich in die Hängematte fallen zu lassen. Doch auch ihr Wiegen vermochte ihn nicht zu beruhigen. Es vergingen keine fünf Minuten, bis ihm der gemeinsame Liegestuhl in den Sinn kam. Die Polster waren verräumt, dennoch legte er sich auf seine gewohnte Seite und streckte einen Arm hinüber zur leeren.

Bei nicht weniger als fünfzig Anrufen bekam er stets die kühle Stimme des Anrufbeantworters zu hören, die ihm verkündete, dass der gewünschte Gesprächspartner vorübergehend nicht zu erreichen sei.

War es immer noch ein Streich?, fragte Ben sich im Dunkeln auf dem Liegestuhl. Ihre Streiche waren mitunter unberechenbar. Doch was bedeutete er? Denn jeder Streich beinhaltete auch eine Message. Welche hatte dieser?

Je mehr Ben Zen sich an Vermutungen ausmalte, desto mehr drohte ihm sein Gehirn zu platzen. Er verbannte alles Grübeln aus seinem Kopf, dachte an die Arbeit morgen, was alles bevorstand und wie das Wetter sein würde, bis sich erneut Szenarien über Lydias Abwesenheit zu Dramen zuspitzten. Eine Szene absurder als die andere wurde in seiner Wahrnehmung für einen Moment zur Realität, verknotete sein Gefühlskorsett, um sich anschließend vor der nächsten zu verbeugen.

Immer mehr traten die Sterne aus dem Dunkel hervor. Ben deutete daraus Bilder und erfand für sie Namen, dabei verschwand die Möglichkeit eines Streiches immer mehr, und mit ihr sein Bewusstsein.

Am nächsten Morgen fand er sich zusammengekauert und durchnässt vom Tau auf dem Rasen neben dem Liegestuhl. Zuerst war es ihm unmöglich, die Stellen an Schulter und Hüfte zwischen nass, kalt oder schmerzhaft zu unterscheiden. Erst als sein Bewusstsein mehr und mehr erwachte und sich die Wahrnehmung klärte, erkannte er, dass wohl alle drei Empfindungen zutrafen. Ein Blick auf die Armbanduhr stellte ihn auf die Beine und ließ die heranschleichende Angst um Lydia im Schatten verschwinden.

Unfähig, sich auf die Arbeit zu konzentrieren, verrichtete Ben Zen sie, ohne bewusst dabei zu sein. Auch fiel er nicht, wie sonst beim Mauern, in den meditativen Zustand, aus dem er mit Bruder Ben zurückgeholt werden musste, dies ließ sein Verstand nicht zu. Unentwegt kreisten seine Gedanken um das leere Anwesen, um Lydia, um das kostbare Band, das sie miteinander verschnürte und das zu reißen drohte, um einen Teil seiner selbst, ohne den er sich vorkam wie ein Computer ohne Maus, eine leere Vase oder ein Notizheft ohne Stift. Was sollte man mit so etwas schon anfangen? Und dabei war noch nicht einmal ein ganzer Tag vergangen.

Verzweifelt, aber mit hoffnungsvoller Erwartung eilte Ben nach der Arbeit nach Hause, öffnete das schwarze Eisentor und schritt, aufmerksam um sich schauend, über das Kopfsteinpflaster zum Haus. Mit vor Angst schweren Beinen stieg er die Eingangsstufen hinauf und führte langsam den Schlüssel zum Zylinder. Bens Magen verkrampfte sich, dabei erinnerte er sich, dass er seit gestern Abend weder gegessen noch getrunken hatte. Für einen Moment war ihm, als röche er Lydias Variation von Carbonara, sodass sein Gemüt an Schwere verlor und sich zu weiten begann, doch nach mehreren tiefen Atemzügen erwies sich dies als ein Hirngespinst, und sowie er bemerkte, dass der Schlüssel keinen Zentimeter in das Schloss passte, kehrte das Gewicht mit einer solchen Kraft zurück, dass er darunter einknickte und zu Boden sank. Sein Kopf lehnte mit einem Rest an Lebenskraft an der Eingangstüre, Hände und Schlüssel lagen regungslos im Schoß. Resignation breitete sich aus und verdrängte alles um ihn herum. Zurück blieb nichts. Ben spürte weder seine Anwesenheit noch die Abwesenheit von irgendetwas. Existierte die Welt noch, oder nicht? Er hatte kein Empfinden dafür.

Dunkle Umrisse einer schwarzen Nacht erschienen vor ihm, als er die Augen wieder öffnete. Orientierungslos versuchte sein Verstand, irgendwo Halt zu finden, und kurz bevor die Angst in Panik überging, erkannte er seine Umgebung wieder. Er wählte aufs Neue Lydias Nummer. Vergebens. »Ihr gewünschter Gesprächspartner ist vorübergehend nicht erreichbar«. Während er barfuß um das Haus ging und in jedes Fenster lugte, hallte die fremde empathielose Stimme in seinem Innern wie das Echo an einem von steilen Felswänden umschlossenen einsamen Bergsee in den Morgenstunden.

Kein Licht leuchtete, kein Geruch drang aus der Küche, keine Musik erklang aus Lydias Mund in dem leblosen Anwesen. Ben Zen fühlte sich wie ausgesperrt aus seinem eigenen Körper. Er überprüfte erneut, ob sich eines der Fenster oder eine Türe öffnen ließe, doch bis auf die abseits vom Haus stehende Sauna gewährte ihm kein Raum Eintritt. Genau so musste sich eine Schnecke fühlen, dachte er, die ihr Schneckenhaus verloren hatte und sich zum Sterben in ein Erdloch verkroch.

Die Sauna ließ sich nur vom Keller aus einschalten, sonst hätte er sie jetzt aufgeheizt. Es lag noch der Duft von Honig und Orange in der Luft. Ihm liefen Tränen über die Wange. Der Holzeimer mit dem Schöpfer stand auf der untersten Stufe neben dem Ofen. Ben sah Lydia dastehen, wie sie das rechte Bein anwinkelte, die Fußsohle an das linke Knie stützte und die Hände über dem Kopf aneinanderlegte. Er sah ihre ironischen Gesichtszüge, während sie diese Yogastellung imitierte und dabei Wasser aus dem Eimer auf die heißen Steine goss.

Ben Zen legte sich auf die oberste Stufe, den Kopf auf den Handrücken, und beobachtete weiter die Silhouette des Eimers, bis sich die Wachträume in Schlafträume wandelten.

Wieder erwachte er am nächsten Morgen mit einem erschrockenen Blick auf die Uhr. Er sprang auf, erinnerte

sich daran, dass er die Schuhe an der Eingangstüre ausge-
zogen hatte, und lief dorthin. Aber irgendetwas war heute
Morgen anders. Ein Gefühl von: Irgendwas stimmt hier
nicht, ließ nicht von ihm ab, wie ein Wort, das einem schon
halb auf der Zunge lag, während das Gehirn dafür noch
keine Freigabe erteilte, weil es irgendeine Verbindung nicht
zu schalten vermochte.

Am Teich blieb Ben abrupt stehen. Die Autogeräusche,
dachte er. Ein ganz anderer Rhythmus als sonst. Heute
war Samstag. Er musste nicht arbeiten, er hatte den ganzen Tag frei und morgen auch. Wie grauenvoll. Ben ging
ein Stück zurück, legte sich auf den doppelten Liegestuhl
und wählte Lydias Nummer. Sowie er auf das grüne Hö-
rersymbol drückte, piepste es ein paar Male, bevor der
Bildschirm schwarz wurde. »Scheiße.« Vor seinem inneren
Auge erschien ihm das Ladekabel, das an der Küchentheke eingesteckt war. Alles, was er besaß, war in diesem
Haus, und erst jetzt fiel ihm auf, dass er seit zwei Tagen
die Unterwäsche nicht gewechselt hatte und seine Arbeits-
kleidung Tag und Nacht trug. Irgendwann würde er in das
Haus müssen, wenn er nicht alles neu kaufen wollte. Aber
er fühlte sich nicht in der Lage, einzubrechen, zumindest
noch nicht. Nicht des Einbruchs wegen. Vielmehr würde es
ihm beim Anblick all der Sachen ohne Lydia bestimmt so
vorkommen, als sei sie gestorben, als krieche er in einen
abgestoßenen Kokon; in dem fahlen Abglanz schwebte
vielleicht noch ihr Duft, ihre Schwingung, ihre Liebe wie
Staub in der Luft, sodass er sich womöglich sogar wieder wohler fühlen würde, ohne dass sie da war. Nein, das
konnte er unmöglich, das wollte er nicht, nein, nein, bitte

nicht, dachte er, während ihm schmerzhaft Tränen in die Augen drängten.

Er hatte es immer geahnt, dass es nicht ewig so weitergehen konnte. Die ganze Zeit über hatte er es kommen sehen. Es war ihm sonnenklar, dass so etwas nicht ginge. Nirgendwo auf dieser Welt gab es das; konnte es einfach nicht. Wunderte es ihn doch tagtäglich, dass es ihm dennoch widerfuhr. Mit der Zeit hatte er sich eben daran gewöhnt, und immer mehr fing er an, es zu glauben, denn der Beweis stand ihm ja täglich vor Augen, es war Realität, dass Lydia und er vermutlich das einzige Liebespaar weit und breit waren, das sich für immer lieben würde wie am ersten Tag, so als säßen sie an einer unerschöpflichen, unversiegbaren Quelle der Liebe. Die Fakten waren einfach zwingend. Und auch wenn es nur für ein Jahr gewesen sein sollte, würden die meisten Menschen – dessen war er sich gewiss – solch eine Intensität über diesen Zeitraum nicht aushalten können. Man mochte ihn dafür überheblich nennen, dachte Ben, doch wie konnte es auch nur einen einzigen Menschen auf der Welt geben, der mit solch einer Brust ausgestattet war, in der das Herz stets zutiefst glücklich tobte und keine Pausen von diesen ständigen chemischen Ausschüttungen im Blutkreislauf benötigte. Und damit meinte Ben Zen nicht die Zufriedenheit, mit allem einverstanden und im Reinen zu sein, das gab es mit Sicherheit auch. Nein, was Ben meinte, war das Gefühl von absoluter Glückseligkeit, wärmster Liebe, ein Gefühl von Besser-geht-es-nicht. Wie konnte ein Körper so etwas dauerhaft aushalten, ohne dass ihm die Sicherungen durchbrannten? Es war ihm ein Rätsel.

Am morgigen Tag würde es ein Jahr sein, dass sie diesem Rausch ausgesetzt waren. Sie hatten vorgehabt, es sich gut gehen zu lassen, wollten an einer abgelegenen Stelle am Bodensee baden und abends in einem guten spanischen Lokal direkt am Ufer in Bodman essen und den Sonnenuntergang mit einem Glas Wein begleiten.

Ben fing an zu frieren. Laut Wetterbericht würde es erst am Sonntag wieder schön werden. Bei seinen Eltern befand sich, bis auf das leere Mobiliar, nichts mehr von ihm. Er könnte zumindest einen Kaffee bei ihnen trinken und sich aufwärmen, doch seine Mutter würde seine Gemütslage sofort deuten und ihm Löcher in den Bauch fragen. Dafür hatte er keine Reserven mehr. Eine beheizte Sauna täte jetzt gut. Zur Not würde er sich aber auch in den Erdofen neben die Glut setzen und den Deckel schließen.

Die Idee fand Ben gar nicht so abwegig. Er ging über die Brücke, das Anwesen abwärts in Richtung Aach, öffnete den Erdofen und entzündete ein Feuer aus Buchenholz, das für gewöhnlich dem Garen und Aromatisieren eines Gerichts diente. Anschließend setzte er sich auf die Grubenkante und wärmte sich die nackten Füße über den Flammen. Ihm fehlten Lydias kleine Zehen neben seinen. Um diese Zeit wären sie beide fast schon in der achten Runde. Kopfschüttelnd vergrub er sein Gesicht in die Hände und weinte. Er weinte und wimmerte so sehr, dass er vor sich selbst erschrak. So hatte er sich noch nie gehört. Da die nächsten Nachbarn hinter der drei Meter hohen Thujahecke weit genug entfernt waren, hielt er sich nicht zurück. Wenn er so weinte, dachte er, dann bestand wohl keine Möglichkeit mehr, dass sich das Schicksal noch einmal zu seinen Gunsten wenden würde und Lydia zu ihm zurückbrächte. Was hätte denn sonst das ganze Leiden für einen Sinn? Überhaupt *keinen*. Wer hoch fliegt, wird auch tief fallen und hart aufschlagen.

Noch bis in den Nachmittag hinein saß Ben Zen am Grubenrand, bis von der rot glimmenden Glut graue Asche bröselte. Der Himmel war immer noch von einem einzigen großen konturlosen Grau verhangen. Ein richtiges Beerdigungswetter, dachte er.

Den Nachmittag versuchte Ben sich mit Spaziergängen um das Haus zu vertreiben. Von Zeit zu Zeit blickte er mit zusammengekniffenen Augen in eines der Fenster, in der Hoffnung, Lydia könnte, ebenso wie in seinen Gedanken, dahinter erscheinen. Doch vergebens. Alles, was er zu Gesicht bekam, waren leere Fenster, die höchstens den grauen Himmel widerspiegelten.

Was konnte der Grund sein für ihr plötzliches Verschwinden? Hatte er etwas falsch gemacht? Falls ja, hätte sie ihm das mit Sicherheit gesagt, und außerdem war es ja ihr Haus. Allerdings, wenn ihr etwas zugestoßen wäre, hätten die Türen nicht neue Schlösser. Dennoch ging sie nicht an das Telefon, und nirgends konnte er eine Nachricht von ihr entdecken.

Er überlegte, ob er ihre Eltern benachrichtigen müsse, verwarf es jedoch als zu früh. Nicht dass Lydia deswegen das Haus und ihre Freiheit verlieren würde und zu ihnen nach Afrika müsste. Das konnte er ihr nicht antun. In dem Augenblick kam ihm Marion in den Sinn, und er ärgerte sich, dass er nicht schon früher daran gedacht hatte, sie anzurufen. Lydia vertraute ihr, und wenn er sie einweihte, hätte sie sicherlich nichts dagegen.

Ben hoffte, sein Handy mit mehrmaligem Drücken der Powertaste kurzzeitig wiederzubeleben, doch der Bildschirm blieb schwarz. Er hielt inne und schaute zur Kellertüre hinüber. Ben wusste: Sie war genau wie die Eingangstüre mit der Alarmanlage verbunden. Wenn, dann müsste er eines der schmalen Kellerfenster an der Westseite einschlagen. Doch dann würde er in ihr gemeinsames Schneckenhaus eindringen, in dem es überall nach ihr roch. Ihm würde nur noch deutlicher werden, wie leer und still es ohne Lydia war. Andererseits klärte sich durch ein Anruf bei Marion vielleicht alles auf.

Du machst wieder einen Umweg über den Kopf, hörte er Lydia sagen. Ben lenkte seine Aufmerksamkeit in die Mitte seiner Brust und horchte in sich hinein. Nein, zu früh, registrierte er von dort. Ein eindeutiger und unmissverständlicher Impuls. Das musste das Bauchgefühl sein, das Lydia meinte. Ben wollte Lydia von seiner Entdeckung erzählen und sich mit ihr darüber austauschen, doch das war natürlich nicht möglich. Was sollte er nun mit seiner Entdeckung anfangen? Ohne Lydia konnte ihm dieses Bauchgefühl gestohlen bleiben. Er folgte weiter seiner Runde um das Haus. Vermutlich würde er heute erneut in der Sauna übernachten, dachte er, und so kam es auch. Erschöpft sank er dort, noch bevor das letzte Tageslicht verschwand, in den Schlaf. Das Letzte, was seine Augen sahen, war die abgelaufene Sanduhr an der Holzvertäfelung.

Doch mitten in der Nacht erwachte er und war augenblicklich hellwach. Immer noch lag die Zeit der Saunauhr abgelaufen im unteren Teil des Glases. Der Sekundenzeiger seiner Armbanduhr lief leuchtend die Ziffern ab. Die größeren Zeiger standen auf halb vier. Er setzte sich auf, wodurch das trockene Holz laut in der Stille knirschte, und rieb sich die Oberarme. Die Dinge um ihn herum wirkten auf ihn immer noch leer und bedeutungslos. Die gleiche Leere spürte er in sich, alles schien von ihr durchdrungen, als sei sie die Grundlage für jegliches Dasein, das Wesen aller Dinge.

Ben Zen war nach Wärme und Wohligsein, weshalb er zum Erdofen ging, ein Feuer entfachte und sich erneut an die Grubenkante setzte. Seine klammen Füße erwärmten sich allmählich wieder. Wasser entwich dem Holz, Funken schossen in die Nacht und trafen hallend sein Gehör. Er schmiss einen Tannenzweig in die Flammen, der in Sekunden, wie von Piranhas befallen, im Feuer mit tausendfachem schnellem Knistern rot glühend zerfiel und die Luft für einen Moment mit seinem ätherischen Geruch tränkte. Das unwiderrufliche Verschwinden des Tannenzweigs erweckte Bens Mitgefühl. Fast unmerklich tappte dieses Gefühl in die Leere.

Es war doch nur ein Zweig, dachte er. Aber ein schöner Zweig. Etwas, das bis eben noch gelebt hatte, denn verdorrt war er nicht gewesen, und er hatte den Zweig zerstört, einfach so, aufs Geratewohl, ohne sich auch nur im Geringsten darüber Gedanken zu machen, dass es ihn dann nicht mehr geben würde.

Das Mitgefühl, der Schmerz, nahm seine ganze Aufmerksamkeit ein. Immer mehr füllte es die Leere in ihm und auch die der Dinge um ihn herum. Während er träumerisch in die Flammen blickte, die ständig glühende Funken in die Nacht spuckten, spürte er dies ganz deutlich. Das Mitgefühl, wie der damit verbundene Schmerz, schien ihn von innen heraus zu wärmen. Ja, ganz offensichtlich besetzte es die Leere, die Lydia hinterlassen hatte, und erfüllte sie mit Herzenswärme. Er verspürte wieder Leben in sich, Kraft und Liebe, und atmete tief ein. Dabei knackte es dumpf in seinem Brustbein. Und mit einem Mal, ohne dass er danach gesucht oder gefragt hätte, fiel ihm die Einsicht in den Schoß; die Einsicht, was Lydia damit gemeint hatte: Leiden ist auch Lieben. Die Freude darüber füllte auch noch den letzten Fleck Leere in ihm aus, sodass er sich wieder ganz und leicht fühlte, anwesend und lebendig. Die Liebe schien wirklich in allem zu stecken. Das Mitgefühl erzeugte Schmerz in seiner Brust, und dieser Schmerz war voller Liebe, dieses Leid war voller Liebe und die Freude natürlich auch. Sogar der Schmerz über Lydias Verschwinden wärmte mit einem Mal seine Brust. Ja, sie hatte wirklich recht: Leiden unterschied sich in seinem Innersten nicht im Geringsten von Liebe. Dort war es ein und dasselbe. Die gleiche Energie, nur etwas versteckter, nicht so offensichtlich, jedoch nicht weniger Liebe von seiner Intension her. Und sein Baby wusste es, wer weiß, wie lange schon. Doch das bedeutete ja, dass sie auch einmal hatte leiden müssen und mindestens ebenso stark wie er. In welchem Zusammenhang sonst sollte einem diese Einsicht offenbar werden, wo anders als in solch einer tiefen Leere. Aber nie hatte er sie leiden sehen. Er konnte sie sich nicht einmal leidend vorstellen. Lydia und Leiden, das war wie Flipflop und Schuhlöffel, wie Bleistift und Plastik, wie

Socken und Hände. Das passte einfach nicht. Sie war die unbeschwerteste Person, die er kannte, die nie den Sturm des Lebens zu spüren bekommen hatte. Ihre beschwingten Bewegungen, als beanspruchten sie keine Muskelkraft, ihre naive Herangehensweise an Hindernisse, als bedeuteten sie nichts, ihr Zugehen auf Unbekanntes, ihre direkte Art, ihr weit geöffnetes Herz, als wüsste sie nicht, was Angst war, all dies bezeugte doch, dass sie nie auf den Grund des Leidens hinabsteigen musste. Dennoch, wie sollte es anders gewesen sein? Sie musste einmal schwer gelitten haben – sein Baby. Schmerz durchdrang Ben Zen, doch er war nicht in der Lage, etwas anderes als Liebe darin zu sehen.

Leid … Liebe, dachte Ben, sie gingen miteinander einher wie zwei Höcker eines Kamels. Leid ist auch Liebe, ganz wie es ihm sein Baby versucht hatte zu vermitteln.

Wenn er *das* jemandem erzählte, es würde ihm vermutlich niemand glauben, sie würden heimlich die Hand vor dem Gesicht schwenken und ihn für verwirrt, wenn nicht sogar bescheuert erklären. Bestimmt hatte sich Lydia deshalb nicht auf eine Diskussion eingelassen. Sie wusste, dass Erklärungen nichts vermochten, wenn das Gegenüber dafür nicht offen war. Was für ein Mädchen. Und vermutlich würde er sie nie wiedersehen.

Ben Zen ließ das Feuer herunterglimmen, bis sich auf der Glut graue Asche bildete. Hinter ihm brach schon der Tag an, und nach und nach veränderte sich das Licht in der Grube. Er fühlte sich bereit, in das Haus zu gehen. Über das Kellerfenster, wo der Kondensschlauch des Wäschetrockners herausschaute, wollte er es versuchen.

Bens warme Füße streiften im Morgentau durch das

Gras und hinterließen ihre Spuren. Den Schlauch drückte er in den Keller, drang mit seinem Arm bis zur Schulter in das Loch, langte hinüber zum Griff des Fensters und öffnete es. Für einen Moment staunte er, wie einfach es war, stieg dann ein und lauschte eine Weile. Es tat sich nichts. Bis auf das Geräusch der Schwimmbeckenpumpe konnte er nichts Ungewöhnliches wahrnehmen, also durchsuchte er leise jeden Raum im Keller. Ein bisschen kam es ihm vor, als wäre er in ein Hallenbad eingebrochen.

Als er im Keller alles vorfand wie eh und je, ging er die Treppe hinauf zu den Wohnräumen. Esszimmer, Küche, Wohnzimmer, niemand zu sehen. Das Geschirr, die Zeitungen, ein aufgeschlagenes Buch auf dem Bauch, nichts Außergewöhnliches konnte Ben erfassen. Weiter durchsuchte er das Bad und anschließend das Blumenzimmer. Bis auf den Bonsai sahen noch alle Pflanzen zufrieden aus. Wer würde sich nun um sie kümmern, dachte er, während er die Gießkanne nahm und Wasser in die flache Schale des Zierbaums goss. Als Nächstes schlich er zum Schlafzimmer, dem letzten Raum, den es noch zu durchsuchen galt. Die Türe stand offen, und die ersten Sonnenstrahlen fielen über das gemachte Bett bis heraus in den Flur. Auf dem Nachttisch erblickte er Lydias Handy. Es war aus. Mit klopfendem Herzen und darauf gefasst, dass gleich ein Stich durch es fuhr, öffnete Ben Lydias Kleiderschrank. Die Fächer lagen gefüllt vor ihm. Dem Augenschein nach fehlte nichts, sodass sich die Anspannung seines Körpers wieder löste. Es bestand noch Hoffnung, dachte Ben. Man benötigte doch zumindest Kleidung an einem anderen Ort. Es war also nichts geplant gewesen. Sie war nicht seinetwegen verschwunden.

Gerade wollte Ben sich auf das Bett niederlassen, um nachzudenken, als das Haustelefon klingelte. Starr stand er am Fußende des Bettes. Dann rannte er, so schnell er konnte, hinüber zur Küchentheke, nahm das Gerät von der Station und drückte zittrig die grüne Taste.

»Ben?«

»Marion?«

»Ja. Wir versuchen dich schon seit gestern zu erreichen. Hast du es endlich ins Haus geschafft?«

»Mein Akku ist leer, woher weißt du, dass …«

»Das ist jetzt nicht so wichtig. Ich bin in Afrika, bei Lydias Eltern. Ihr Vater steht neben mir und möchte gerne mit dir sprechen.«

»Hallo, Ben«, erklang nun eine junge, selbstbewusste, aber angeschlagene Stimme aus der Leitung.

»Hallo, Herr Blumenzimmer«, sagte Ben höflich. Es war das erste Mal, dass er die Stimme von Lydias Vater hörte. Das konnte nichts Gutes bedeuten.

»Bedauerlicherweise kann ich Sie nicht unter anderen Umständen ins Vertrauen ziehen. Sie sollen wissen, dass ich sehr viel von Ihnen halte. Lydia hat nur in den besten Tönen von Ihnen gesprochen. Doch es ist nun mal so, wie es ist.«

Ben Zens Herz klopfte laut an seine Brust und bis zu seinem Hals. Er war außerstande zu sprechen.

Nach einer kurzen Stille in der Leitung redete Lydias Vater weiter: »Frau Blumenzimmer hatte einen schweren Unfall. Sie schwebte in Lebensgefahr, weshalb ich Lydia bat, so schnell als möglich nach Afrika zu kommen.« Sein Timbre begann zu brechen. »Auf dem Weg vom Flugha-

fen zu unserer Anlage wurde sie dann von einem Transporter erfasst ...« Die Stimme versagte ihm, und in der
Leitung wurde es wieder still. »Kurze Zeit später, im Krankenhaus ...« Erneut übermannten ihn seine Gefühle, sodass er sich nicht verständlich machen konnte.

Im Hintergrund hörte Ben Marion in Tränen ausbre-
chen. Er ahnte, was nun kam.

»Sie ist tot«, presste Lydias Vater in einem kleinen Moment, in dem es ihm möglich schien, die Worte heraus,
bevor die Emotionen ihm die Kehle wieder zuschnürten.

Ben spürte, wie seine Knie zitterten und die Kraft aus
der Muskulatur entwich. Der Sicherheit halber ließ er sich
auf den Küchenboden nieder und legte die Hände mit dem
Telefon in den Schoß. Das Um-ihn-herum verschwand,
und die Stille wurde laut. Kein Gedanke besaß die Kraft,
sich aus dem Sumpf in seinem Gehirn zu erheben. Erst
Minuten später hörte er immer deutlicher Marions Stimme
vom Schoß heraufrufen.

»Ja«, sagte Ben, abwesend auf die vor seinen Augen ver-
schwimmende Küchensockelleiste blickend.

Marion sprach unter Tränen. »Es tut mir leid, Ben. Sie
war ein besonderer Mensch. Sie wollte, dass ich mit ihr
gehe. Herrn Blumenzimmers Personal holte uns auf der
Musikinsel ab. Auf dem Weg vom Flughafen ... Der Idiot
hat sie einfach überfahren. Bevor sie im Krankenhaus ihr
Bewusstsein verlor ... sie dachte nur an dich, das sollst du
wissen. Sie sagte: Für die Zeit mit dir hat sich alles andere
gelohnt und dass das Haus in der Nordstadt deines sei.
Bist du noch da, Ben?«

»Ja.« In der Leitung war es still.

»Herr Blumenzimmer lässt dir ausrichten, dass er Lydias Wunsch nachkommen wird und alles dafür Nötige in die Wege leitet. Er lässt dir seinen Dank sagen, dass du seine Tochter so glücklich gemacht hast, wie sie es auch verdiente. Er ist, wie wir alle, schwer getroffen. Frau Blumenzimmer ist zwar auf dem Weg der Besserung, doch die Schuldgefühle machen es ihr nicht leicht.«

Marion schwieg und Ben auch. Er war immer noch nicht fähig zu denken.

Mit einem Mal bemerkte Ben Zen, wie sich Goldi, ihre Katze, verwirrt und schwach zu ihm schlich. Sie blieb kurz vor ihm stehen und sah ihm in die Augen. Wo kommst du denn her, dachte er, bevor sie auf seinen Schoß krabbelte und sich einrollte.

»Fast hätte ich es vergessen, Ben. Lydia hat noch schnell, bevor wir abgereist sind, die Schlüssel für die neuen Schlösser in den Briefkasten geworfen, doch die hast du ja schon gefunden. Es sollte wieder einer eurer Scherze werden. Sie wollte noch ein paar Koffer vor die Türe stellen und solche Sachen. Es sollte aussehen wie ein Rausschmiss. Es ist so schlimm«, sagte sie wimmernd, und auch Ben weinte.

»Ich werde jetzt auflegen, Ben. Heute Nachmittag ist die Beerdigung, schade, dass du nicht hier sein kannst. Wenn ich zurück bin, werde ich mich vielleicht mal melden, wenn das für dich okay ist.«

»Danke, Marion«, sagte Ben.

»Alles Gute, Ben.«

Die darauffolgenden Tage arbeitete Ben nicht und verließ auch nicht das Haus. Er trank Wasser aus der Leitung, aß von der Hand in den Mund, fütterte die Katze und wechselte mit ihr tagsüber weinend, ja heulend von einem ins andere Zimmer. In jedem sah er Lydia vor seinem inneren Auge wie eh und je fröhlich herumtapsen. Doch sosehr er auch grübelte, es gab keine Lösung für sein Problem. Egal wie lange er danach suchen würde, nichts und niemand konnte sie wieder erscheinen lassen. Nichts und niemand vermochte das Schicksal zu wenden. Das war ihm bewusst, begreifen konnte er es jedoch nicht.

Es dauerte mehrere Wochen, bis Ben Zen aufgab. Irgendwann konnte er sie einfach nicht mehr spüren. Wenn er an sie dachte, dann war sie nicht mehr anwesend. Ein Gedanke an sie wurde mehr und mehr wie alle anderen Gedanken – ohne Lebendigkeit. Sie war gegangen, und er musste sich eingestehen, dass sie für immer fort war; ausradiert, gestorben und verbrannt, wie der Tannenzweig vor ein paar Wochen. Nicht einmal Gott konnte an diesem Gesetz rütteln.

Je mehr Zeit verstrich, desto mehr verloren auch Lydias Gegenstände an Bedeutung. Bis auf das lichtdurchflutete Blumenzimmer, hier lebte und gedieh alles unbekümmert fort. Vielleicht weil er Lydia oft bei der Pflege der Pflanzen zugesehen hatte. Wenn er sie goss, war es, als führte Lydia seine Hand und summte in sein Ohr. Und es war noch immer so, wie sie gesagt hatte: Leiden ist auch Liebe.

»Morgen gehe ich wieder arbeiten«, sagte Ben Zen zu Goldi, der schwarz-gold getigerten Katze, und legte in den Rekorder die Naturfilm-DVD ein, die er oft mit Lydia angesehen hatte. Zwei Monate waren seit ihrem Tod verstrichen. Sein Chef hatte ihm gesagt, er solle sich so viel Zeit nehmen, wie er bräuchte. Das fand er mehr als fair. Doch nun sagte ihm sein Bauchgefühl, dass es Zeit war, dem alten Leben wieder zu folgen. Wenn Ben darüber sinnierte, empfand er es so, als hätte er sich für eine Weile am Ufer ausgeruht, um wieder zu Kräften zu kommen für das normale Leben. Ja, am Ufer der Aach hatte auch alles begonnen mit Lydias Rufen.

Als die Clarktaucher zum Pas de deux ansetzten, musste Ben wieder weinen, wie früher mit Lydia. Wie die Taucher auf der DVD hatten auch sie für immer zusammenbleiben wollen. Sie schauten sich ebenso in die Augen, vertrauten einander und gingen gemeinsam den Pas de deux. Das vergangene Jahr kam ihm vor wie das Balzverhalten dieser Vögel, bei dem sie in Trippelschritten nebeneinander über das Wasser liefen. Auch Ben und Lydia liefen zusammen, als gäbe es nur sie beide und als wäre das Wasser Beton. Doch dann hörte es auf, obgleich sie noch Kraft genug gehabt hätten, um ans andere Ende des Meeres zu laufen.

Ben schaltete den Fernseher aus, schloss die Augen und streichelte die Katze. Leiden war auch Liebe, hörte er Lydia flüstern. Und sie hatte recht, dachte er. Sie hatte so verdammt recht. Das Leben war ein einziger Tanz der Liebe. Ein Grand Pas de deux.

TEEKRÄNZCHEN MIT DEM RUSSEN

Hier geht es hoch, Yellow. Das müsste die Straße sein, die zum Kloster hinaufführt. Dort drüben ist auch das Krankenhaus, das ich damals von oben gesehen habe. Der Weinberg reicht bis an dessen Parkplatz, und die Weinernte hat noch nicht begonnen, deshalb leuchtet der Berg noch im kräftigen Violett und in Grün, obgleich die Blätter schon rot gefleckt sind. Was mich wundert, Yellow, dass überall zwischen den Reben Magentakugeln liegen. Woher kommen die denn alle? Wenn wir nicht wüssten, dass sie schweben, könnte man meinen, sie lassen sich den Berg hinunterkullern und bleiben liegen, wo ihr Schwung endet, oder? Sieht das nicht herrlich aus, Yellow? Die Sicht der zusätzlichen Welt hat auch ihre schönen Seiten – wenn man nicht gerade das Krankenhaus anschaut. Bäh, selten solche widerlichen M-Schnecken gesehen.

Ja, das muss die Straße zum Kloster sein. Die Betonplatten lassen das Auto hoppeln wie damals den Kleintransporter, und es ist ebenso steil und kurvig. Wir sind auf der richtigen Schiene, Yellow, ich weiß es genau.

Ich habe den Eindruck, dass die Magentakugeln immer mehr werden, je weiter wir nach oben kommen. Du nicht auch? Es ist einfach herrlich zwischen den Weinreben. Riechst du den Duft, der hereinweht? Ich krieg mich gleich nicht mehr ein. Ich meine, die sind erntereif. Vielleicht ergibt es sich, dass wir einen Spaziergang durch die Reben unternehmen können. Ja, das machen wir. Doch schau nur, wie viele Magentakugeln, jetzt fahren wir schon durch sie hindurch. Hier muss ein Nest sein, das ist ja unglaublich. Von denen habe ich damals, vor … ich glaube, vor ziemlich genau eineinhalb Jahren, nichts mitbekommen. Wie auch, ohne die Sicht der zusätzlichen Welt. Die haben mir bestimmt geholfen, damals, die Tage zu überstehen. Aber zu viel auch wieder nicht, so elend wie mir war.

Gleich müssten wir oben sein. Ich meine, dass dort vorne das Dach des Ostgebäudes zu sehen ist. Ja, das ist es. Ich sehe schon das große Tor. Die ganze Spielerei mit den undurchsichtigen Scheiben des Kleinbusses hätten sie sich sparen können. Ein paar Minuten googeln genügten und natürlich logisches Denken, um das Kloster wiederzufinden.

Da, links vom Tor, ist die kleine Kapelle mit dem Zwiebelglockentürmchen. Sagt man bei einem Glockentürmchen eigentlich nicht schon Kirche? Aber das würde ihr zu viel zumuten. Dahinter erscheint das Haupthaus. Yellow, das sind doch nicht alles Magentakugeln? Doch, sind es. Das gesamte Haupthaus ist davon belagert. Auf der Kapelle auch, doch längst nicht so viele. Ach, ist das ein Anblick. Was für ein zauberhafter Platz. Meinst du, wir dürfen in den Hof reinfahren? Nein, wir bleiben lieber hier rechts vor dem Tor.

Ja, mein Lieber, jetzt sind wir da, und nun? Zehn Uhr haben wir es. Wegen des Verkehrs in Friedrichshafen hat es dann doch etwas länger gedauert. Ich denke, wir gehen mal zum Waldrand dort drüben. Von dort müssten wir gut die Südseite des Klosters sehen können, vor allem die Terrasse mit den vielen Flügeltüren zu dem Saal, in dem damals unser Seminar stattfand. Mal sehen, ob sie noch existiert oder schon zur Tribüne umfunktioniert wurde, und ob der Magnolienbaum noch steht und die Kirschbäume und die Blumen, oder ob der Garten schon planiert wurde. Das wäre echt ein Jammer.

Habe ich den Kofferraum abgeschlossen, Yellow? Ich denke schon. Besser wir gehen noch mal zurück. Zu. Aber sicher ist sicher. Nicht, dass sich jemand an unserer Weihnachtsbox zu schaffen macht.

Jetzt nicht hinsehen, Yellow. Dort drüben, vor dem Eingang des Haupthauses, steht jemand und beobachtet uns. Ein Mann, schwarzer Anzug, weißes Hemd. Scheiße, er hat bemerkt, dass wir ihn gesehen haben. Er zündet sich eine an. Darf man im Kloster rauchen? Ach, ist ja keines mehr. Aber trotzdem, ein bisschen weiß man sich doch zu benehmen. Den Spaziergang müssen wir verschieben. Vor dem lassen wir unser Auto sicherlich nicht unbeaufsichtigt zurück. So wie der aussieht, bekommt er es schneller auf als wir mit dem Schlüssel.

»Hey, du. Kein Kloster. Privat.«

»Ich weiß. Pferderennbahn.«

»Keine Pferde mehr. Weg, weg.«

»Er will, dass wir wieder verschwinden, Yellow, aber wir lassen uns nicht so leicht …«

»Hey, bist du blöd? Mit wem redest du?«

Tatsächlich, ich habe laut mit dir gesprochen. Das kommt davon, wenn man nie unter Menschen geht.

»Mit niemandem, sorry.«

»Sorry? Ach, weg, weg.«

»Nur bisschen spazieren. Kucken.«

»Spionieren, oder wie?«

»Nein, nein. Vor einem Jahr …«

»Was, nein, nein. Was willst du hier?«

»Vor einem Jahr war ich schon mal hier und …«

»Ach. Egal.«

Schnippt seine Kippe weg und verschwindet einfach, dabei habe ich mir echt Mühe gegeben. Aber hier herrschen andere Gesetze. Schau dir nur die ganzen schwarzen Schlitten im Hof an, einer teurer als der andere. Die *weiße Horde* scheint von einer schwarzen vertrieben worden zu sein. Offensichtlich ist das Kloster tatsächlich in den Besitz eines russischen Geschäftsmannes gelangt. Allerdings soll es keine Rennpferde mehr geben. Haben sich wohl nicht rentiert, die Renntiere. Schönes Wortspiel, nicht, Yellow?

Was machen wir jetzt? Wir hätten das Auto unten auf dem Krankenhausparkplatz abstellen sollen.

Wie geht das nur zusammen? Die Gangster und die Magentakugeln? Das kann nicht lange gut gehen. Einer der beiden wird diesen Ort über kurz oder lang verlassen, so viel steht fest. Und wenn ich diese Invasion von Magentakugeln sehe, dann kann ich mir auch schon vorstellen, wer.

Ach, ist das ein wunderbarer Anblick. Das gesamte Haupthaus strahlt, ja leuchtet in zartestem Magenta. Da geht einem das Herz auf, nicht wahr? Was für eine angenehme Energie. Ich fand das Haus vor eineinhalb Jahren beim Seminar schon bezaubernd, aber jetzt, wo ich mit der Sicht der zusätzlichen Welt daraufblicke, wirkt es geradezu vollkommen. Gut möglich, dass die Magentakugeln damals schon das Kloster mit ihrer Energie beeinflussten. Wir konnten es ja noch nicht sehen. Besser gesagt, ich, denn das Loch in meinem Bauch, mit dir darin, formte sich erst später. Doch die Hübsche, die wusste darum, ganz bestimmt. Nur hat sie immerzu von den niederträchtigen Wesen gesprochen.

Es herrscht wirklich eine spürbar angenehme Energie hier, nicht wahr? Ich würde mich gerne mal drinnen umsehen, ob es immer noch so mystisch wirkt wie damals. Die werden uns schon nicht den Kopf abreißen oder die Eier oder die Fingernägel. Wir sind ja in Deutschland.

Der Typ ist weg. Ein Bild für Götter. Die teuren Gangsterschlitten, hier, in dem idyllischen Innenhof, geparkt im Kreis um die Linde und vor dem Kuhstall mit den Viehplaketten.

Im Gegensatz zum Haupthaus wirken das West- und Ostgebäude – vor allem das Ostgebäude – immer noch abstoßend und einschüchternd. Irgendetwas Dreckiges und Gruseliges haftet an ihnen, zumindest in meiner Wahrnehmung. Da schüttelt es mich augenblicklich.

Die Linde inmitten des Hofes, die Bank darunter, dort oben mein mysteriöses Zimmerfenster, das von oben unlogischerweise einen Blick in den Hof hatte, doch von hier unten nicht zu sehen war, alles unverändert. Viel kann der Russe noch nicht umgebaut haben.

»Du schon wieder.«

Mist, der schon wieder. Diesmal mit Verstärkung, aber zu alt für einen Schlägertyp. Eher ein Delegierer, was Höheres, starke Aura. »Ich wollte mich nur …«

»Spionieren, oder was?«

Ich stehe mitten auf dem Hof, du, Einfaltspinsel. »Nein, ich …«

»Weißt du, was wir machen mit Spionen? Wir …«

»Ich will es gar nicht wissen.« Hab ich ihn etwa unterbrochen, Yellow? Seinem Gesichtsausdruck nach schon. Er sagt etwas zu dem Alten, vermutlich: »Hast du gehört, er will nicht wissen.« Oder so. Der Alte verzieht keine Miene. Wenn die wüssten, dass ich an ihrer Aura ablesen kann, wie harmlos und süß sie hinter ihren dicken Eiern sind. Unter anderen Umständen würden wir uns vielleicht über Babybrei unterhalten, während wir einfühlsam den Kinderwagen wippten. Doch bei dem Alten kann ich auch eine unbarmherzige Seite sehen, die schwarz-roten Flecken vor seinem Herzchakra verraten es. Aufpassen, Yellow.

»Kann ich Ihnen behilflich sein?«

Wow, der Alte spricht ein sauberes Hochdeutsch. Wer hätte das gedacht. »Ich habe hier vor ziemlich genau eineinhalb Jahren an einem Seminar teilgenommen. Damals gehörte dieses Kloster noch der Kirche. Vor ein paar Tagen hatte ich das Verlangen, es mir von Neuem anzuschauen, und heute hat es sich ergeben.« Hey, Yellow, ich durfte ausreden. Der alte Mann hat eben noch die alte Schule genossen. Überlegt er, wartet er, bringt er einen gleich um? Seine Gedanken und Gefühle graben keine einzige Falte in sein Gesicht. Das bereitet ihm keine Mühe. Der ist bestimmt gut in seiner Tätigkeit. Doch ich sehe ein bisschen mehr, mein Guter, du bist ganz weich in deiner Brust, zumindest heute, gut möglich, dass dies nicht immer so war oder ist.

»Ich habe von diesem Seminar gehört. Es ist erstaunlich, zu was der Mensch alles in der Lage ist, wir wissen viel zu wenig. Gestatten Sie mir eine norddeutsche Bemerkung: Sie sehen nicht aus wie eine Torfnase. Sie wirken auf mich wie jemand, der genau weiß, was er möchte, und dementsprechend handelt. Was ich eigentlich sagen möchte: Sie essen nicht mehr, richtig?«

»Stimmt.«

»Trinken?«

»Tee und Wasser.«

»Das ist gut. Würden Sie mir eventuell die Ehre erweisen, mir bei einer Tasse Schwarztee Gesellschaft zu leisten?«

»Sehr gerne.« Wenn er so schön fragt, Yellow.

»Kommen Sie. Es gibt hier einen Saal, der zum Genießen einer Tasse Tee einlädt.«

»Ich weiß, was Sie meinen.«

Schau dir das an, Yellow. Das ist der Korridor, den ich immer entlanggelaufen bin. Jetzt kommt er mir viel sympathischer vor. Das liegt vielleicht daran, dass nun ein gesunder Körper darin steht oder weil das Gehirn auf Bekanntes einfach mit Freude reagiert. Jedenfalls hat der Russe auch hier noch nicht Hand angelegt. Die Wände sind immer noch so kahl wie in meiner Erinnerung, immer noch kein schmückendes Beiwerk. Die eisernen Türrahmen sind die gleichen, und das schwarz-weiß wechselnde Fliesenmuster hat er auch noch nicht rausreißen lassen. Meine Schritte passen immer noch genau zwischen die Fugen. Schwarz, weiß, schwarz, weiß, schwarz, weiß. Die Schuhe der zwei Russen hallen durch den gesamten Korridor. Ihr Echo klopft bestimmt schon an die große Flügeltüre zum Saal am Ende des Korridors.

Ach, schau, Yellow, es gibt doch ein Schmuckstück, die Standuhr steht immer noch hier. Aber ihr Riesenpendel schwingt nicht mehr. Genau bei zwölf Uhr stehen geblieben. Jetzt müsste es kurz vor elf sein. Mal sehen, ob die Essensglocke noch geläutet wird. Der Alte entlässt das Großmaul, nachdem der uns noch die Flügeltüren diensteifrig geöffnet hat. So viele Sprachen habe ich gelernt, Yellow, aber Russisch war nicht dabei, typisch.

Schau, auch der Saal hat immer noch dieselbe fantastische Ausstrahlung wie damals. Hast du bemerkt? Hier halten sich besonders viele Magentakugeln auf. Langsam frage ich mich, was der Russe hier treibt. Ich kann nichts erkennen von einer Rennbahn.

»Bitte, nehmen Sie Platz, ich komme gleich mit dem Service.«

Man sollte meinen, dass man sich an einem bestimmt acht Meter langen Tisch verlassen und klein vorkommt, das finde ich ganz und gar nicht. Wir sitzen hier am ersten von eins, zwei, vier, sechs, acht, zwölf, insgesamt vierundzwanzig Stühlen, und ich komme mir keineswegs verlassen vor, Yellow, eher wie der erste von vielen.

Sieh nur, Yellow, was für ein schönes Schattenmuster die

hereinfallende Sonne durch die Front der mit Holzsprossen versehenen Flügeltüren auf das Parkett zaubert. Ganz wie damals. Dort vorne saß die Hübsche in ihrem bodenlangen weißen Kleid. Herrgott, ständig erscheint sie mir in Gedanken.

Siehst du etwas von dem Garten? Den Wald sehe ich ganz hinten, aber den Garten … den konnte man, soweit ich mich erinnere, nur von den Flügeltüren aus sehen, weil das Gebäude um die acht Stufen höher liegt. Dort hatte er ja seine Rennbahn geplant. Nein, Quatsch, Yellow, jetzt komme ich ganz durcheinander. Das war nur meine Vorstellung, wo er sie platzieren würde. Dieses Haus bringt einen ganz durcheinander, und überall die Magentakugeln. Woher kommen die nur alle, und warum sind die hier? Irgendetwas Großes wird hier demnächst geschehen, sonst bräuchte es nicht solch einen Aufmarsch. Wo bleibt er denn? Ihm fehlt ganz offensichtlich ein Carrera-No-551-Wasserkocher.

»Ein besonderer Raum, nicht wahr?«

»Das kann man wohl sagen.«

»Mögen Sie Oolong?«

»Das rauchige Aroma mag ich sehr gerne, doch nach mehr als einer Tasse davon wird mir schwindlig, und er reizt mir den leeren Magen. Aber ich trinke sehr gerne eine Tasse mit Ihnen.«

»Mein Vater trank ihn tagein, tagaus. In unserem Elternhaus wurde kein Alkohol ausgeschenkt. Das war sehr außergewöhnlich in unserer Region. Doch mein Vater setzte ausnahmslos jeden vor die Türe, der Alkohol mit in unser Haus brachte. Was das anbelangt, kannte er weder Rang noch Noblesse. Zog ein Gast einen Flachmann aus seinem Jackett, legte sich ein Schalter in seinem Kopf um, sodass aus einem Bürgermeister ein ungebetener Gast wurde, und ein Gangster verlor vor ihm seine respekteinflößende Aura. Einmal sagte er zu mir, dass Tee ihm die Sicht der Dinge vereinfachen würde. Gerade eben im Innenhof dieses einzigartigen Anwesens haben Sie mich ein wenig an ihn erinnert.«

»Erlauben Sie mir auch eine Bemerkung?«

»Bitte, keine Scheu.«

»Seine Sittlichkeit scheint an Ihnen nicht vorbeigegangen zu sein.«

Ein kindliches Lächeln, Yellow, wer hätte das von diesem Gesicht gedacht?

»In meinem Elternhaus lagerte der Tee in der Vorratskammer, unter anderem bei den geräucherten Lebensmitteln, so bekam er seine rauchige Note nicht ausschließlich von der Zubereitung mit dem Samowar. ›Ohne Zeit kein Tee‹, hieß es bei uns, und so halte ich es auch heute noch. Ist Ihnen die Teezubereitung mit dem Samowar vertraut?«

»Ein Wassertank, in der Mitte ein Rohr, in dem Feuer entzündet wird, Deckel drauf und erhitzen, später die Kanne mit Tee darauf, viel zu lange ziehen lassen und anschließend, je nach Verträglichkeit, mit dem erwärmten Wasser aus dem Tank verdünnen.«

Wieder lächelt er. Vermutlich über mein Deutsch.

Schönes Service, Yellow. Porzellan, nehme ich an. Nicht das neueste, außen typisch russischer Style, innen jedoch weiß, wie es sich gehört. Die Wasserkanne ist für meinen

Geschmack etwas zu schnörkelhaft. Alles sehr stimmig. Nur die verbeulte, vermutlich aus Kupfer angefertigte Teekanne vom Samowar kontrastiert.

»Ich nehme an, Sie mögen ihn mild?«

»Ja, bitte. Er greift sonst meine Magenwand an, und ich bekomme ein Hungergefühl.« Ach, klingt das jämmerlich, Yellow.

»Ist das ein Phänomen, welches mit der Umstellung auf die Selbstnahrung – wie es genannt wird – auftrat, oder besaßen Sie diesen unruhigen Magen schon davor?«

Nicht so viel, nicht so viel. »Danke, das genügt. Ich nenne es nicht Selbstnahrung. Hinter dem Konzept kann ich nicht stehen. Bei mir funktioniert es einfach so. Ich habe einfach aufgehört zu essen. Doch manche Dinge, die die Hüb…, die die Seminarleiterin damals von sich gab, haben Hand und Fuß. Tee ist beispielsweise eines der fünf absoluten No-Gos. Zu Recht.«

»Was ist ein Leben ohne Tee? Aber bitte, in meinem Elternhaus war es Brauch, dass man sich vor der Teezeremonie miteinander bekannt macht, denn anschließend ist man befreundet. Erlauben Sie mir, dass ich beginne?«

»Einverstanden.«

»Ich heiße Sergej. Ich lebe mit meiner großen Familie etwas außerhalb von Moskau. Ich bin in Moskau aufgewachsen, müssen Sie wissen. Die Stadt ist von derselben Energie durchdrungen wie Berlin, New York, Istanbul oder irgendeine andere Weltstadt. Die Gepflogenheiten der Länder gehen in solchen Städten unter, alles ist sehr durcheinander und offen. Wenn Sie in einer Weltstadt dieser Art aufgewachsen sind, dann fühlen Sie sich auch in jeder anderen zu Hause. Es fließt in jeder dieselbe Energie.

Der Herr, für den ich arbeite – ein angesehener Mann in Russland –, hat mich hierher, an diesen hinreißenden Ort, beordert, um ein Geschäft zu platzieren, eine Pferderennbahn, um genau zu sein. Ein schönes Projekt, es hätte sich sehr gut in die Landschaft hier eingefügt. Doch aus gewissen Gründen, die Sie sicher nicht interessieren, wurde das Projekt gestern unerwartet liquidiert. Nun darf ich bald wieder zu meiner Familie: Vier Söhne und zwei bildhübsche Töchter, der Mutter wie aus dem Gesicht geschnitten, warten dort auf mich, bis ich dann wieder für ein neues Projekt eingesetzt werde.

Wie sieht es mit Ihnen aus? Haben Sie Familie?«

Der kann reden, Yellow, aber sympathisch. Nette Geschichte. Jetzt sind wir dran. Erneut in diesem Saal. Andrés Geschichte.

»Mein Name ist André. Ich wohne gerade mal zwei Autofahrtstunden südlich von hier, am Bodensee. Arbeite, keine Familie, alles nicht besonders interessant, stinknormal eben. Dass ich seit eineinhalb Jahren nicht mehr esse, wissen Sie bereits. Das hat wie gesagt meiner Meinung nach nichts mit dem Konzept des damals hier stattgefundenen Seminars zu tun. Und um ehrlich zu sein, sehe ich mich auch nicht als eine Person namens André.« Den letzten Satz hätten wir uns aber auch schenken können. Ich habe keine Lust, mich vor ihm zu erklären. Ich traue ihm viel zu, aber das ist nicht seine Liga. Er verzieht keine Miene, doch er hält uns sicher für durchgeknallt, denn glauben kann er das nicht. Ich sehe auch vor lauter Magentakugeln seine Aura nicht mehr. »Aber erzählen Sie lieber von sich oder von dem liquidierten Projekt. Da bleibt doch sicher viel Geld auf der Strecke!«

»Sehr aufschlussreich, wenn auch – verzeihen Sie meine Unverblümtheit – etwas lapidar kundgetan. Doch bevor wir unsere Unterhaltung fortfahren, würde ich jetzt, nachdem wir uns einander vorgestellt haben, gerne mit Ihnen Tee trinken.«

»Einverstanden und danke, ich finde Sie auch sympathisch.« Der Tee ist bestimmt schon kalt nach seiner ausschweifenden Art zu reden. Der hat wirklich nichts zu verrennen, auf der Rennbahn. Nichts rennt hier mehr. Aber netter Typ, vor allem weil ich seine gefährliche kaltblütige Seite nicht zu spüren bekomme, zumindest noch nicht.

»Was trinken *Sie* gemeinhin für Tee?«

»Sowohl fermentierten als auch unfermentierten Tee, nur eben in Maßen, wie gesagt: der Magen. Ich wechsle gerne. Momentan habe ich einen Gyokuro aus Shibushi offen – Ichibancha, also April/Mai-Ernte – und noch einen Makaibari SF, bei dem es mir Spaß macht, die Pfirsichnote herauszukitzeln.«

»Ich nehme an, Sie trinken den Gyokuro aus einer Kyusu?«

»Selbstverständlich. Alles andere würde ihm nicht gerecht werden. Oxidationsbrand und handgetöpfert mit integriertem Keramiksieb. Mit dem Edelstahlsieb kann ich mich irgendwie nicht anfreunden, außerdem finde ich: Ein Teeblatt hat noch keinen umgebracht, zumal Tee auch gleich getrunken werden sollte. So halte ich es zumindest.«

Der steigt ganz schön in den Kopf, Yellow. Wie kann man den Tee nur so verstümmeln?

»Erzählen Sie weiter. Die meisten solcher Kyusus werden, soweit ich informiert bin, in Tokoname hergestellt.«

Der kennt sich aus, Yellow. »Richtig, Präfektur Mie. Ich mag die Dinger und habe sie in verschiedenen Farben und Formen, meist sogar mit Künstlerstempel, doch am liebsten ist mir eine bestimmte mit zierlichem Griff, dreihundert Milliliter Fassungsvermögen hat sie, und ihr Deckel wurde passgenau auf die Kanne zugeschliffen – ein gewölbter Deckel. Letztlich sticht sie durch ihre schöne schlichte Form hervor, natürlich auch der Qualität wegen, das ist klar, Qualität ist ja die Voraussetzung für Schönheit, nein, ich präzisiere: Meiner Meinung nach ist es dasselbe.«

»Es ist mir gleich aufgefallen, dass Sie keine Torfnase sind. In den Neunzigerjahren wurde ich in die Nähe von Tokoname gesandt. Eine sehr harte Zeit, in der ich viel Ungerechtes ausführen musste, Geschehnisse, die man besser ruhen lässt und nicht wie Sand im Meer aufwirbelt. Doch nie ist eine Sache nur niederträchtig. Die Reize des Grüntees, den ich dort für gewöhnlich serviert bekam, beispielsweise, sind noch heute überaus angenehm in meiner Erinnerung und auf meiner Zunge abrufbar. Da können Sie zu dem Standard hierzulande keine Parallelen ziehen.«

»Davon habe ich gehört. Deshalb fahre ich erst gar nicht dorthin. Ist es wirklich so, dass die Töpfer dort ausgebeutet werden, wie haben Sie es vor Ort erlebt?«

»Das kann ich Ihnen leider nicht beantworten. Wie gesagt war es eine sehr harte Zeit, ich hatte viel zu tun, sodass sich mir bedauerlicherweise keine Gelegenheit bot, die Stadt Tokoname zu besuchen.«

»Ein Jammer.«

»In der Tat. Wie schmeckt Ihnen der Oolong?«

»Danke, gut, hat aber ganz schön Umdrehungen.«

»In der Tat. Bei uns zu Hause wird ihm eine bewusstseinserweiternde Wirkung zugesprochen.«

»Das konnte ich bei Tee noch nie wahrnehmen.« Ich mag sein kindliches Lächeln, Yellow. Ein Mann, zu allem imstande, und dann dieses kindhafte Lächeln. »Haben Sie tatsächlich den Samowar dafür angefeuert?«

»Aber gewiss. Er steht immer, für Gelegenheiten wie diese, vorbereitet nebenan. Ich muss lediglich ein Streichholz anreißen und es hineinfallen lassen. Wie gesagt: ohne Zeit kein Tee.«

»Das hört sich gut an, sehr gut sogar, und dann noch in einem so schönen Saal. Das bietet sich einem nicht alle Tage.«

»Da haben Sie recht, mein Freund, doch die Gesellschaft ist bei einer Teezeremonie von entscheidender Bedeutung. Wird eine Köstlichkeit geteilt, und das meine ich ganz ohne Plattitüde, mundet sie umso mehr. Bitte, Sie trinken doch noch eine Tasse mit mir? Ich habe mich schon lange nicht mehr so angeregt über Tee ausgetauscht.«

»Danke, sehr gerne.«

»Einen Augenblick, bitte. Ich bin gleich wieder zurück.«

»Okay.« Mmh, die Tasse hat das rauchige Aroma des Oolong angenommen. Mir ist schon schwindlig, Yellow, und der Tee reizt meinen Magen. Die meisten Menschen würden das sicherlich als Hungergefühl deuten. Eine Tasse müsste aber noch gehen, schließlich ergibt es sich nicht alle Tage, mit einem kriminellen russischen Teeliebhaber ein Teekränzchen zu halten. Was meinst du, Yellow? »Yellow?«

Wo bist du, Yellow? Das gibt's doch nicht. Wie ist das denn ohne meine Aufmerksamkeit passiert? Wo ist er hin? Wie konnte er denn einfach so aus meinem Bauchloch raus? Yellow, mach keinen Scheiß. Da kommt der Russe wieder.

»Ist alles in Ordnung?«

»Danke, ja.«

»Es freut mich wirklich sehr, meine letzten Stunden hier in Deutschland an diesem besonderen Ort mit einem Teeliebhaber zu verbringen. Sie kennen zweifellos die guten Tees, ich hoffe, Sie sehen es mir nach, dass ich Ihnen nicht die Qualität serviere, die Sie gemeinhin gewöhnt sind und die solch einem Anlass gebührt.«

»Seien Sie unbesorgt.«

»Sie müssen verstehen: Tee wurde bei uns schon seit jeher auf diese Weise angerichtet. Diese Art der Zubereitung ist mir weniger eine Gaumenfreude als eine des Herzens.«

»Das verstehe ich sehr gut. Alte Schubladen – sie gehen wie von alleine auf. Ich fühle mich geehrt.«

»Und Sie sind extra den weiten Weg hierhergefahren, um den Seminarort noch einmal in Augenschein zu nehmen?«

»Genau. Spontan kam mir die Idee, und ich dachte, hier noch einmal die Hü…, die Seminarleiterin anzutreffen. Wissen Sie zufällig etwas über sie? Ich nehme zwar an, dass wenn Ihr Chef dieses Anwesen erworben hat, sie nicht mehr hier wohnen wird, doch vielleicht ist Ihnen ja etwas zu Ohren gekommen.«

»Das ist nicht einfach. Tatsächlich handelt es sich dabei um die Problematik, weshalb das Projekt letzten Endes scheiterte, und diesbezüglich darf ich mit Ihnen nicht kommunizieren. Es ist mir sehr unangenehm, Sie so vor den Kopf zu stoßen und Sie im Ungewissen zu lassen, glauben Sie mir, doch bei diesem Sachverhalt sind mir die Hände gebunden.«

»Ich verstehe. Es muss Ihnen nicht unangenehm sein, wirklich nicht. Machen Sie sich keinen Kopf.«

»Etwas anderes wäre es in der Tat, wenn Sie sich als ernsthafter Kaufinteressent für dieses Anwesens erweisen würden. Doch davon müsste ich zu hundert Prozent überzeugt sein. Ich kann, was das betrifft, keine Ausnahmen zulassen. In geschäftlichen Angelegenheiten bin ich strengen Vorschriften unterworfen. Jedoch, Sie sind kein Käufer, und wir sind bei Tee.«

Seine Gangsteraura dringt mehr in den Vordergrund. »Ich möchte Sie zu nichts zwingen.« Mann, ist der Tee stark. Sieh nur, wie meine Hände anfangen zu zittern und … Mit wem rede ich denn? Yellow ist doch verschwunden. Aber darum müssen wir uns später kümmern; oder ich. »Auch ich möchte unseren Teeplausch nicht auf die Seite drängen. Vielleicht könnten wir ihn, wenn es Ihnen recht ist, für einen Moment unterbrechen. Ich würde Ihnen gerne etwas zeigen.« Was rede ich denn da?

»Einverstanden.«

»Dazu müssten wir wieder nach draußen gehen.«

»Bitte sehr. Ich folge Ihnen, mein Freund.«

Eine Magentakugel ist in meinem Bauchloch, Yellow. Yellow ist ja weg. Mit wem rede ich denn? Ja, mit mir selbst, wie immer, doch jetzt klingt es etwas verrückt.

»Entschuldigen Sie, Sergej, ob ich wohl die Toilette benutzen dürfte? Der Tee drängt.«

»Aber selbstverständlich, nur zu, bitte, gerade hier rechts nach der Standuhr.«

»Dankeschön.«

Tatsächlich. Eine Magentakugel in meinem Bauchloch. Haben sie dich verscheucht, Yellow? »Was machst du in meinem Bauchloch, und was hast du mit Yellow gemacht? Hast du ihn vertrieben?« Nein, das tut ihr Magentakugeln nicht, ich weiß, ihr kümmert euch um Hilfsbedürftige und opfert euch dabei selbst. Ihr könnt ihm nichts angetan haben. Weißt du, wo er ist? Ich brauche ihn nicht mehr? Woher willst du das wissen? So etwas wisst ihr einfach? Was ist denn das für eine Antwort, und warum erscheint sie in meinen Gedanken? Wo ist mein Leuchtturm Yellow?

In dieser zusätzlichen Welt wechselt ihr Energien dorthin, wo ihr gebraucht werdet, ihr seid nur Ausdruck von Informationen?

Was soll das denn heißen? Du hörst dich ja an wie die Hübsche, und woher weißt du eigentlich, dass ich deine Welt zusätzliche Welt nenne? Sag schon. Warum antwortest du nicht mehr? Und weg ist sie. Die können mit mir reden, Yellow, und so wie es aussieht, mich auch beeinflussen. Ach, der ist ja weg. Ich werde noch verrückt wegen dieser blöden Sicht der zusätzlichen Welt. Ich muss wieder zu meinem Teefreund. Heute überschlägt sich alles.

Schwarz, weiß, schwarz, weiß, schwarz, weiß.

»Wo sind Ihre Männer?«

»Sie entfernen noch den letzten Schnickschnack aus dem Gebäude. Was wollen Sie mir zeigen?«

»Kommen Sie mit, hier links vor dem Tor.« Der wird gleich die Augen verdrehen. »Tadaaa, Überraschung.«

»Das sind schätzungsweise sechs Millionen Euro in Fünfhunderterscheinen.«

»Exakt. Geschultes Auge. In Spanien nennen sie einen Fünfhunderter *Bin Laden*.«

»Weil ihn jeder kennt, doch angeblich kaum einer zu Gesicht bekommt.«

»Sie kennen sich aus. Ihr Beruf ist sicher spannend.«

»Ich erzähle Ihnen sicher nichts Neues, André, wenn ich behaupte, dass nach einer bestimmten Zeit alles zur Gewohnheit wird.«

»Meine Rede. Sagen Sie, Sergej, das, was Sie hier im Kofferraum sehen, macht mich das zu einem ernsthaften Kaufinteressenten?«

»Hätten wir zuvor nicht gemeinsam Tee genossen, wären Sie sogar noch mehr als das.«

»Doch nicht etwa für Sie, Sergej.«

»Nein, vermutlich nicht. Dem Augenschein nach müssten die Scheine echt sein.«

»Sind sie auch. Ich habe ein Prüfgerät dabei, das die neuste, von den Banken geprüfte Software aufgespielt hat. Wenn Sie möchten, können Sie die Bin Ladens gerne durchrattern lassen. Dauert gerade mal zwölf Minuten, wenn Sie flinke Finger haben.«

»Nicht nötig, mein Freund. Ich vertraue Ihnen.«

»Berufserfahrung.«

»Das läuft auf dasselbe hinaus.«

»Ich möchte mich nicht über Sie stellen, Sergej, dennoch möchte ich Ihnen gerne sagen, dass ich Ihre Person für sehr schlau und angenehm halte.«

Was machst *du* schon wieder hier? Ich habe jetzt keine

Zeit, mich mit dir zu unterhalten. Du magst mich? Schön, ich dich auch, doch im Moment habe ich keine Zeit für solche Liebelei. Ich kann mich nur auf eine Sache konzentrieren.

»André, ich will offen mit Ihnen reden, und das nicht nur als Vermittler dieses Anwesens, sondern auch als Freund.«

Seine herabhängenden Augenlider zeugen von Schwermut, Härte und Kälte. Wie ein blauer Himmel im Dezember. Das stellt einem schon mal die Haare auf. Ohne die Sicht der zusätzlichen Welt wäre es garantiert nicht zu dem Teekränzchen gekommen. Eine tolle Erscheinung, unser Russe, Yellow. Ich vergaß … mein Yellow … letztendlich unterhalten sich sowieso nur Gedanken untereinander.

»Die Hübsche, wie Sie sie nennen …«

»Die Hübsche?«

»Ja, auch ich kann die zusätzliche Welt sehen, denn auch ich habe solch ein Selbstnahrungsseminar in Russland besucht. Lichtnahrung nennt man es dort. Das ist aber gewiss schon fünfzehn Jahre her, weshalb sich mir Sichtweisen eröffnen, die Ihnen noch fremd sind. Auch ich sehe die magentafarbenen Schwingungen und dass sie sich mit uns nicht vereinbaren lassen. Sie sind eine Schlüsselperson im weiteren Verlauf der Geschehnisse um dieses Kloster.«

Wohl eher eine Marionette.

»Es ist mir eine Freude, dass ich Sie kennenlernen durfte. Dennoch fällt mir als Vermittler die Aufgabe zu, Sie auf eine Klausel hinzuweisen, die mit dem Kauf dieses Anwesens verbunden ist.«

»Eine Klausel?« Ein Haken, Yellow.

»Ja. Zwei Personen – wobei der einen die Bezeichnung

Person nicht gerecht wird, doch so steht es im Vertrag, den auch der momentane Eigentümer dieses Klosters so unterzeichnen musste. Jedenfalls haben diese Personen das Recht, bis zu ihrem Dahinscheiden hier zu leben, wenn auch eingeschränkt. Eine davon lebt im Ostgebäude und die andere in dem im Westen. Die im Osten verfügt über ein Sondernutzungsrecht für drei Zimmer im Erdgeschoss.

Der Person im Westgebäude sind ein Zimmer sowie die Nutzung des Innenhofs zugesprochen. Die besagten Zimmer sind gekennzeichnet und dürfen nicht betreten werden. Dies gilt natürlich andersherum ebenso. Die besagten Personen dürfen Ihr Grundstück nicht in Anspruch nehmen.

Und nun zum Preis. Der Klostereigentümer verlangt fünf Millionen für dieses Objekt. Das sind die Fakten. Allerdings haben wir zusammen Tee getrunken – und ich bin äußerst wählerisch in Bezug auf die Personen, die ich hierzu einlade –, was heißt, dass ich Ihr Freund bin, und als dieser spreche ich nun zu Ihnen.

Die Person im Ostgebäude würde ein normaler Mensch wie Sie und ich nicht als Person bezeichnen. Wirklich, eines der grauenhafteren Geschöpfe auf diesem Erdball.

Die Person im Westgebäude ist die Frau, bei der Sie vor eineinhalb Jahren das Selbstnahrungsseminar besucht haben. Doch ich muss Ihnen sagen, dass sie nicht mehr die Frau ist, die ich in Ihren Gedanken sehen kann. Sie empfinden Gefühle für eine Person, die so nicht mehr existiert. Ich bin untröstlich, der Vermittler dieser unangenehmen Nachricht zu sein und Sie traurig zu stimmen, doch ich sehe dies als die Aufgabe eines Freundes an.«

Das sind mal Neuigkeiten, Yellow … oder wer auch immer. Was hat sie nur gemacht, die Hübsche? Hat ihr Konzept sie im Stich gelassen? Ich weiß gar nicht mehr, wo mir der Kopf steht. Kein Yellow mehr, der mir mein Energielevel anzeigt. Eine Magentakugel in meinem Bauch, die meint, ich bräuchte ihn nicht mehr, doch jetzt ist sie gerade wieder verschwunden, kommt und geht, wie sie möchte, besucht mein Bauchloch wie eine Katze ohne Zuhause. Ganz anders als mein Yellow. Der Tee macht mich schwindlig, oder ist es der Ort hier? Ein grauenhaftes Geschöpf. Mir platzt der Kopf.

»Ebenso als Freund möchte ich Ihnen sagen, und anschließend dürfen sie sich gerne zurückziehen, um die Angelegenheit gut zu überdenken, dass noch Handlungsspielraum besteht, was den Kaufpreis anbelangt. Der Eigentümer möchte mindestens drei Millionen. Außerdem würde ich auf meine Provision verzichten – im Alter sinken die Ansprüche und Wünsche –, sodass ich Ihnen das Kloster für dieses Minimum im Auftrag meines Arbeitgebers überlassen kann, vorausgesetzt, Sie können sich mit der Klausel arrangieren.«

»Ich kaufe es. Hand drauf.«

»Sie benötigen keine Bedenkzeit und möchten das Kloster auch nicht in Augenschein nehmen? Der Kauf solch eines Anwesens ist ein wegweisendes Ereignis.«

»Hand drauf, Sergej.«

»Ich habe nichts anderes erwartet. Sehr schön, dann können wir uns wieder unserer Teezeremonie zuwenden.«

»So ist es, mein Freund.«

»Wunderbar. Um das Schriftliche kümmern wir uns im Anschluss.«

»Einverstanden.«

Schwarz, weiß, schwarz, weiß, schwarz, weiß. Immer noch zwölf Uhr auf der Standuhr. Zum gegenwärtigen Zeitpunkt könnte es stimmen. Aber das Smartphone hole ich deswegen nicht aus der Hosentasche. Die Essensglocke hat nicht geläutet. War ja klar. Wer sollte sie auch läuten?

»Setzen Sie sich doch schon einmal, ich bin augenblicklich wieder mit frischem Wasser und Tee bei Ihnen. Es dauert nicht lange.«

»Okay.« Es gehört uns, Yell... Ich habe ein Kloster gekauft. Unglaublich. Das dauert noch ein Weilchen, bis ich das als gegenwärtig begreifen kann. Tausende Quadratmeter Wohnfläche, Hektar an Land, mindestens fünf Gebäude und was weiß ich nicht noch, das auf seine Erkundung wartet, alles für einen Menschen. Na ja, bis auf die vier Zimmer mit dem grauenhaften Geschöpf – vermutlich bin ich vor dem damals weggelaufen – und meiner Hübschen, die angeblich nicht mehr die ist, die sie einmal war. Egal, ich muss sie unbedingt wiedersehen. Wir haben sie ... ich habe sie tatsächlich wiedergefunden, meine Durchgeknallte mit dem Loch im Bauch. Ich muss sie auf jeden Fall fragen, was es damit auf sich hat und ob in ihrem auch ein gelber Leuchtturm leuchtet oder leuchtete. Bei mir scheint er seine Aufgabe erfüllt zu haben. Raffiniert arrangiert ist das schon. Einen gelben Energieball in ein Bauchloch zu docken, das dem Träger farblich signalisiert, wann sich gerade ein Energieleck aufgetan hat. Und das sind nicht die unproduktiven Gedanken, solche, die zu nichts führen, wie ich anfangs vermutete, die das Leck hervorrufen, sondern diese, von denen man denkt, dass man sie denkt. Und mein Yellow hat es mir mit seiner Leuchtkraft veranschaulicht. Kaum zu glauben. Obwohl einem klar ist, dass der Denker der Gedanken selbst nur ein Gedanke und eine Illusion ist, schleicht sich dieser Eindruck manchmal noch ein. Unglaublich, dass ich an so etwas einmal glauben konnte. Dies aufzuzeigen, war die Aufgabe meines gelben Leuchtturms. Das ist mir klar geworden, als ich dem alten Russen beim Teekränzchen zuhörte. Es konnten einfach nicht die unproduktiven Gedanken sein, zu schön war die Unterhaltung. Und jetzt, wo das erkannt wurde, fühlte Yellow sich überflüssig und hat sich aus dem Staub gemacht, ohne sich zu verabschieden. Vielleicht war das Ende seiner Aufgabe sogar das Ende seines Daseins. Dann wäre er so aufopfernd wie die Magentakugeln gewesen. Mein lieber gelber Leuchtturm. Bist mir sehr ans Herz gewachsen.

Nun kann ich, wie damals ausgemalt, eine Hollywoodschaukel auf der Terrasse platzieren und die Veränderungen des wunderschönen Gartens bewachen. Vorausgesetzt, der Russe hat mit den Ausgrabungen für die Rennbahn noch nicht begonnen. Das will ich jetzt sehen. Ach, da kommt mein Teefreund schon. Egal, es rennt uns ja nichts davon.

»Nicht so stark, ich weiß.«

»Danke schön. Das rauchige Aroma ist erstaunlich intensiv. Ich mag das. Obwohl Rauch auf der No-Gos-Liste meiner neuen Mitbewohnerin steht. Aber wie schon gesagt: Ich praktiziere keine Selbstnahrung. Das Konzept, so wie sie es empfiehlt, widerspricht allem, was ich als richtig begreife. Wie machen Sie das? Sie sagten vorhin, zu meinem Erstaunen, dass Sie selbst die Selbstnahrung praktizieren, und das schon seit fünfzehn Jahren. Wie funktioniert das?«

»Zu Beginn praktizierte ich es so, wie es uns in dem Seminar beigebracht wurde.«

»Entschuldigung, war es dieselbe Seminarleiterin, die Sie in meinen Gedanken gesehen haben?«

»Nein. Ich richtete also ständig meine Wahrnehmung auf die Leere zwischen zwei Gedanken und beschwor sooft als mir möglich das angenehmste Gefühl in mir herauf, ganz wie wir unterwiesen wurden. Doch nach einiger Zeit musste ich feststellen, dass dies nicht möglich war. Unmöglich konnte ich ununterbrochen die Leere fokussieren und gleichzeitig meine Arbeit verrichten. Kurzum: Nach einem Jahr gab ich auf. Doch ich hatte mich von der Ernährung so entwöhnt, dass ich seither, ohne das Selbstnahrungskonzept zu praktizieren – wie gesagt, hieß es bei uns Lichtnahrung –, keine physische Nahrung mehr zu mir genommen habe. Ich verspüre keinen Hunger und ebenso wenig werde ich von Gelüsten heimgesucht. Fragen Sie mich nicht, wie das funktioniert. Vermutlich ist es wirklich so, wie es im Seminar erklärt wurde, dass sich das Milieu im Körper von Grund auf erneuert, dass die alten Mikroben, die physische Nahrung benötigten, durch den Entzug absterben und dass sich das neue Milieu von der Energie um uns herum ernährt. Ich weiß es nicht, und es interessiert mich auch nicht sonderlich. Doch ebenso wie bei Ihnen hat das Teemilieu offensichtlich auch bei mir dieses eine Jahr unbeschadet überlebt, denn als ich nach diesem Jahr meinen Vater zu Hause besuchte und er mir Tee servierte, konnte ich unmöglich ablehnen. Das brachte ich nicht übers Herz. Übrigens hält mein Magen dem Tee ohne Weiteres stand.«

»Respekt.«

»Doch bitte. Erzählen Sie mir mehr von der Art Ihrer Teezubereitung.«

»Das haben Sie sicherlich schon bei mir ablesen können, Sergej.«

»Nein, mein Freund, danach habe ich bei Ihnen nicht gesucht. Ich finde es viel schöner, wenn Sie mir davon erzählen.«

»Ja, die Leidenschaft, die Leidenschaft.«

»Genau.«

»Also, ich besitze seit Kurzem einen Wasserkocher der Firma Carrera.«

»Wie der Porsche?«

»Genau, wie der Porsche und auch so schön designt wie so einer. Er lässt sich auf verschiedene Gradstufen erhitzen.«

»So etwas gibt es?«

»Natürlich, das ist perfekt für die Zubereitung von Grüntee.«

»In Japan gossen sie das siedende Wasser zum Herunterkühlen in ein Tongefäß, das dem Design der jeweiligen Kyusu entsprach.«

»Ja, das kenne ich. Doch so weit geht meine Zeremonie nicht. Ich bin mit meinem Wasserkocher sehr zufrieden. Alleine wegen ihm freue ich mich schon, Tee zuzubereiten. Wenn Sie einmal wieder geschäftlich oder auch privat in diese Gegend kommen, bereite *ich* für Sie den Tee zu. Sie wissen ja jetzt, wo ich wohne.«

»Ganz gewiss, mein Freund. Darauf freue ich mich schon, und bis dahin überlasse ich Ihnen diese hier.«

»Wow, was soll ich denn mit einer Knarre? Ich könnte sowieso niemanden umbringen.«

»Im Normalfall gewiss nicht, das sehe ich, doch es gibt Situationen im Leben, die in einem eine weitere Person wachrufen, eine, die man zuvor nicht kannte, ihr Ziel ist nur das Überleben des Körpers, ein Notfallprogramm sozusagen, und für diese Person ist diese Waffe.«

»Sergej, wenn Sie etwas Bedrohliches in meiner Aura sehen, dann sagen Sie es mir bitte.«

»Hier ist die Waffe. Sie erinnern mich sehr an meinen Vater. Ich habe früher Tee gehasst, weil ich meinen Vater gehasst habe, doch ich habe mich in ihm getäuscht, und nun liebe ich den Tee, weil er mich an ihn erinnert. Ist er nicht köstlich, André?«

»Wo man auch hinschaut: Überall ist sie, die Liebe.«

LESEN SIE VOM SELBEN AUTOR:

Leuchtturm Hellblau
Ich wiedergebe buchstäblich

Roman
140 Seiten
ISBN 978-3-7448-7333-8

Der erste Band der Leuchtturm-Reihe. Indem es um die essentiellen Fragen des Lebens geht. Wer bin ich? Was ist die Grundintension eines jeden Menschen? Ist die Welt real oder Traum und warum zum Teufel muss man essen? André begibt sich auf eine Reise, um Hilfe für sein eigenartiges Essproblem zu finden. Sein Weg führt ihn zu einem Seminar in ein mysteriöses Kloster. Die dort gelehrten Methoden führen ihn in eine lebensbedrohliche Einbandstraße. Es gibt kein Zurück und vor ihm scheint jeder Schritt im bodenlosen Abgrund zu enden. Doch ein tiefes inneres Vertrauen führt ihn immer weiter.

Die magentafarbene Tulpe
Der Ort, der für das Gleichgewicht
von Gut und Böse sorgt

Roman
232 Seiten
ISBN 978-3-7519-3722-1

Teil 2: Im Land des Grüntees
224 Seiten
ISBN 978-3-7519-3734-4

Im dritten Band der Leuchtturm-Reihe bezieht André ein ehemaliges Kloster, das er für drei Millionen Euro erworben hat. Laut einer Vertragsklausel haben zwei Personen ein lebenslanges Nutzungsrecht für vier Räume. Die eine Person ist seine Hübsche, die er von einem Seminar her kennt, und die andere kann eigentlich nicht als eine Person bezeichnet werden.

Doch nicht alleine deshalb gestalten sich seine ersten Tage turbulent. André erfährt bald, dass es sich nicht um ein gewöhnliches Kloster handelt, sondern um einen einzigartigen Ort auf der Erde, mit dem er auf eine außergewöhnliche Art verbunden zu sein scheint.

Andreas Steinberger wurde 1979 in Altötting geboren und lebt heute in Hilzingen im Hegau.
Er erlernte einen handwerklichen Beruf, wurde später von Haruki Murakamis schriftlicher Ausdruckskraft zum Schreiben inspiriert und arbeitet seither so gut wie täglich an seinen eigenen Geschichten.

facebook.com/AutorAndreasSteinberger
instagram.com/andreas.steinberger